CW01019816

10
——
18

12, AVENUE D'ITALIE. PARIS XIIIe

Sur l'auteur

Née en 1966, Lucía Etxebarria est journaliste et romancière. Après une biographie de Courtney Love en 1996, elle publie *Amour, Prozac et autres curiosités* qui devient très vite un formidable best-seller. Elle a publié depuis *Beatriz et les corps célestes* (prix Nadal, 1998), *De l'amour et autres mensonges* (prix Primavera, 2001), *Un miracle en équilibre*, qui a reçu le prix Planeta en 2004, *Cosmofobia, Sex & Love Addicts*, deux recueils de nouvelles – *Aime-moi, por favor !* et *Ce que les hommes ne savent pas. Le Sexe vu par les femmes*, et un essai, *Je ne souffrirai plus par amour*.

LUCÍA ETXEBARRIA

JE NE SOUFFRIRAI PLUS PAR AMOUR

Traduit de l'espagnol
par Maïder LAFOURCADE

**10
18**

« *Domaine étranger* »
créé par *Jean-Claude Zylberstein*

ÉDITIONS HÉLOÏSE D'ORMESSON

Du même auteur
aux Éditions 10/18

AMOUR, PROZAC ET AUTRES CURIOSITÉS, n° 3253
BEATRIZ ET LES CORPS CÉLESTES, n° 3401
DE L'AMOUR ET AUTRES MENSONGES, n° 3658
AIME-MOI, POR FAVOR !, n° 3897
UN MIRACLE EN ÉQUILIBRE, n° 4010
COSMOFOBIA, n° 4106
CE QUE LES HOMMES NE SAVENT PAS, n° 4631
SEX & LOVE ADDICTS, n° 4431

Titre original :
Ya no sufro por amor
éditeur original :
Ediciones Martínez Roca, 2007.

© Lucía Etxebarria, 2005.
© Éditions Héloïse d'Ormesson, 2008,
pour la traduction française.
ISBN 978-2-264-04595-9

À tous ces amants et amours
que malgré moi j'ai fait souffrir,
avec mes sincères et tardives excuses

SOMMAIRE

TEST PRÉLIMINAIRE

CE LIVRE EST-IL POUR MOI ?

Avant de perdre ton temps et ton argent dans l'achat et la lecture de l'exemplaire que tu tiens entre tes mains, et afin de t'épargner toute mauvaise surprise, réponds, crayon en main, aux questions suivantes, sachant que :

— chaque OUI vaut deux points,
— chaque NON, zéro point,
— chaque PARFOIS, un point.

Ce test est écrit au féminin, mais il s'adresse aussi aux hommes.

1. J'ai tendance à me sentir inférieure aux autres.

   OUI ❑   NON ❑   PARFOIS ❑

2. J'ai du mal à m'empêcher de me comparer aux autres.

   OUI ❑   NON ❑   PARFOIS ❑

3. J'ai tendance à penser que les gens qui m'entourent sont plus heureux que moi ou ont eu plus de chance dans la vie.

   OUI ❑   NON ❑   PARFOIS ❑

4. Lorsque je me compare aux autres, c'est à mon désavantage.

OUI ❑   NON ❑   PARFOIS ❑

5. J'ai beau recevoir éloges, prix, flatteries ou titres, au fond je persiste à m'en sentir indigne.

OUI ❑   NON ❑   PARFOIS ❑

6. Je doute de mon jugement personnel et j'ai besoin de le confronter à celui des autres.

OUI ❑   NON ❑   PARFOIS ❑

7. Avant de prendre une décision importante, je consulte au préalable les gens en qui j'ai confiance.

OUI ❑   NON ❑   PARFOIS ❑

8. Je suis timide, même si je m'efforce de ne pas le paraître.

OUI ❑   NON ❑   PARFOIS ❑

9. Je trouve que Wallis Simpson avait raison : on n'est jamais assez mince. En tout cas, moi, je ne le serai jamais assez.

OUI ❑   NON ❑   PARFOIS ❑

10. Si je rencontre un homme/une femme qui me plaît et qui me témoigne de l'intérêt, le mien s'amenuise à mesure qu'augmente le sien.

OUI ❑   NON ❑   PARFOIS ❑

11. Quand je réussis professionnellement, j'ai l'impression, au fond de moi-même, de tromper mon monde.

OUI ❑   NON ❑   PARFOIS ❑

12. Je me sens blessée quand on me critique ou que je me heurte à un refus.

OUI ❑   NON ❑   PARFOIS ❑

13. Dès que je me sens observée ou jugée, je me fais toute petite, je me sens paralysée, je perds mes moyens. C'est la raison pour laquelle je ratais toujours mes examens oraux.

OUI ❑   NON ❑   PARFOIS ❑

14. J'ai besoin d'alcool ou de drogues pour me détendre. Autrement dit, je suis consommatrice, plus ou moins régulière, d'alcool et/ou de médicaments et/ou de cocaïne et/ou de shit.

OUI ❑   NON ❑   PARFOIS ❑

15. Si, en faisant la queue au supermarché ou à la banque, je vois quelqu'un resquiller de façon éhontée, je n'ose pas protester.

OUI ❑   NON ❑   PARFOIS ❑

16. Si je suis dans le métro ou le bus et que quelqu'un me fixe, je ne peux pas m'empêcher de penser que c'est ma jupe qui est trop courte, ou mon soutien-gorge qui s'est dégrafé, ou mon maquillage qui a coulé. Bref, qu'on ne fait attention à moi que parce que j'ai l'air ridicule.

OUI ❑   NON ❑   PARFOIS ❑

17. Quand je prends l'ascenseur, j'évite de me regarder dans la glace, car je sais que je n'aimerai pas ce que j'y verrai.

OUI ❑   NON ❑   PARFOIS ❑

18. J'ai tendance à me sentir seule, même quand je suis entourée de gens.

OUI ❏   NON ❏   PARFOIS ❏

19. Il m'arrive de me sentir comme une coquille vide.

OUI ❏   NON ❏   PARFOIS ❏

20. J'ai des secrets dont j'ai tellement honte que je ne pourrai jamais les avouer.

OUI ❏   NON ❏   PARFOIS ❏

21. Quand quelqu'un veut m'emprunter quelque chose, j'ai du mal à dire non.

OUI ❏   NON ❏   PARFOIS ❏

22. Je me dis que jamais, non, jamais je ne me considérerai comme belle.

OUI ❏   NON ❏   PARFOIS ❏

23. Je suis mal à l'aise lorsque quelqu'un me fait des compliments.

OUI ❏   NON ❏   PARFOIS ❏

24. J'ai du mal à contredire les autres, même quand je suis sûre d'avoir raison.

OUI ❏   NON ❏   PARFOIS ❏

25. Je culpabilise à l'idée de ne pas être assez efficace au travail et/ou de ne pas m'occuper assez de mes enfants et/ou de manger plus que de raison et/ou de trop dépenser.

OUI ❏   NON ❏   PARFOIS ❏

26. Quand je vais à une fête, je suis toujours angoissée à l'idée que mon déodorant n'agisse plus et/ou qu'on voie la marque de ma culotte et/ou que ma robe me boudine et/ou que je sois trop bien habillée ou au contraire pas assez pour la circonstance.

OUI ❏   NON ❏   PARFOIS ❏

27. Je déprime si je tombe dans la rue sur un ex qui m'a quittée.

OUI ❏   NON ❏   PARFOIS ❏

28. Quand on me demande un service que je n'ai pas le temps ou l'envie de rendre, j'ai tendance à le rendre quand même car je ne sais pas dire non.

OUI ❏   NON ❏   PARFOIS ❏

29. Si quelqu'un m'interrompt en plein travail ou dans une activité qui est importante pour moi, je m'occupe de lui sans montrer que j'ai hâte qu'il s'en aille.

OUI ❏   NON ❏   PARFOIS ❏

30. En temps normal, j'ai du mal à prendre des décisions.

OUI ❏   NON ❏   PARFOIS ❏

31. Si je pouvais modifier mon physique, je changerais beaucoup de choses de façon à me sentir mieux et plus à l'aise avec les gens.

OUI ❏   NON ❏   PARFOIS ❏

32. Je crois que je n'ai pas réussi dans la vie.

OUI ❑   NON ❑   PARFOIS ❑

33. Je considère que, dans une discussion, tout le monde a en partie raison.

OUI ❑   NON ❑   PARFOIS ❑

34. Lorsque mon chef est mécontent de moi et me crie dessus, je me fais toute petite.

OUI ❑   NON ❑   PARFOIS ❑

35. L'impression que je produis sur les autres, savoir par exemple si je leur suis sympathique ou non, compte beaucoup pour moi.

OUI ❑   NON ❑   PARFOIS ❑

36. J'évite de demander ce que les gens pensent de moi, pour ne pas entendre des choses que je préfère ne pas entendre.

OUI ❑   NON ❑   PARFOIS ❑

37. J'ai du mal à obtenir ce que je veux.

OUI ❑   NON ❑   PARFOIS ❑

38. Il m'arrive de penser que mon travail est nul.

OUI ❑   NON ❑   PARFOIS ❑

39. On peut faire beaucoup de mal rien qu'avec des mots.

OUI ❑   NON ❑   PARFOIS ❑

40. Si je pouvais modifier mon caractère, je changerais pas mal de choses.

OUI ❑   NON ❑   PARFOIS ❑

41. Je porte l'entière responsabilité de mes échecs sentimentaux.

OUI ❑   NON ❑   PARFOIS ❑

42. Si personne ne reconnaît la valeur de mon travail, c'est que j'ai eu tort de me donner du mal.

OUI ❑   NON ❑   PARFOIS ❑

43. J'ai l'impression que personne ne m'aime.

OUI ❑   NON ❑   PARFOIS ❑

44. Si, de façon répétée, mes idées sont écartées lors de réunions de travail, j'ai tendance à penser qu'elles ne valent pas la peine que je les défende et à me rallier plutôt à celles des autres.

OUI ❑   NON ❑   PARFOIS ❑

45. J'appréhende de rester seule chez moi le soir, car je ne peux pas m'empêcher d'avoir peur des violeurs, des assassins, des psychopathes, des rôdeurs et même des fantômes.

OUI ❑   NON ❑   PARFOIS ❑

RÉSULTATS

De 0 à 25 points :
Si tu as très envie de le lire et que tu es très fan de l'auteure, achète ce livre, mais il te sera à peu près aussi utile qu'un téléphone portable avec caméra incorporée. C'est-à-dire pas du tout.

Au passage, fais-toi faire un examen cytogénétique. Il se peut que tu ne sois pas humaine à 100 %.

De 26 à 45 points :
Tu peux survivre sans ce livre, mais il est préférable que tu le lises quand même.

Conseil d'amie.

De 46 à 65 points :
Achète ce livre TOUT DE SUITE.

De 66 à 90 points :
Achète ce livre TOUT DE SUITE et fais-en ton livre de chevet, ta bible et ton missel.

UN LIVRE ASPIRINE

Je suis de celles que les livres de développement personnel laissent sceptiques. Certes, si nous ne nous aidons pas nous-mêmes, personne ne le fera à notre place, mais je reste persuadée qu'il vaut mieux, en cas de problème grave, consulter un spécialiste que s'en remettre à un livre.

Si vous ressentez une vive douleur à l'estomac, vous allez voir un médecin, non ? Vous ne vous contentez pas d'acheter un livre du style « Comment soigner les douleurs d'estomac en quinze jours »... Eh bien, si vous décelez en vous une tendance compulsive à vous embarquer dans des relations de couple désastreuses, il est préférable que vous consultiez un thérapeute.

De la même façon, une aspirine suffit à calmer un simple mal de tête. Mais si celui-ci n'évolue pas, si l'aspirine ne sert qu'à soulager le symptôme et que le mal persiste, vous finissez bien par aller chez le médecin.

Voilà où je voulais en venir : ceci est un livre aspirine. Si vous êtes malheureux dans votre relation de couple, si vous avez le sentiment que vous donnez plus que vous ne recevez, que vous dépendez excessivement des autres, que vous êtes maltraité par votre partenaire, sans doute faudrait-il que vous lisiez ce livre. Après quoi, ce sera à vous (homme ou femme) de décider si vous avez besoin de parler à un professionnel.

Ce livre concerne toutes les relations de couple : homme-femme, femme-femme, homme-homme ou transsexuel. Comme il était un peu compliqué d'écrire à chaque fois « si tu te sens attiré(e) par lui/elle », j'ai résolu d'employer parfois le féminin, parfois le masculin, parfois un terme neutre. Étant moi-même une femme, j'ai choisi le féminin dans la plupart des cas. Mais mon intention est que chacun puisse lire le livre en rapprochant son contenu, le cas échéant, de sa situation personnelle.

Il s'est donc posé, je m'attarde sur ce point à la demande expresse de mon éditeur, un problème d'homogénéisation. J'aurais pu employer systématiquement le masculin (écrire, par exemple, « si vous êtes anxieux… »), comme cela se fait dans 90 % des ouvrages de ce type, et estimer que les lectrices comprendraient d'elles-mêmes que le masculin est générique et que, quand on écrit « anxieux », cela peut aussi vouloir dire « anxieuse ». Mais, étant donné que les femmes sont plus nombreuses dans le monde que les hommes, pourquoi est-ce le masculin qui devrait être générique ? J'aurais donc aussi bien pu prendre l'option contraire, c'est-à-dire mettre tous les adjectifs et substantifs au féminin. Hélas, nous vivons dans un monde androcentrique, et j'aurais risqué, en suivant ce principe, de décourager des milliers de lecteurs hommes, qui se seraient dit que ce livre était réservé aux femmes, ce qui n'est pas le cas. J'ai donc choisi de m'adresser au lecteur/lectrice tantôt au féminin, tantôt au masculin. Les lectrices, habituées qu'elles sont à lire des livres qui s'adressent au lecteur comme à un homme, n'auront aucun mal, j'en suis sûre, à effectuer les conversions nécessaires. Quant à toi, lecteur mâle, je te demande de faire preuve d'un peu de souplesse et d'imagination, vertus qui te seront d'un grand secours non seulement pour la lecture de ce livre, mais aussi dans toutes les circonstances de la vie.

Il me faut encore préciser, d'entrée de jeu, que je ne suis pas psychiatre. Je ne tire ma légitimité que de mes nombreuses lectures, de ma connaissance des rapports humains, et surtout du fait d'être sortie plus ou moins indemne d'une longue série de liaisons désastreuses qui m'ont valu, dans bien des cas, d'être à deux doigts de franchir la ligne incertaine qui sépare une relation compli-quée de la violence psychologique. Peut-être cela intéressera-t-il le lecteur de savoir que j'ai eu recours à des thérapeutes et que cela m'a été très salutaire.

En tout état de cause, c'est sous l'angle de l'humour que j'ai écrit ce livre, et c'est sous cet angle, non sous celui de la dramatisation, que je souhaite qu'il soit lu.

A LOVE SUPREME

Lorsque les notes vibrent contre l'estrade, le jazz se confond avec les battements du temps. Ai-je lu cette phrase quelque part, il y a longtemps, ou bien, comme c'est sans doute le cas, l'ai-je inventée ? Je l'ignore. Ce que je sais, c'est que le jazz est un son de la rue ; c'est la puissance d'un saxo qui, tel celui de Coltrane, *parle* d'une voix humaine ; c'est la mélodie et le rythme d'un solo de piano, le tempo qu'imposent cymbales, batterie, contrebasse ; c'est une mélodie qui se déploie et vers laquelle on retourne après l'avoir presque brisée dans un chorus improvisé, une atmosphère faite d'obsessions et de renoncements... Un acte de rébellion, en somme, et qui, comme tel, réclame son dû : l'art d'aimer exige des jazzmen le sacrifice de la vie à deux. Car le jazz, compagne possessive, devient le centre de leur vie. Ils aiment, souffrent et s'enivrent de jazz, dorment en rêvant de jazz, voyagent avec le jazz. Passant la moitié de leur vie en tournée, ils finissent par faire de leur ensemble leur famille. Mais c'est là un amour durable et partagé. Contrairement au rocker, le jazzman met des années à arriver au sommet de son art ; c'est dans la force de l'âge qu'il joue le mieux. Une chanteuse de jazz chante d'autant mieux qu'elle a vécu intensément, car c'est paradoxalement lorsqu'elle a perdu sa voix qu'elle parvient au swing : je veux parler de cet instant unique où la voix de Billie Holiday peine à monter, s'étouffe, puis se brise sur une note qu'elle aurait dû tenir, où ce silence haletant, inattendu, dit *autre chose*.

Salvador Pániker a écrit que si la musique a su évoluer jusqu'au jazz, la littérature se doit de ne pas être en reste, d'apprendre à son contact ce qu'il porte en lui d'innovation, de renouvellement constant, de régénération.

Ce qui est en jeu n'est pas la découverte de valeurs éternelles, mais l'ouverture à de nouveaux modes d'expérimentation et de vision. Le jazz, comme on sait, repose sur deux bases, le standard et l'improvisation : une grille contraignante, mais aussi la présence d'une mélodie et d'un rythme libérateurs ; une norme et une dissidence. Le jazz, comme tout système esthétique, se définit dans ce jeu intermittent entre imposition et opposition. Mais dans tous les domaines de la vie spirituelle – qu'il s'agisse de musique, de littérature ou d'amour –, chaque individu rêve, nous rêvons tous, nous exigeons presque, à partir de la norme, l'improvisation. L'improvisation est un élan vers la liberté, vers le libre arbitre. C'est là la caractéristique première du jazz.

C'est en cela aussi que le jazz est comparable à l'amour. Qu'y a-t-il, en effet, de plus obsédant qu'un carcan, et de plus exaltant que de s'en libérer ? L'amour est une improvisation quotidienne, et c'est en devenant des dissidents, des avant-gardistes de l'amour, en explorant des voies d'interprétation nouvelles que nous pouvons survivre sentimentalement.

Pour me draguer, le premier de la série de mes amants musiciens s'était fait passer pour photographe. Une ruse assez efficace, quoique peu originale. Je ne sais plus trop comment il avait justifié le fait d'avoir sur lui, ce soir-là, son appareil photo, un Nikon très volumineux, de professionnel. Je crois me souvenir qu'il venait censément de le récupérer chez un ami qui le lui avait emprunté. C'était en 1983, bien avant les appareils numériques. J'étais dans un bar, à bavarder avec une amie, et il est venu me demander s'il pouvait me prendre en photo. Je ne sais plus s'il m'a dit qu'il travaillait pour *Madriz* ou pour *La Luna*, toujours est-il qu'il prétendait faire un reportage sur les nuits de la *movida*. À l'époque, il jouait dans plusieurs groupes dont aucun n'était très connu ; il ne vivait d'ailleurs pas de sa musique, mais de l'argent que lui envoyaient ses parents, persuadés, les pauvres, qu'il faisait des études d'anglais. Il m'avait d'ailleurs convaincue de m'inscrire dans la même filière que lui. Sans doute se disait-il que si je l'accompagnais aux cours, ceux-ci lui paraîtraient moins ennuyeux ; en pure perte, car il ne mettait pratiquement jamais les pieds à la fac et, bien qu'inscrit cinq années de suite, jamais il n'a passé le cap de la deuxième année.

Je n'aimais pas spécialement le jazz à l'époque, même si je ne le détestais pas non plus. Je n'avais assisté, dans ma vie, qu'à deux concerts de jazz en tout et pour tout : un de Miles Davis au Palais des Sports, un d'Astrud Gilberto au San Juan Evangelista – si tant est que l'on puisse assimiler la bossa-nova à du jazz. C'est ma mère, mélomane avertie, qui m'y avait amenée. Je n'avais jamais entendu parler de Pat

Metheny. Jusqu'à ce que mon photographe m'incite à écouter ses disques.

C'est pourquoi je l'appellerai Pat.

Pat avait (et a toujours) dix ans de plus que moi. J'avais du mal, à cette époque, à me lier avec les gens de mon âge. La plupart n'aimaient pas lire, et les rares qui lisaient ne juraient que par Bukowski et autres auteurs modernes (car Bukowski était alors considéré comme moderne), tandis que Verlaine, Apollinaire ou Trakl, c'est-à-dire les poètes qui m'intéressaient moi, n'étaient pas leur truc. Il avait donc été très facile à Pat de m'éblouir : non seulement il lisait de la poésie, mais il parlait quatre langues. Il m'arrivait pourtant de m'ennuyer à mourir avec lui. Je le trouvais trop sérieux, trop sombre, trop guindé. Nous jouions au chat et à la souris. Je le considérais en quelque sorte comme mon partenaire officiel, mais nous savions tous les deux que, en plus du titulaire, jouaient également dans mon équipe plusieurs remplaçants. C'est lui qui, dès le début, avait insisté pour que notre relation soit libre ; il n'était donc pas fondé à se plaindre. C'est moi qui, en revanche, suis sortie gagnante de notre pacte, car je crois me souvenir que, pendant les deux ans qu'a duré notre liaison, il n'a couché avec personne d'autre que moi. Il faut dire que je plaisais beaucoup. J'étais très mince, j'avais le crâne rasé et je m'habillais toujours en noir. J'attirais facilement les regards, ceux des hommes en particulier. Et puis j'avais beaucoup de problèmes dont je ne savais comment me sortir. J'étais à couteaux tirés avec ma famille, ma meilleure amie était junkie, et la plupart de mes copains étaient des toxicomanes incurables. Je me sentais seule, vulnérable, sans repères, et je suppose que, faute de savoir l'exprimer verbalement, ma boule à zéro et mes tuniques noires étaient une façon de proclamer haut et fort mon désespoir. J'avais d'étranges sautes d'humeur qui me surprenaient parfois moi-même. Je pouvais passer des nuits entières à pleurer sans réussir à identifier la cause exacte de mon désarroi. J'étais accablée d'une fatigue lourde, minérale, qui me laissait à bout de forces, au point que ma sœur devait me jeter des verres d'eau à la figure pour me réveiller – mais je ne faisais que me retourner et me rendormir aussitôt, trempée. C'est alors que le premier de la longue liste de psychologues et de psychanalystes que j'ai été amenée à consulter au cours de ma vie m'a diagnostiqué une dépression endogène.

Je crois que Pat était très amoureux, mais comment supporter une cyclothymique comme moi, surtout quand on doit en plus la disputer à toute une cohorte de chevaliers servants qui tourbillonnent autour comme des vautours en attendant que notre relation meure de sa belle mort pour s'emparer des dépouilles ? Et ce qui devait arriver est arrivé. Un beau jour, Pat a rencontré une blonde de très bonne famille, qui lui était entièrement dévouée et qui professait la fidélité comme fondement d'une vie de couple durable.

Et il m'a quittée.

Je me suis alors rendu compte que Pat avait représenté pour moi, au milieu du chaos informe et ingouvernable dans lequel je vivais, le seul repère stable, le seul point d'ancrage solide, et que sans lui ma vie n'avait plus de sens.

Je lui ai écrit des centaines de lettres. Je l'appelais à n'importe quelle heure. Je me présentais chez lui et, si je ne le trouvais pas, je l'attendais assise devant l'entrée de son immeuble jusque tard dans la nuit.

J'écumais tous les bars où je pensais pouvoir le trouver. Je me suis abaissée plus bas que terre, je lui ai promis de changer, de m'amender, j'ai pleuré, j'ai crié, je me suis même agenouillée devant lui, mais il n'a rien voulu entendre, même s'il ne rechignait pas à coucher avec moi de temps en temps (la blonde était fidèle, mais pas lui). Et ces parties de jambes en l'air à contretemps me laissaient espérer que j'avais encore une chance de le récupérer, pour peu que je m'en donne la peine. C'est ainsi que j'ai continué à coucher avec lui pendant cinq ans encore, me raccrochant au néant, à la poussière de la solitude et du vide, cherchant obstinément la face obscure des choses, fuyant la facilité, me réfugiant dans l'impensable. Cinq ans au cours desquels j'ai vécu persuadée de deux choses. Qu'il était le seul homme que je pourrais jamais aimer. Que nous finirions par être de nouveau ensemble.

Jusqu'au jour où je suis tombée amoureuse d'un autre.

L'obsession n'a pas disparu pour autant, seul a changé le nom que je lui donnais.

J'appellerai mon second musicien Bill, à cause du premier disque qu'il m'a offert : un disque de Bill Evans. Des années plus tard, pourtant, quand j'ai décidé de me débarrasser de tous ses souvenirs (lettres, tee-shirts, cadeaux, livres), j'ai failli remiser ce disque dans un carton avec le reste, mais je l'ai finalement épargné – me disant que, tout compte fait, c'était un très beau disque.

Je l'écoute encore de temps en temps.

Bill m'assurait qu'il m'aimait à la folie et qu'il ne pouvait pas vivre sans moi. Mais il était en fait incapable d'aimer qui que ce soit. Y compris lui-même.

Il consacrait son temps et son énergie à une maîtresse hautement possessive : la boisson. Avec Bill,
on ne pouvait être sûr de rien. Lors de ses virées
nocturnes, on savait quand il partait, jamais quand il
reviendrait, ni surtout dans quel état. Il pouvait se montrer l'amant le plus prévenant de la terre, et se transformer en monstre cinq minutes après. Il s'emportait
pour un rien : parce qu'on me regardait ; parce que
j'arrivais en retard au rendez-vous – ou parce que
j'arrivais trop en avance et qu'alors, seule au bar, je
me faisais reluquer ; parce que je critiquais tel cinéaste
ou que j'encensais tel autre ; parce que je portais une
jupe trop courte, ou un décolleté trop profond, parce
que je me pomponnais un peu trop et que je plaisais
à d'autres hommes – ou parce que j'étais négligée et
ne faisais aucun effort pour lui plaire.

Il était censé être mon compagnon, mais jamais je
n'ai pu compter sur lui ni lui faire confiance. Il
n'était jamais là, et moi, pendant ce temps, je l'attendais. J'attendais pour attendre, car en fait je n'attendais plus rien.

Seule une personne ayant vécu avec un alcoolique
peut se représenter le calvaire que constitue une telle
relation. Ne serait-ce que parce qu'un alcoolique est
incapable d'être seul et qu'il recourt, dès qu'il sent
l'autre s'éloigner, à toutes sortes de stratagèmes pour
le ramener à lui : menaces, chantage affectif, larmes,
cris, mots doux, promesses déraisonnables. Seul quelqu'un d'aussi déséquilibré que moi, engluée que j'étais
dans mon propre aveuglement, pouvait s'émouvoir de
ses sanglots, s'effrayer de ses cris, et ajouter foi à ses
promesses.

C'est alors que j'ai été chargée d'interviewer le
vrai Pat Metheny.

Il se trouvait en Espagne pour un concert qui coïncidait avec la sortie de son nouvel album. Il devait accorder une série d'interviews à la presse, soit quatre d'affilée en une matinée. La maison de disques avait décidé que je serais la dernière à passer. Cela m'a permis, au lieu d'être rationnée aux trente minutes de rigueur, de prolonger notre tête-à-tête, car il s'acharnait à raviver la flamme de notre conversation alors même que je n'avais plus de questions à lui poser. Au bout d'un moment, il a voulu savoir si j'étais mariée. Je lui ai répondu que non, après quoi, sans savoir très bien pour quelle raison, je lui ai expliqué ma situation. « Comment une femme aussi intelligente et séduisante que toi peut-elle supporter une situation pareille ? » m'a-t-il demandé. Cette phrase, je l'avais souvent entendue, mais jamais de la bouche d'un quasi-étranger. Pourtant, ce jour-là, sans bien savoir pourquoi, j'y ai prêté une oreille plus attentive que d'habitude. Et, pour la première fois, je me suis dit que je ne méritais pas de vivre un tel cauchemar.

Cette interview marque, en un sens, le début de la fin de ma relation avec Bill. Le plus étrange, c'est que l'interview n'a jamais été publiée. Un virus a attaqué mon ordinateur et détruit la transcription de la bande avant que j'aie pu l'envoyer ou l'imprimer. Or, je devais me rendre le lendemain à Londres, ce qui m'empêchait de tout recommencer.

J'allais oublier : j'ai demandé à Pat Metheny de dédicacer un disque à mon ex, à celui qui avait été mon premier amour.

Il l'a fait sans poser de questions.

Je nommerai le troisième musicien Trane, parce qu'il portait, le jour de notre rencontre, un tee-shirt

dont le motif était la pochette de *A Love Supreme*.
tee-shirt qui m'a justement servi de prétexte pour
l'aborder : « J'adore ton tee-shirt. J'adore ce disque. » Pas très original, j'en conviens, car je n'ai
jamais rencontré d'amateur de jazz qui ne considère
Coltrane comme un génie et *A Love Supreme* comme
son chef-d'œuvre. En plus, ce tee-shirt, on le voyait
partout. À n'importe quel concert, on pouvait en croi-
ser au moins cinq ou six exemplaires. Ma proie a
pourtant mordu à cet hameçon fort peu imaginatif.

L'amour suprême évoqué par Coltrane est l'amour qui
émane de nous vers le Tout, l'amour cosmique, l'amour
divin, l'amour universel. Je songeais alors, quant à moi,
à quelque chose de nettement plus terre à terre.

C'était à l'hôtel Canciller de Vitoria, lors d'une de
ces fêtes qui s'improvisent dans le hall, certains soirs
du festival de jazz. Trane, qui était et est toujours
bassiste, était venu accompagner un musicien beaucoup plus connu que lui. J'avais fait sa connaissance
à une heure et demie du matin, et son avion décollait
à huit heures. Il m'a demandé de monter dans sa
chambre pour poursuivre la conversation pendant
qu'il ferait ses bagages. Je l'ai suivi, pas trop sûre
d'avoir raison de le faire. Il ne s'est rien passé. Pas
même un baiser. Nous n'avons fait que parler, eni-
vrés par le bruit de notre conversation pourtant superficielle, où l'on ne discernait guère que des vestiges
de pensée. J'avais pas mal bu ce soir-là et j'étais
d'excellente humeur. Je le faisais rire, et plus je le
faisais rire, plus j'étais en confiance – et plus je disais
de bêtises. Il m'a dit que j'étais une des filles les plus
drôles qu'il ait jamais rencontrées. Il m'a donné son
numéro de téléphone et m'a demandé de le prévenir
si jamais j'allais à New York.

Quelques mois plus tard, j'ai dû me rendre à Miami pour participer à une foire du livre. Et je l'ai appelé de là-bas.

« Si tu veux, je prends un avion et tu me fais visiter New York, ai-je hasardé.

— J'en serai ravi », m'a-t-il répondu.

J'étais censée ne rester que deux jours à New York. J'y suis restée deux semaines.

C'est ainsi qu'a commencé entre nous une relation atypique qui devait durer plusieurs années. Quand il venait jouer en Europe, que ce soit à Paris, à Rome, à Londres ou à Barcelone, je m'arrangeais pour trouver un vol pas cher et assister à son concert. Il m'arrivait aussi d'aller à New York et d'y passer une semaine. Entre-temps, il pouvait s'écouler des mois sans que nous nous voyions, mais nous savions tous les deux que l'autre n'était pas seul pendant ce temps. Il y avait cependant un accord tacite entre nous pour ne jamais évoquer nos autres relations, et aussi sur le fait que nous étions toujours disponibles l'un pour l'autre. Et c'est lors d'un de ces intermèdes que Bill est entré dans ma vie. J'ai donc mené de front les deux histoires pendant un an et demi. À ma connaissance, Bill n'a jamais soupçonné l'existence de Trane.

Mais, un beau jour, Trane est venu à Madrid.

J'avais pu deviner, au ton de ses dernières lettres et de sa voix au téléphone, les motifs de sa venue. Il avait réfléchi et s'était lassé du caractère provisoire, insaisissable, imprévisible de notre relation. Il a joué cartes sur table : ou bien nous prenions enfin les choses au sérieux, ou bien nous cessions de nous voir.

J'ai pris peur.

J'ai choisi Bill.

Mal m'en a pris.

Je crois bien qu'avec Bill cela n'a duré que deux mois de plus.

Quatre ans plus tard, Trane m'a envoyé un mail. Il venait jouer à Madrid et voulait me voir. J'ai accepté, bien sûr. Quand je l'ai aperçu dans le hall de l'hôtel, j'en suis restée bouche bée. Ces années qui, à moi, m'avaient apporté plusieurs kilos en trop (ceux que j'avais pris pendant ma grossesse et que je n'ai jamais reperdus depuis) et ces petites choses que n'importe qui d'un tant soit peu malveillant appelle tout crûment des rides l'avaient, lui, magnifié. Il avait toujours été bel homme, mais il était devenu franchement superbe. Avec son costume qui, selon toute apparence, devait coûter très cher, il avait l'air sorti tout droit d'un spot publicitaire. Et sa silhouette elle-même s'était affinée, comme s'il avait passé ces quatre années à hanter les salles de gym. Il m'a emmenée dîner dans un restaurant très chic, dont il avait dû trouver l'adresse dans un guide.

S'il voulait que je prenne la mesure de ce que j'avais perdu, c'était réussi.

Au milieu du dîner, il s'est tout à coup montré nostalgique.

« Tu veux que je te dise quelque chose ? Toute ma vie je garderai de toi un souvenir merveilleux, oui, toute ma vie. Le soir de notre rencontre, lorsque tu es montée dans ma chambre… S'il devait y avoir dans ma vie cinq souvenirs qui me sont particulièrement chers, celui-ci en ferait partie. »

La tentation de lui demander quels étaient les quatre autres me démangeait. Mais je me suis retenue.

« Mieux que de jouer avec Ornette Coleman ?

— Oui, mieux que de jouer avec Ornette Coleman. »

J'ai compris alors qu'il avait dû vraiment m'aimer, bien plus que je ne l'aurais cru.

Quatre ans plus tôt, rien ne me retenait à Madrid. J'étais locataire, je n'avais pas d'emploi fixe, je disposais d'un ordinateur portable – ce qui me permettait d'écrire partout où il y avait une prise électrique. J'aurais pu sans aucun problème partir à New York. Mais, depuis, ma fille était née, et il m'était impossible d'envisager un tel bouleversement dans ma vie. Il était donc absolument exclu que je renoue avec Trane.

J'ai alors songé que j'avais peut-être laissé échapper l'homme de ma vie. Nous ne nous étions jamais disputés, nous riions beaucoup ensemble, et sexuellement, c'était divin… Il n'y avait jamais eu d'autres obstacles à notre relation que ceux qui venaient de moi – prisonnière que j'étais de mes propres parois mouvantes, et suspendue à la vision d'un avenir qui ne cessait de se dérober, à ce besoin compulsif de courir après l'impossible, de ne m'accrocher qu'à ce qui portait une date de péremption. D'un côté, j'étais incapable de vivre sans amour, mais, de l'autre, j'éprouvais le besoin d'aimer ce qui était hors d'atteinte, comme si je ne méritais pas l'amour absolu et n'avais droit qu'à un amour relatif. C'était comme vouloir atteindre l'horizon, toujours proche mais à jamais inaccessible.

Car mon amour ne venait pas de moi ; il m'avait toujours été extérieur.

« Tu te souviens du tee-shirt que tu portais ce soir-là ?

— Non, je ne m'en souviens pas.

— Moi, si. Coltrane. *A Love Supreme.* »

I

SOUFFRIR PAR AMOUR

1

QU'EST-CE QUE
LA DÉPENDANCE ÉMOTIONNELLE ?

*J'ai rencontré un double. Un double parfait. [...] En
faisant sa connaissance, j'ai dû me répéter cent fois la
leçon oubliée et diviser le temps qui restait en heures de
sérénité et de quiétude pour les vivre en compagnie de
ce double que je pouvais enfin imaginer. Son aspect ne
pouvait m'être plus semblable ni plus proche. Ses gestes
appartenaient davantage à ma pensée qu'à son imagination, et ses réponses étaient déjà là sans que soit for-
mulée aucune question. Quant à ses goûts et passions,
ils étaient si analogues aux miens que c'est à peine s'il
faisait l'effort de les célébrer par des exclamations comme
le veut la tradition. C'était mon double. Ses silences ne
résonnaient pas comme des temps d'arrêt mais susci-
taient plutôt des angoisses à durée incertaine, que mon
rythme pourtant mesurait.*

Vicente Cervera, *Lamentation de Narcisse*

Sachant que le taux d'activité des femmes dans les
pays riches est très faible, inférieur à 33 %, dont une
grande partie est de surcroît composée de femmes

occupant un emploi subalterne, aliénant et mal rémunéré, conçu par un patron et accepté par une travailleuse-esclave contre un salaire qui n'est là que pour venir en complément de celui qu'apporte l'homme à la cellule familiale, j'ai parfaitement conscience de faire partie, avec mes amies, d'un microcosme de femmes autonomes, indépendantes et relativement bien payées (enfin, façon de parler), auquel sont censées appartenir également Ally McBeal ou Bridget Jones.

Mais avez-vous déjà vu Ally McBeal, qui est censément avocate, préparer un procès, dépouiller la jurisprudence, consulter des archives, devoir attendre six mois que son affaire passe à l'audience, s'embarquer dans des procès-fleuves de trois ou quatre ans en remontant les méandres labyrinthiques du système juridique américain ? Pensez-vous ! Ally McBeal est une avocate qui n'existe pas. Elle n'existe pas, tout d'abord, parce qu'un personnage comme elle n'a pas sa place dans le monde réel. (Et pour peu qu'elle continue à maigrir, on la verra même disparaître de l'univers cathodique, s'évanouir dans l'éther, et il ne restera plus d'elle que sa petite voix de crécelle, oui, Ally réduite à une voix off.) En général, une avocate de moins de trente ans soit travaille comme un forçat douze heures par jour, et ce pour un salaire modique la plupart du temps, soit se retrouve au chômage. Ce qui est sûr, c'est qu'elle ne passe pas sa journée au bureau à flirter avec son chef, à échanger des ragots avec des W-C parlants ou à soupirer après un amoureux qui n'arrive jamais. Au demeurant, une femme ayant atteint la trentaine ne peut avoir le corps d'Ally McBeal, à moins d'être anorexique.

Quant à Bridget… Mon Dieu ! N'en parlons même pas. Pour avoir travaillé dans le monde de l'édition et occupé le poste que cette godiche est censée avoir, je peux affirmer : a) qu'on y travaille beaucoup plus ; b) qu'on ne peut pas se permettre de perdre du temps à attendre bêtement un amoureux qui n'arrive jamais (on le passe plutôt à esquiver les mains baladeuses, qui pullulent dans ce milieu) ; c) que les chefs sont le plus souvent des hommes avec barbe, ventre, cheveux blancs, lunettes et névrose pouvant à elle seule faire l'objet d'un traité de psychologie – bien loin, donc, de l'image de grand bourgeois hyperfriqué et hypersexy du chef de Bridget.

Je pense, d'une façon générale, à la profusion de biographies, d'essais, de romans frivoles du style *Confessions d'une accro du shopping*, *Une vie de rêve*, *Où sont les hommes ?* – ou *Le Journal de Bridget Jones* – qui mettent en scène, sur le mode comique, des personnages désinvoltes aux prises avec les situations conflictuelles présumées être le lot quotidien de la femme moderne, des femmes qui nous parlent de leurs efforts pour conquérir leur autonomie et se réaliser en tant qu'individu, et qui sont également censés nous proposer une saine démystification des stéréotypes féminins, montrant par là même, de façon complice, les difficultés que nous rencontrons dans la vie quotidienne pour nous en défaire. Il n'est pas rare, cela dit, que, sous ce ton plaisant et superficiel, perce une certaine profondeur (le côté obscur de la Force, pour parler comme le Jedi), celle que peut dégager, par exemple, la *superwoman* confrontée à mille problèmes, ou l'anti-héroïne qui, derrière le sourire, nous aide à accepter le caractère inexorable d'une situation frustrante et sans issue. Mais, le plus souvent, l'identification entre la romancière et son personnage vire à l'autosatisfaction (ou à l'autocompassion), et les raisons profondes pour lesquelles notre malheureuse héroïne s'est retrouvée dans pareille situation sont bien le cadet des soucis de l'auteure.

Sois certain, cher lecteur, que ni mes amies ni moi ne sommes obsédées par la recherche d'un petit ami à tout prix (j'en connais qui rêveraient même que le leur se trouve enfin un appartement et s'en aille de chez elles). Nos kilos non plus ne sont pas une idée fixe, et si nous avons toutes de la cellulite et des bourrelets (comme du reste n'importe quelle femme de plus de vingt-cinq ans), nous ne passons pas nos journées à compter les calories pour les éliminer, ne serait-ce que parce que nous n'avons pas de temps à perdre à ces foutaises. Aucune d'entre nous ne lit compulsivement de livres de développement personnel, nous avons une vie sexuelle convenablement remplie (d'accord, elle ne vaut pas celle de Rocco Siffredi, mais nous n'avons pas non plus la libido débordante de ce garçon), nous buvons le strict nécessaire, nous nous droguons juste ce qu'il faut ou pas du tout, et nous en avons PLUS QUE MARRE de nos chefs. Et, même ivres mortes, il ne nous viendrait pas à l'idée de leur envoyer des mails quelque peu osés sur la longueur de nos jupes. Je parle en connaissance de cause car j'ai beaucoup d'amies (au point que ma mère me dit que je devrais, pour faire fortune, entamer une nouvelle carrière comme démonstratrice de Tupperware) et je travaille dans un milieu majoritairement féminin. Je crois donc pouvoir dire que je dispose d'un champ d'observation assez vaste pour établir une statistique à peu près fiable. Oui, je sais, arrivés à cette page, certains me rétorqueront que *Le Journal de Bridget Jones* a été écrit par une femme et pour des femmes. Soit. Mais qu'ils sachent aussi que, dans la tranche d'âge vingt-trente ans, seule une femme sur vingt-cinq a acheté ce livre.

Après avoir lu la première mouture de mon manuscrit, mon amie María Luisa m'a écrit un mail qui vaut le détour, c'est pourquoi j'ai voulu le reproduire ici en partie :

Dans le chapitre « Qu'est-ce que la dépendance émotionnelle ? », même si tu commences par une mise au point en disant qu'il n'y a que 33 % de femmes qui travaillent […], il me semble qu'ensuite tu te limites à un type bien déterminé de femmes (celles que tu connais), ce qui exclut une autre catégorie, très nombreuse, dans laquelle nous nous incluons, mes amies, mes collègues, moi et quasiment toutes les femmes que je connais. C'est peut-être parce que Saragosse est une petite ville, car c'est vrai que, quand j'ai vécu à Barcelone, j'ai connu des femmes qui ressemblaient plus à des personnages de *Sex and the City*. Le type de femme auquel je fais allusion est la femme mariée qui a des enfants, un boulot mal payé qui ne lui plaît absolument pas et dans lequel il ne lui viendrait même pas à l'idée de se réaliser en tant qu'individu ni aucune fumisterie de ce genre, qui passe sa journée à essayer de concilier son rôle d'épouse, de mère, de salariée et de femme au foyer, et qui court sans arrêt d'un endroit à un autre avec pour seul bonheur en perspective de s'allonger à dix heures du soir pour regarder tranquillement la télé, lire ou faire ce qui lui chante. Je pense que c'est un groupe relativement important et que tu devrais en tenir compte.

Mais justement : si nous réunissons le groupe représenté par mes amies et celui dont parle María Luisa, et que nous considérons les femmes qui composent l'un et l'autre groupe comme emblématiques de la condition féminine contemporaine, je me demande d'où peut bien venir une telle obstination à nous présenter ces créatures hystériques, immatures et fainéantes comme étant le portrait d'après nature des femmes d'aujourd'hui. Est-ce un reflet de la réalité, ou seulement le fantasme de ceux qui craquent encore pour ce genre de créatures ?

La plupart des femmes que je connais admettent partager avec Bridget Jones deux caractéristiques : la première est le manque d'estime de soi, cette pandémie de l'Ève moderne ; la seconde est la dépendance émotionnelle (cette obsession agaçante qu'a Bridget de vouloir à tout prix se trouver un petit ami, et cette sensation de ne pas se sentir une femme accomplie si elle n'y parvient pas). Mais ce qui m'irrite surtout chez l'héroïne, c'est qu'on peut se reconnaître en elle, et en particulier dans ce qu'elle a de pire, je veux parler d'un travers gravissime que, par-dessus le marché, le livre idéalise, faisant apparaître comme vertu ce qui n'est en vérité qu'un vice : la dépendance émotionnelle.

Attention : cette dépendance n'est pas l'apanage des femmes. Il existe beaucoup d'hommes émotionnellement dépendants, qui ne savent pas vivre sans leur moitié, et ce, même s'ils ne la respectent pas ou lui sont infidèles. Il existe des homosexuels émotionnellement dépendants, des lesbiennes émotionnellement dépendantes, des hétérosexuels émotionnellement dépendants. **La société occidentale est envahie de jun-**

kies de l'amour. Ou plutôt de junkies d'une conception bien particulière de l'amour, qui n'a que peu à voir avec celle d'une relation libre, saine, acceptée d'un commun accord et fondée sur le respect mutuel, mais s'apparente plutôt à un maelström épuisant, nuisant gravement au bien-être émotionnel et, en fin de compte, à la santé et à l'intégrité physique. C'est en ce sens que l'on peut dire que *l'amour est la plus dure des drogues dures.*

L'amour auquel est accro ce junkie *sui generis* est paré des plumes de l'éternité. Tous les spécialistes de la passion vous le diront : il n'est pas d'amour éternel qui ne soit contrarié, il n'est pas de passion sans lutte. Mais un tel amour ne prend fin que dans cette ultime contradiction qu'est la mort. Il faut être Werther ou rien. Il est beaucoup de façons de se suicider ; l'une d'elles est le don total et l'oubli de soi. Ceux qu'un grand amour éloigne de toute vie personnelle s'appauvrissent, et appauvrissent du même coup ceux qu'ils ont choisis pour objet de leur amour. Ceux qui donnent tout par amour ont nécessairement et paradoxalement le cœur sec, car ils sont isolés du monde.

Nous n'appelons pas amour ce qui nous lie à certains êtres, mais ce qui est conforme à une manière de voir collective, véhiculée par des livres et des légendes. Toutefois, l'expérience de l'amour n'est pas la même selon les personnes et nous n'avons pas le droit de réserver le mot « amour » à un type particulier de relation, qui serait la relation charnelle et passionnelle unissant deux êtres, et reléguerait dans une catégorie subalterne l'amour fraternel, maternel, ou encore celui que l'on ressent pour un ami très cher, voire pour un chien.

Car il n'est pas d'amour plus généreux, disait Albert Camus, que celui que l'on sait à la fois passager et singulier.

Le « syndrome de dépendance affective » est le terreau sur lequel prospèrent bien des relations malsaines ou débouchant sur la maltraitance.

Les psychologues affirment qu'il existe une catégorie de personnes qui développent une addiction aux relations difficiles et sont ainsi une proie facile pour le conjoint violent, ou manipulateur psychologique : ce sont les personnes affectivement dépendantes. La définition que donne de cette dépendance le professeur Jorge Castelló Blasco est la suivante : « Un besoin affectif inassouvi et persistant, que l'on tente de combler de façon inappropriée avec d'autres personnes. » Elle est le fait de gens qui ont grandi dans des milieux dénués d'affection et se sont fait une spécialité de mendier celle-ci auprès de personnes qui ne peuvent rien leur apporter sur le plan affectif et se conduisent avec eux comme des vampires. Leur aspiration à la découverte et à la réalisation de soi, y compris au détriment de leur propre bien-être et de leur propre sécurité, est trop forte pour qu'ils comprennent qu'ils devraient fuir ce type de partenaire ; ayant trop tendance à voir le bon côté des choses, et non la manipulation et les jeux de pouvoir qui s'exercent, ils font preuve d'une regrettable et dangereuse incapacité à détecter chez autrui l'hostilité ou la capacité de nuisance. Leur personnalité profonde se caractérise par une nature dépressive, une carence affective, une hypersensibilité au rejet, qui les rendent vulnérables aux techniques de manipulation. Le dépendant réagit de façon absurde quand il est maltraité : au lieu de se détacher de celui qui le maltraite, il se sent coupable de cette maltraitance : « S'il me crie dessus, c'est que je le mérite, que je ne fais pas bien les choses, que je ne suis pas à la hauteur. »

Ces dépendants ou dépendantes manifestent un besoin affectif exacerbé dans leurs relations de couple, quelle qu'en soit la nature. Que les choses soient bien claires : le dépendant n'est pas dépendant de son partenaire, mais de l'idée qu'il se fait de l'amour, de sorte qu'il deviendra accro à toute relation un tant soit peu longue ou stable dans laquelle il s'engagera, et non à la personne dont il pense être amoureux. Le dépendant émotionnel l'est encore quand il n'a plus de partenaire, de la même façon que l'alcoolique ou le toxicomane le sont à vie, qu'ils boivent ou non : d'ailleurs l'alcoolique ou le junkie repentis s'efforcent de ne pas approcher d'un verre ou d'une ligne de coke, car ils savent que le prix à payer est trop élevé, et ils sont conscients d'être toujours des malades, quand bien même ils ne boivent plus ou ne se droguent plus. En d'autres termes, le dépendant l'est même quand il est seul, sans partenaire – bien que cela ne soit pas fréquent, sa pathologie l'incitant, sitôt qu'il l'a perdu, à en rechercher désespérément un (ou une) autre. Car l'un des traits caractéristiques du dépendant émotionnel est de ne pouvoir supporter la solitude. Certains la comblent avec un compagnon, d'autres avec l'alcool, la coke, l'héroïne ou les jeux vidéo.

Une personne atteinte d'immaturité émotionnelle tend à s'attacher à certaines choses en particulier. À la sécurité si elle croit ne pouvoir se suffire à elle-même ; à la stabilité si elle redoute l'abandon ; aux marques d'affection si elle craint le désamour…

C'est ainsi que des peurs intimes peuvent créer, à la longue, une dépendance et une soumission totales, alors même qu'on croit avoir trouvé la façon de les étouffer. On tombe alors dans des engrenages paradoxaux et pervers. Par exemple, la peur d'être humilié peut amener quelqu'un qui manque d'assurance à supporter le mépris de son compagnon.

De cette définition ressortent deux éléments essentiels : premièrement, le besoin est excessif et ne peut donc se réduire à celui qui est inhérent à toute relation amoureuse ; deuxièmement, il est de nature affective et non d'un autre type, ce qui signifie qu'une dépendante émotionnelle ne s'accroche pas à son compagnon parce qu'elle dépend de lui économiquement (même si c'est parfois l'excuse qu'elle se donne ou qu'elle donne aux autres) ou pour le bien des enfants. Mais tout simplement parce qu'elle ne peut pas ou ne sait pas vivre seule.

LES RACINES DE LA DÉPENDANCE

La famille, la société, le mythe de l'amour éternel

La famille

La famille est un pilier essentiel à l'affermissement de l'estime de soi chez l'enfant. Si, au lieu de l'aider à développer sa personnalité, elle l'empêche de croire en lui-même, il arrivera à l'âge adulte lesté d'un sentiment d'infériorité et aura tendance à trouver des justifications à toutes les attitudes négatives des autres à son égard. La façon qu'ont nos parents de communiquer avec nous détermine notre personnalité future, notre comportement, ainsi que notre jugement sur nous-mêmes et nos relations avec autrui.

Il y a des pères, des mères, des enseignants, des nounous qui humilient l'enfant, qui se moquent de lui ou qui ne lui prêtent pas attention quand il demande de l'aide, quand il a mal, ou peur, ou honte, quand il lui arrive un petit accident, quand il a besoin d'être défendu, quand il réclame leur compagnie, quand il s'accroche à leurs basques en quête de protection, etc. Et le pire, c'est qu'à d'autres moments ils adoptent une attitude complètement opposée, visant à lui démontrer qu'il est *aimé*, qu'il est *beau*, et qui ne fait que le plonger dans une perplexité aussi grande que s'il avait sous les yeux un traité d'herméneutique. Mais attention, ces marques d'affection ne sont qu'apparentes : selon l'expression consacrée, « il n'y a pas d'amour, il n'y a que des preuves d'amour ».

Ce mépris, ces humiliations subies dans l'enfance et la honte qui en découle sont à l'origine de la plupart des problèmes dont nous souffrons à l'âge adulte, et en particulier de la dépendance émotionnelle et du manque d'estime de soi.

Il y a bien d'autres façons d'effrayer, d'intimider ou de culpabiliser un petit garçon ou une petite fille que la violence physique. Tourmenté par des pensées et des sentiments qu'il ne peut communiquer ni partager avec quiconque, l'enfant apprend à endurer la douleur en silence.

Estime de soi et mode de communication sont liés, car selon la façon dont on parle à un enfant, l'effet sera positif ou négatif, il le vivra comme un apprentissage fructueux ou en éprouvera au contraire du ressentiment. Naturellement, les pères et les mères qui altèrent l'estime de soi de leur enfant ne le font pas toujours consciemment : ayant été eux-mêmes élevés ainsi, ils répètent le schéma appris dans leur enfance, avec la conviction, qui plus est, d'agir pour son bien et de l'élever le mieux possible.

Il y a diverses manières de transformer un enfant ou un adolescent en adulte dépourvu d'estime de soi :

a) Par la surprotection

En lui fixant constamment et arbitrairement des limites (il est normal et nécessaire de lui en imposer, mais en abuser, c'est le protéger et le contrôler à outrance), en lui adressant le message implicite qu'il n'est bon à rien ou qu'il est inférieur aux autres, en lui interdisant de jouer au square avec les autres enfants, de s'approcher des chiens, de rentrer seul de l'école alors que ses camarades de classe le font. Ou encore, quand il est déjà plus grand, une chose c'est imposer une heure limite de retour à la maison, et autre chose, tout autre chose, c'est venir l'attendre à la sortie de la boîte de nuit pour contrôler ses fréquentations et vérifier s'il a bu ou non – comportement à la fois surprotecteur et irrespectueux, mais qui était monnaie courante à la génération de mes parents. Une autre façon de surprotéger un enfant est de lui faciliter les choses à l'excès, car le risque est alors de lui transmettre ce message subliminal : tu es un bon à rien, il faut tout faire à ta place. La surprotection est toujours nocive : elle produit, dans la plupart des cas, un adulte dépourvu d'estime de soi, dans d'autres, un narcissique.

b) Par la discrimination

En comparant défavorablement un enfant à son frère ou à sa sœur, ou en différenciant les rôles suivant les sexes (les garçons ne pleurent pas, les petites filles sont coquettes, un garçon porte du bleu et une fille du rose, un garçon qui tape sur un autre enfant à la crèche, c'est normal et même amusant, mais une fille qui agit de la même façon n'est qu'une teigne). Sans parler de cette habitude, fréquente chez les mères espagnoles de la génération de mes parents, d'imposer des normes différentes aux garçons et aux filles, qu'il s'agisse de l'heure limite pour rentrer le soir, de la tenue vestimentaire (« tu ne peux pas mettre une jupe si courte, un pantalon si moulant, un corsage si près du corps »), de la coupe de cheveux, des appels téléphoniques (certaines mères, en entendant une voix masculine au bout du fil, faisaient un esclandre sans nom, au point que, à cette époque où les portables n'existaient pas, nos flirts nous faisaient appeler par une sœur ou une amie, et ne prenaient le combiné qu'ensuite), et ne parlons même pas des rendez-vous à la sortie du lycée (qu'un garçon vienne te chercher, et c'était le scandale assuré, mais que ton frère soit l'objet d'une attention féminine, c'était naturel et même encouragé : « Une jeune fille a téléphoné pour toi », gloussait la mère sur un ton complice, heureuse de voir que son Juanito était enfin un homme – même si, au fond d'elle-même, elle n'avait que mépris pour ces filles faciles que son jeune mâle de fils fréquentait).

c) Par l'indifférence

En confiant l'enfant à la garde de personnes étrangères à la famille, qui font cela pour l'argent sans s'investir affectivement. Ou en lui infligeant, comme s'il n'était pas là, le spectacle continuel de leurs disputes conjugales, devant lequel il ne peut que se sentir craintif et impuissant.

d) Par l'autovictimisation

Technique banalement féminine, consistant à rendre l'enfant responsable de la souffrance de sa mère, laquelle ne cesse de pleurer, de se plaindre, de lui faire des reproches, de l'avertir de la crise de nerfs qu'il ne va pas manquer de lui faire attraper, et tout ce qui s'ensuit. « Avec tous les sacrifices que j'ai faits pour toi ! », « Et moi qui ai arrêté de travailler pour vous donner une bonne éducation, c'est comme ça que vous me remerciez ! », « Quelle faute est-ce que j'ai donc commise pour avoir un enfant comme ça ? » – dont la variante « Qu'est-ce que j'ai fait pour mériter ça ? », certes immortalisée par Almodóvar, appartient au patrimoine culturel maternel depuis des temps immémoriaux.

e) Par la tyrannie

Cas inverse du précédent. En dictant à l'enfant ses idées, sa conduite, ses habitudes, sa tenue vestimentaire, etc., avec toute l'autorité implacable dont savent faire preuve des parents très stricts, ou affectivement très distants. En l'accablant de railleries, de cris, d'arguments d'autorité et de démonstrations de puissance. « Comment peut-on être si bête ? », « Comment peut-on n'avoir à ce point pas le sens commun ? », « Je t'avais prévenu, tu vas voir ce qui va t'arriver pour avoir désobéi », ou encore « C'est comme ça, je n'ai pas d'explication à te donner, tu fais ce que je te dis, un point c'est tout. »

Parfois, ces deux derniers rôles (de martyr et de tyran) se combinent ou alternent, ce qui ne fait qu'ajouter à la confusion, surtout lorsque se surajoutent des marques ou des demandes d'affection. Et si d'aventure l'enfant soumis à un tel traitement se plaint, se met à pleurer ou à protester, il peut se retrouver à nouveau en position d'accusé, de coupable, qui n'a pas droit à la parole.

Cette voix, paternelle ou maternelle, résonne à jamais dans notre subconscient, de sorte qu'à l'âge adulte, quels que soient nos succès ou nos réussites, nous nous sentirons toujours aussi bêtes, aussi nulles, aussi méchantes (j'emploie le féminin car j'en ai assez que le masculin soit la norme et le féminin la variante, mais cela vaut aussi pour vous, les garçons), tant ces échos maléfiques, tapis en embuscade dans le tréfonds de notre cerveau, se chargent de nous gâcher tout plaisir et de déprécier la moindre de nos prouesses. Aussi devons-nous apprendre à les reconnaître, afin de nous libérer de leur injonction écrasante, de neutraliser leur pouvoir de nuisance, et surtout de ne pas faire subir la même chose à nos filles et à nos fils.

Aucune forme de maltraitance n'a jamais eu de vertus éducatives, aucun message ou mode de communication reposant sur la critique incessante, la culpabilisation, le reproche ou l'insulte, ne peut exercer de stimulation positive. À plus forte raison sur un enfant, qui n'a aucune possibilité de se défendre, de se protéger, de comprendre que si son père, ou sa mère, a endossé ce rôle de martyr, de flic ou de tyran, c'est par ignorance que d'autres modes de relation étaient possibles.

La société

Au-delà des parents, la société elle-même fait beaucoup pour saper l'estime de soi chez un individu. Car les identités sexuelles imposées s'enregistrent très tôt sur le disque dur de notre inconscient, configurant à l'avance ce qui fera la spécificité de notre personnalité future. (Ici, mon ami Javier me demande de citer *Le Moi et le Ça* de Freud, le *ça* désignant tout ce qui, niché dans le subconscient, resurgit dans certaines circonstances. Je souligne au passage que le mot « subconscient » n'existait pas avant Freud, et qu'il y a encore des psychologues révisionnistes pour prétendre que le subconscient n'existe pas... mais je ne veux pas m'engager ici dans une querelle qui n'en finirait pas.)

Selon Nora Levinton, la mère est la représentation sociale du genre féminin, et c'est à travers sa figure symbolique que se construit l'attitude envers la vie et envers autrui. « C'est pourquoi la construction de la personnalité d'une femme, sa subjectivité, son équilibre émotionnel dépendent trop souvent de ce foyer d'attention et de sollicitude, et la menace la plus terrible est la perte de l'amour maternel. La mère étant à la fois le siège de l'affectif et la figure de proue génératrice de frustration et d'insatisfaction, les sentiments que l'on a pour elle sont forts et ambivalents. On exige d'elle qu'elle occupe une place à laquelle elle sera critiquée si elle exerce un contrôle excessif, et réprouvée si elle n'élève pas convenablement ses enfants. À la puberté, la fille remettra sa mère en cause, la rejettera pour conquérir son autonomie, qu'elle sent menacée par ce lien avec elle. Il s'ensuivra une désagrégation forcée de la relation mère-fille, dont le stéréotype se maintiendra cependant. » En d'autres termes, c'est le schéma que nous avons toutes connu à l'adolescence : « Je déteste ma mère et je ne peux pas supporter qu'elle soit si chiante, mais d'un autre côté je ne peux pas me retenir de l'aimer et de rechercher son approbation, et je finis par l'imiter bien plus que je ne le voudrais. »

« L'identification primaire avec la mère protectrice, qui se décline sur le mode ludique en jouant à la poupée, se répète aux différentes étapes de la vie, poursuit Nora Levinton. Elle se réactive dans la relation de couple, et la femme, à travers l'identité sexuelle imposée, tendra inconsciemment à assumer la responsabilité du bien-être et du bon fonctionnement de la relation, qu'elle le veuille ou non » – c'est-à-dire à être, au sein du couple, l'élément le plus dépendant émotionnellement. Si l'identité d'une femme est avant tout fondée sur sa capacité à avoir une relation amoureuse, c'est-à-dire si, au fond, elle ne se sent valorisée que dans la mesure où elle a un partenaire qui lui confère une légitimité, il en découle logiquement que se retrouver seule fera chuter son estime de soi.

Bien des situations familiales résultent d'un contexte social structuré par l'infériorité et la marginalité de la figure féminine. Car si la femme demeure, aux yeux de la société, un citoyen de seconde catégorie, elle est prise en outre dans un cercle vicieux, les expériences négatives vécues dans la sphère familiale étant aggravées par les facteurs sociaux et culturels qui fondent sa discrimination. Elle se sent une merde parce qu'elle a été traitée comme une merde dans sa famille, et elle est confortée dans ce sentiment quand elle constate que, pour le même travail, elle est moins payée que ses collègues hommes, ou quand les médias lui adressent le message implicite qu'une femme ne vaut que par son apparence, tandis qu'un homme vaut par ce qu'il fait.

Du côté des hommes, plusieurs cas sont à distinguer :

L'homme gay a toutes les chances de développer une faible estime de soi, ayant appris depuis tout petit que les relations homosexuelles sont un péché, voire un crime. Quant à l'hétéro, tout va bien pour lui tant qu'il se conforme à ce qu'on attend de lui. Mais gare au pauvre garçon sensible qui ne s'intéresse ni au foot ni au rock, et qui veut devenir instituteur ou, comme dans le film *Billy Elliot*, prendre des cours de danse classique. Ses camarades de classe le tiendront à l'écart, à l'âge adulte ses collègues de travail (même s'il est coiffeur ou danseur) le regarderont toujours de travers, car tout le monde le considérera comme un homo qui n'a pas fait son *coming out* et n'a pas le cran suffisant pour clamer sa vérité à la face du monde.

Mais l'hétéro endurci, celui qui regarde le foot, qui boit de la bière avec ses copains et qui pour rien au monde ne porterait de pull rose, a aussi ses problèmes. Tout petit, il a entendu sa mère lui répéter la fameuse phrase « un garçon ne pleure pas », et la société l'a peu à peu encouragé, par des messages plus ou moins subtils (depuis l'école jusqu'à la publicité), à réprimer ses émotions. C'est pourquoi, lorsqu'il tombe amoureux, il a le sentiment d'être seul, ou nul, ou méprisé, ou tout simplement il n'est pas sûr de lui, il est généralement confronté à un double problème : le premier est la souffrance affective, le second la honte qu'il éprouve à se laisser aller à des émotions indignes de son sexe. Beaucoup de ces « vrais hommes », comme on dit, recourent en pareil cas à la boisson ou à l'agressivité.

Comme l'explique l'anthropologue mexicain Eduardo Liendro, qui dirige, dans son pays, le Comité pour les relations égalitaires : « On parle des privilèges qu'ont, dans une société machiste, les hommes du seul fait de leur sexe, mais il faut aussi déplorer l'immense gâchis que constitue ce processus d'endurcissement du mâle. Contraint d'anesthésier ses sentiments, il se tourne vers l'alcoolisme ; il étouffe ses émotions parce qu'on ne lui a pas appris à les identifier et à admettre qu'elles puissent s'exprimer. Cela n'est pas sans conséquences sur la santé masculine, qu'il s'agisse de la cirrhose, du sida ou des morts accidentelles ou violentes. On nous éduque dans une culture de l'insensibilité. Et le refoulement des émotions est également un facteur important de violence intrafamiliale[1]. »

Le mythe de l'amour éternel

Et maintenant, pour couronner le tout, le grand mythe du XXe siècle : l'Amour éternel. Oui, l'amour véritable, sublime, authentique, originel (surtout pas d'ersatz), celui qui est au-dessus de tout et triomphe de tout. Ce mythe, qui inspire la plupart des films et des romans et qui peuple nos rêves, s'abreuve à la même source que la croyance selon laquelle l'amour est un destin plutôt qu'une volonté, un sentiment plutôt qu'une construction mentale, un feu pur et brûlant qui doit nous consumer en dévastant tout sur son passage : bonheur, conventions, morale. Nous savons bien que la passion et le désir ont une fin, que la vie à deux est compliquée et exige une négociation constante, qu'elle transforme irrémédiablement le désir

1. Manuel Zozaya, « En defensa de los derechos sexuales », *Letra S*, 7 mai 1998.

55

sauvage en simple affection, même si celle-ci peut s'avérer bien plus profonde que les liens charnels. Et pourtant nous continuons à poursuivre le même fantasme : celui d'un amour éternel et unique. Un tel fantasme est dangereux, car il requiert l'assentiment de la société et repose sur l'idée d'un sentiment qui dure toute la vie, empêchant par là même tout réalisme affectif et exigeant de celui qui aime un engagement total, inconditionnel, autodestructeur.

Le romancier hongrois Sándor Márai nous l'explique très bien : « Moi, mon vieux, j'espérais un miracle. Qu'est-ce qu'un miracle ? La foi en la force éternelle, surnaturelle et mystérieuse de l'amour, capable de mettre fin à la solitude, d'abolir la distance entre deux êtres, d'abattre les murs artificiels que la société, l'éducation, la fortune, le passé et les souvenirs ont élevés entre eux. [...] Ce miracle, je l'imaginais très simple : je croyais que toutes nos différences allaient se fondre dans le creuset de l'amour. »

Le mythe de l'amour-passion est une invention de l'Occident. En Orient et dans la Grèce de Platon, l'amour (Éros) était conçu comme un plaisir, tandis que la passion, dans son sens tragique et douloureux, non seulement était rare, mais inspirait le dédain.

Notre conception maladive de l'amour n'existe pas, par exemple, en Chine. Le verbe « aimer » y est employé exclusivement pour désigner les relations entre une mère et ses enfants. Le mari n'« aime » pas sa femme, il « a de l'affection » pour elle. On marie les Chinois très jeunes et la question de l'amour ne se pose pas. Ils ne partagent pas les sempiternels doutes des Européens, et n'éprouvent pas non plus de désespoir ou de douleur quand ils découvrent qu'ils ont confondu l'amour avec l'envie d'aimer. Autrement

56

dit, si vous allez chez un psychiatre chinois et que vous lui racontez les habituelles rengaines occidentales du style « ce que je ressens est-il de l'amour ou non ? », « est-ce que j'aime cette femme (cet homme), ou est-ce simplement de l'affection ? », « est-ce lui (elle) que j'aime, ou bien est-ce l'amour que j'aime ? », « est-ce que je dois rester avec Shing Chang, avec qui j'ai le plus d'affinités, ou bien est-ce Zhang Zhou que j'aime vraiment, étant donné que je prends davantage mon pied avec lui ? », il considérera que vous avez un problème mental grave, et qu'en outre vous vous êtes encore laissé intoxiquer par ces malsaines idées occidentales.

Alors que, dans de nombreux pays, les mariages sont arrangés, l'institution sociale fondamentale qu'est la famille repose, dans nos sociétés, sur l'amour romantique. Or, cet idéal, qui n'est qu'une construction culturelle, offre à l'individu un modèle de comportement amoureux qui est conditionné par des facteurs sociaux et psychologiques. Nous apprenons ainsi, au cours de notre longue socialisation, ce que signifie tomber amoureux, les sentiments qu'il est de bon ton d'associer à cet état ; nous apprenons comment, quand et de qui on doit tomber amoureux – et de qui, au contraire, on ne doit pas tomber amoureux...

Par-dessus le marché, plus nous perdons nos repères dans la société actuelle – et nous le faisons à une vitesse vertigineuse, car nous ne vivons plus dans de petites communautés, ni dans des familles étendues, et nous ne faisons plus le même travail toute notre vie –, plus nous manquons de facteurs externes pour conforter notre identité et l'estime que nous avons pour nous-mêmes, et plus nous aspirons à une relation de couple qui assouvisse notre besoin de donner à notre vie du sens et un point d'ancrage, de sorte que **cette soif d'amour,** véritable quête du Graal, **finit par constituer le fondamentalisme de la modernité.** Mais cet amour après lequel nous courons est voué à être le théâtre de **l'affrontement des sexes,** car l'idéal égalitaire provoque une lutte constante au sein du couple. En dépit du nombre croissant de divorces, nous dit le psychiatre Paul Verhaeghe, « jeunes et vieux rêvent toujours d'une relation amoureuse qui dure toute la vie : alors qu'autrefois l'accent était mis sur le sexe, maintenant on le met sur la sécurité ». Son confrère Dio Bleichmar affirme quant à lui que les adolescentes d'aujourd'hui sont soumises à l'injonction d'être sexuellement actives, à la « tyrannie de l'expérience sexuelle », à tel point que « les jeunes filles qui n'ont pas d'aventures amoureuses ou de relations sexuelles passent par des crises importantes de mal-être et des dépressions mineures ». Compte tenu, en outre, de la tolérance sexuelle qui caractérise notre société et la liberté qui en découle, **la frustration actuelle n'est pas de nature sexuelle,** comme à l'époque de Freud, **mais existentielle,** liée au sens, chacun ayant le plus grand mal, après la déroute des idéologies de l'ère prémoderne, à trouver des réponses personnelles. La conséquence de tout cela est que quelqu'un qui ne vit pas en couple, non seulement se sent seul, mais devient une sorte de paria social.

Cette conception idéalisée de l'amour romantique a ses éléments emblématiques : démarrage soudain (le coup de foudre), gages d'amour, relation fusionnelle, sacrifice pour l'autre au mépris de sa propre vie, attentes magiques comme celle de rencontrer un être totalement complémentaire (sa « moitié d'orange »), aspiration à vivre dans cette symbiose qui est censée s'instaurer entre deux êtres se comportant comme s'ils avaient réellement besoin l'un de l'autre pour respirer et se mouvoir, et formant à eux deux un tout indissoluble.

Cette représentation de l'amour est particulièrement manifeste dans l'éducation sentimentale des femmes. Si les hommes sont élevés dans l'idée que l'on s'accomplit à travers l'amour, nous autres, en tout cas les femmes de ma génération, l'avons été dans l'idée que l'on s'accomplit à travers le mariage. Le message peut être soit explicite (à l'image de ce que m'a dit, un jour, une bonne sœur : « Tu dois faire tes devoirs pour être capable, plus tard, d'aider tes enfants à faire les leurs »), soit plus subtil, comme ceux que nous inoculent, tel un venin, toutes ces *telenovelas*, ces comédies romantiques ou ces publicités pour parfums. Nous autres femmes occidentales avons généralement été socialisées dans une conception de la relation amoureuse comme étant au-dessus de tout : « si tu es riche et célèbre mais qu'il te manque l'amour, tu n'es rien » ; « en amour comme à la guerre, tout est permis » ; « on doit être prêt à tout par amour »… C'est ainsi que, pour une femme, choisir un mari ou un compagnon signifie jouer sa vie sur une seule mise, et qu'une séparation porte gravement atteinte à l'ego de l'épouse comme à son image sociale, ainsi qu'en témoignent les expressions fréquemment utilisées à l'occasion d'un divorce : « mariage raté », « échec amoureux », « erreur sentimentale » – alors même que se séparer au bon moment est parfois une excellente idée, pour ne pas dire un succès. Plutôt que de reconnaître sa défaite, une femme fera tout ce qui est en son pouvoir pour retenir son partenaire : se soumettre au-delà du raisonnable, pardonner l'impardonnable, avoir des enfants non désirés, et tout autre sorte de folies amoureuses – tout cela pour démontrer qu'il existe « une possibilité, si infime soit-elle, de sauver notre amour », pour parler comme Almodóvar.

Les grandes héroïnes de la littérature occidentale, de Médée à Anna Karénine en passant par Juliette, Emma Bovary ou la Mélibée de *La Célestine* de Rojas, vivaient l'amour comme étant le projet essentiel de leur vie. La romancière et essayiste Lourdes Ortiz a analysé comment, dans la plupart de ces histoires, ce qui, pour l'héroïne, représente toute sa vie, n'est pour le personnage masculin qu'une partie de la sienne.

De la Dame aux camélias aux héroïnes de Corin Tellado en passant par celles de la série télévisée *Cristal*, nous retrouvons toujours les mêmes éléments : conquête éclair, amour flamboyant, dévouement passionné, le tout entrecoupé de mésententes, de malentendus, d'obstacles en tout genre – mais, quelle qu'en soit la gravité, après de grands sacrifices et de grands bouleversements viendra le dénouement heureux, soit que l'horizon s'éclaircisse et que l'héroïne s'achemine vers un bonheur à l'eau de rose, épouse son bien-aimé et ait beaucoup d'enfants, soit qu'à l'instar de Marguerite Gautier, d'Emma Bovary ou de la Régente de Clarín, elle atteigne, à défaut du bonheur, l'immortalité, ce qui n'est pas rien non plus.

Mais les manifestations de la culture populaire, les *coplas* notamment, ne sont pas en reste par rapport aux grands romans classiques. Elles sacralisent en effet une idée de l'amour qui se caractérise par :

a) Le dévouement total
Oui, pour moi il n'y a que toi au monde [...]
Si tu me mettais à l'épreuve,
[je donnerais ma vie pour toi[1].

Tu me tiens par ton seul regard,
Et nul besoin de cordes pour m'attacher[2].

b) La conception de l'autre comme seule et unique raison de vivre
Si tu me demandais de me jeter dans le feu,
Tel du bois je me consumerais,
Car je suis ton esclave et toi le maître absolu
                              [de mon corps,
De mon sang et de ma vie[3].

c) L'alternance de sensations très intenses de bonheur ou de souffrance, toujours éprouvées ou subies en fonction de l'autre
C'est l'histoire d'un amour à nul autre pareil
Qui me fit comprendre tout le bien, tout le mal,
Qui illumina ma vie pour l'éteindre ensuite[4].

d) La dépendance complète vis-à-vis de l'autre et l'oubli de soi
À tes côtés, à tes côtés,
Toujours à côté de toi
Jusqu'à mourir pour toi[5].

1. *Te lo juro yo* (León et Quiroga).
2. *Brujería* (chanson du groupe Son de Sol).
3. *Dime que me quieres* (Quintero, León et Quiroga).
4. *La historia de un amor* (Carlos Almarán).
5. *A tu vera* (León et Solano).

e) Le pardon et/ou la justification de n'importe quel comportement au nom de l'amour

> *Emmène-moi par des chemins de croix*
> *[et d'amertume,*
> *Attache-moi et même crache-moi dessus,*
> *Jette-moi dans les yeux une poignée de sable,*
> *Fais-moi mourir de douleur, mais aime-moi[1].*

f) Le dévouement au bien-être exclusif de l'autre

> *Pourvu que tu vives en paix,*
> *[peu importe que je meure.*
> *Je t'aime en étant l'autre, celle qui t'aime le plus[2].*

g) L'abandon de tout son temps et de toutes ses ressources à l'autre

> *Garlochí, le chemin que tu m'aurais demandé,*
> *Garlochí, le chemin que je t'aurais donné[3].*

h) La conviction de n'avoir jamais aimé avant et de ne plus jamais être capable d'aimer après

> *Je n'ai aimé qu'une fois dans la vie*
> *[...]*
> *On ne livre son âme qu'une fois*
> *Avec ce doux et total renoncement[4].*

i) Le désespoir à la simple idée d'être abandonnée, et la volonté, en pareil cas, de se laisser mourir à la façon de la Dame aux camélias

> *Et si tu me disais que tu ne m'aimes plus,*
> *Dieu sait la folie que je pourrais commettre,*

---

1. Voir note 1, p. 61.
2. *La otra* (León et Quiroga).
3. *Garlochí* (León et Quiroga).
4. *Solamente una vez* (Agustín Lara).

> *Car je ne vis que pour toi,*
> *C'est toi qui me fais mourir ou vivre*[1].

j) Le sentiment d'avoir vécu une relation sans pareille

> *Tu as toujours été ma raison de vivre,*
> *T'adorer pour moi fut une religion*[2].

k) La focalisation exclusive sur l'autre, au point de ne pouvoir travailler, étudier, manger, dormir ou s'intéresser à d'autres personnes

> *Tu ne peux savoir ce que tu me fais ressentir,*
> *Car il n'est de moment où je puisse vivre sans toi,*
> *Tu absorbes mon espace et me possèdes peu à peu,*
> *L'orgueil meurt en moi,*
> *[car je ne peux vivre sans toi*[3].

l) La vigilance constante envers tout signe ou indice de variation dans l'amour ou l'intérêt témoigné par l'autre

> *Ce que je ressens pour lui ne varie pas,*
> *[je l'aime un jour beaucoup*
> *Et le lendemain encore plus*[4].

m) L'idéalisation de l'autre, qui empêche de voir en lui le moindre défaut, ou qui transforme tout défaut éventuel en vertu par la baguette magique de la passion

> *Tu es mon trésor, devant lequel je m'extasie.*
> *Pourquoi nier que je suis amoureux de toi ?*

1. Voir note 3, p. 61.
2. Voir note 4, p. 61.
3. *Por debajo de la mesa* (Armando Manzanero).
4. *Coplas de Luis Candelas* (León et Quiroga).

Dieu dit que la gloire est dans le ciel,
La consolation est pour les mortels
[quand ils meurent.
Dieu soit béni puisque je t'ai de mon vivant,
nul besoin pour moi d'aller au ciel
Car c'est toi, mon amour, qui es la gloire[1].

n) La conviction que l'amour nous tombe dessus comme la foudre, et qu'on ne peut ni le comprendre ni lui résister

J'ignore d'où me vint cet amour sans crier gare,
J'ignore par quelle méprise tout a changé pour moi[2].

Je ne veux pas savoir de quelle chaîne je suis captive,
Ne vois-tu pas que je ne le sais que trop bien
et que je suis plus morte que vivante[3] ?

o) La relation vécue comme source de souffrance et d'angoisse permanente

Mais vivre de la sorte,
plus que vivre, c'est mourir[4].

Peut-être serait-il préférable que tu ne reviennes pas,
Sans doute serait-il préférable que tu m'oublies.
Revenir c'est commencer à nous tourmenter,
À nous aimer pour nous haïr sans début ni fin.
Nous nous sommes fait tant de mal,
Tant de mal que l'amour entre nous est un supplice.
Jamais ne voulut venir le désenchantement,
ni l'oubli, ni le délire.

1. *La gloria eres tu* (José Antonio Méndez).
2. *Me embrujaste* (León et Quiroga).
3. *Yo no me quiero enterar* (León et Quiroga).
4. *Encadenados* (Carlos Arturo Briz).

Il en sera toujours ainsi entre nous.
La tendresse qui est la nôtre est un châtiment
Qui reste dans l'âme jusqu'à la mort[1].

Blême et avec des cernes,
Ne pas lui demander ce qu'il a,
[ce qu'il veut vraiment[2].

Car Dieu m'a laissé t'aimer
[pour me faire souffrir davantage[3].

p) L'idéalisation de la relation, qui fait considérer tout sacrifice comme la moindre des choses, pour peu qu'il soit consenti par amour pour l'autre

Si tu me demandais d'aller pieds nus,
Demander l'aumône pieds nus j'irais.
Si tu me demandais de m'ouvrir les veines,
Une rivière de sang m'éclabousserait.
Si tu me demandais de me jeter dans le feu,
Tel du bois je me consumerais.
Car je suis ton esclave et toi le maître absolu
[de mon corps,
De mon sang et de ma vie[4].

Veux-tu que j'aille pieds nus ?
[Je partirai sur les chemins.
Veux-tu que je m'ouvre les veines pour voir
[si je te retrouve ?
Je ferai selon tes désirs, selon tes caprices,
Car mon cœur est un cerf-volant,

1. Voir note 1, p. 64.
2. *Queriendo de veras* (*bulería* populaire).
3. Voir note 4, p. 61.
4. Voir note 3, p. 60.

Et dans ta main se trouve la pelote ;
Car ma déraison est la cloche, et ta volonté, le son[1].

En résumé, il ressort de tout ce qui précède que l'amour, en tant que projet de vie, demeure essentiel et prioritaire pour nombre de femmes. Elles ont le sentiment que, sans lui, leur vie n'a pas de sens, et c'est pourquoi, en dépit des profonds changements survenus au XXᵉ siècle grâce au mouvement féministe (n'oubliez jamais, ingrates, ce que vous devez au féminisme[2] : le droit de vote, l'entrée dans le monde du travail, les congés de maternité, la loi contre les violences faites aux femmes), les femmes assument (nous assumons), dans une plus grande proportion que les hommes, ce modèle romantique maladif qui conditionne nos vies et nos histoires personnelles dans cette quête éperdue de l'Amour, identifié à l'amour

---

1. *Trece de mayo* (León et Quiroga).
2. **Si tu es une femme…** Tu peux voter. Tu reçois un salaire équivalent à celui d'un homme pour le même travail. Tu es allée à l'université. Tu peux postuler pour toute sorte d'emplois, sans interdits. Tu peux recevoir et donner des informations sur le contrôle de la fertilité sans finir en prison pour cela. Tu peux pratiquer un sport professionnel. Tu peux porter des pantalons sans être excommuniée ni clouée au pilori. Tu peux te marier et conserver ton nom de jeune fille, et tes droits civils ne sont pas assumés par ton époux. Tu as le droit de refuser d'avoir des relations sexuelles avec ton époux. Tu as le droit à ce que ton dossier médical confidentiel ne soit pas divulgué aux hommes de ta famille. Tu as le droit de lire les livres qui te chantent, sans le contrôle de ton frère ou d'un tuteur. Tu peux être entendue sur des crimes ou des dommages causés par ton époux. Tu peux obtenir un prêt sur ton seul nom et tes revenus propres, sans l'aval de ton mari ou d'un tuteur. Tu es autorisée à témoigner pour te défendre. Tu possèdes des biens qui ne sont qu'à toi. Tu as le droit de disposer de ton salaire librement, même si tu es

éternel et fusionnel. Beaucoup de femmes cherchent encore une justification à leur existence en faisant de cet idéal la colonne vertébrale de leur vie, en lui accordant plus de temps et d'espace imaginaire et réel qu'à elles-mêmes ou à leurs propres inquiétudes, quand les hommes en consacrent davantage à obtenir la reconnaissance et la considération de la société et de leurs pairs.

Alors que nous autres femmes choisissons généralement nos amis pour l'estime et le respect qu'ils nous témoignent, ainsi que pour les satisfactions émotionnelles et affectives qu'ils nous procurent, nous avons inconsciemment tendance, dès qu'il s'agit de choisir un partenaire, à nouer des liens avec des personnes qui, non contentes de nous dénigrer, nous plongent dans l'amertume, dans la souffrance physique et psychique. C'est parce que nous sommes

mariée ou s'il y a un homme dans ta famille. Tu obtiens la garde de tes enfants après un divorce. Tu sais que si ton mari te bat, tu pourras porter plainte contre lui au commissariat, et que personne ne viendra te sermonner ou te dire comment être une meilleure épouse ou une meilleure mère. On te délivre un diplôme à l'université, au lieu d'un certificat de fin d'études. Et tu peux donner discrètement le sein à ton bébé dans un lieu public sans être arrêtée pour cela… **Remercies-en les féministes.** Sans le combat des nombreuses féministes qui ont réclamé ces droits pour toi, tu ne pourrais pas jouir de ce que tu considères aujourd'hui comme normal. Ma propre mère ne pouvait ni travailler ni sortir du pays sans l'autorisation de son mari ou de son tuteur, elle ne pouvait disposer librement de l'argent qu'elle avait sur ses comptes en banque, car son mari avait un droit de regard dessus, et elle n'aurait pas pu se séparer de lui – si elle l'avait voulu ou en avait eu besoin – sans perdre la garde de ses enfants. Et tout cela, il y a trente ans seulement.

Et n'oublie pas que, dans les trois quarts du monde, les femmes ne jouissent pas encore de ces droits.

accoutumées, depuis que nous sommes toutes peti-tes, à valoriser la dépendance émotionnelle, et que nous restons conditionnées, à l'âge adulte, par des personnages comme Bridget Jones ou Carrie Brad-shaw.

Si, en fin de compte, nous prenons le contexte fami-lial de chaque femme, que nous y ajoutons quelques gouttes du stéréotype féminin (tolérance, passivité et soumission, quand le masculin est synonyme d'acti-vité, de dépendance et de domination), que nous incor-porons à ce mélange un zeste du modèle culturel de l'amour romantique et que nous passons le tout au mixeur, nous comprenons mieux comment on devient une femme maltraitée et pourquoi il y en a tant dans les sociétés fondées sur ce modèle. La femme mal-traitée n'est pas une malade ni une masochiste, mais un être humain qui n'a fait que se conformer stricte-ment à ce que la société et l'institution familiale lui ont inculqué et ont exigé d'elle.

Mais je citerai encore un autre exemple musical : une chanson qui est restée pendant des décennies dans le *top ten* des radios country américaines, et qui résume en quelques lignes le sentiment qui prévaut dans l'Empire quant au rôle de la femme dans le couple :

Sometimes it's hard to be a woman,
giving all your love to just one man.
You'll have bad times and he'll have good times
doing things that you don't understand.
But if you love him, you'll forgive him,
even though he's hard to understand.
And if you love him, oh, be proud of him !
Cause after all he's just a man.

Stand by your man and show the world you love him.
Keep giving all the love you can[1].

L'ADDICTION À L'AMOUR

Le problème que rencontre une écrivaine au moment d'écrire un livre de vulgarisation, c'est que la littérature clinique existante appelle le même dérèglement de plusieurs façons différentes : addiction affective, codépendance, dépendance affective, attachement affectif inapproprié, addiction à l'amour, ou encore personnalité dépendante... Ou du moins le profane a-t-il l'impression qu'il y a différents noms pour un même problème. Je suppose qu'un spécialiste pourrait nous expliquer les subtiles différences entre tel concept et tel autre, mais comme j'écris un essai littéraire et non une thèse de doctorat, je partirai du principe que tous ces termes se rapportent, plus ou moins, à la dépendance psychologique et émotionnelle, qui est le fait de certains couples unis par un lien excessif et déséquilibré, ne comportant pas les caractéristiques d'une relation saine : la considération, l'honnêteté, l'empathie, le respect mutuels. Des relations, donc, fondées sur la dépendance (qu'elle soit unilatérale

---

1. Traduction : « Il est parfois difficile d'être une femme et de donner tout son amour à un seul homme. Tu passeras de mauvais moments pendant que lui en passera de bons à faire des choses que tu ne peux pas comprendre. Mais si tu l'aimes, tu lui pardonneras même s'il est difficile de le comprendre. Et si tu l'aimes, tu seras fière de lui car, après tout, ce n'est qu'un homme. Reste auprès de ton homme et prouve au monde que tu l'aimes. Continue à lui donner tout l'amour dont tu es capable », « Stand by your man » (Tammy Wynette et Billy Sherrill).

ou réciproque), une dépendance qui, de surcroît, se nourrit de l'insécurité psychologique et de la peur de la solitude.

Il n'est pas étonnant que, selon certaines sources, la moitié des consultations psychologiques soient dues à des problèmes en rapport avec ce qu'on a parfois aussi appelé « dépendance pathologique interpersonnelle », et qui intervient très souvent dans des relations de couple. La majorité de ceux qui viennent consulter pour cette raison ont à faire face à deux difficultés. La première est qu'ils sont incapables de mettre fin à la relation qui les fait tant souffrir, de la même façon qu'un héroïnomane est incapable de se passer de sa drogue. La seconde est qu'ils ne peuvent se résoudre à ce que cette relation se termine, et qu'ils s'accrochent à de faux espoirs, comme le naufragé à sa planche.

Même si l'on ne sait pas avec certitude qui est à l'origine du concept de dépendance émotionnelle, la plupart des études en attribuent la paternité à Abraham Maslow, qui a été le premier à émettre l'idée que la réaction d'un individu à la fin d'une relation amoureuse était fonction de sa propre autonomie.

Mais c'est en 1975, lorsque Stanton Peele parle de « dépendance sociale » vis-à-vis du cercle d'amis et de « dépendance affective » vis-à-vis du partenaire, que l'amour, pour la première fois, est assimilé à une dépendance. C'est dans son désormais classique *Love and Addiction*, qu'il publie cette même année avec Archie Brodsky, qu'apparaissent les concepts d'« addiction à l'amour », de « dépendance interpersonnelle » et d'« addiction affective ». Stanton Peele élabore également, en 1976, la première classification entérinant l'existence de la dépendance affective.

En 1990, Martha R. Bireda recourt à son tour au concept de dépendance émotionnelle, qu'elle définit ainsi : « Lorsque notre obsession pour l'autre personne atteint un degré tel que nous ne nous soucions plus de nos propres besoins et priorités, voire de notre propre vie. »

Melody Beattie appelle, pour sa part, « codépendance » l'addiction à une personne. Aujourd'hui, ce terme s'emploie surtout pour une personne dépendante d'une autre personne elle-même dépendante d'une substance déterminée. (Il s'agit souvent, par exemple, de mères ou d'épouses d'alcooliques ou de polytoxicomanes, qu'elles sont incapables d'abandonner et dont elles se font même parfois les complices pour leur éviter la prison.) Mais nombreux sont encore ceux qui l'utilisent pour désigner la dépendance émotionnelle.

Melody Beattie explique dans *Vaincre la codépendance* comment la conduite dépendante trouve un bouillon de culture privilégié dans un milieu social exaltant l'abnégation, le dévouement, le sacrifice, le fait d'être une « bonne épouse » ou une « bonne mère », et véhiculant la croyance erronée que l'amour peut tout – et en particulier changer l'autre, voire l'aider à se racheter. C'est ainsi que le dépendant persiste dans son attitude, déployant des efforts aussi stériles que frustrants.

La pensée féministe (telle qu'elle s'exprime notamment dans les ouvrages de Judith M. Bardwick et de Marion Solomon) conteste le caractère opératoire des notions de dépendance émotionnelle et de personnalité dépendante pour deux raisons. La première est que toute relation amoureuse comporte une dose de dépendance émotionnelle ; la seconde est que ces notions reviennent à nier que la femme maltraitée soit la victime de circonstances particulières qui font obstacle à son indépendance.

Finalement, devant la confusion qui s'instaurait entre les différents vocables utilisés, l'Association américaine de psychiatrie a choisi de s'en tenir à la notion de « personnalité dépendante ». « Une telle personnalité se caractérise principalement par le besoin excessif que quelqu'un s'occupe d'elle, l'incapacité à prendre des décisions pour elle-même. Dans la mesure où elle estime ne pouvoir se passer de l'assistance d'autrui, elle a, d'une part, tendance à "coller" à ce dernier, et, d'autre part, une peur panique de la séparation. […]

« Les personnes sujettes à ce trouble, soulignent les psychiatres américains, ont souvent de grandes difficultés à prendre des décisions dans la vie quotidienne si elles ne se sentent pas soutenues, et ont besoin que quelqu'un d'autre assume leurs responsabilités à leur place. Elles ont des difficultés à exprimer leurs désaccords avec les autres, car elles ont peur de perdre leur soutien et ont du mal à former des projets ou à faire des choses par elles-mêmes. Il est fréquent également qu'à force de s'en remettre aux autres elles échouent à acquérir les aptitudes nécessaires pour cela, ce qui les rend plus dépendantes encore. C'est le cas typique [j'en connais beaucoup] de ces femmes au foyer qui refusent d'apprendre à naviguer sur Internet. »

Les personnes en question ont généralement peur de la solitude, car elles redoutent d'être incapables de se prendre en charge. Lorsque s'achève une relation privilégiée, elles en recherchent une autre, qui leur procure le soutien et la sollicitude dont elles ont besoin : elles ont donc tendance à enchaîner les relations, de crainte d'être abandonnées. Il s'agit de sujets pessimistes et insécures, qui ont tendance à sous-estimer leurs capacités. Comme on peut l'imaginer, leurs relations sociales se limitent souvent à un nombre restreint de personnes, car ils se centrent quasi exclusivement sur la personne dont ils sont dépendants.

Ce trouble, au sein de la population clinique, est majoritairement le fait de femmes. María de la Villa Moral Jiménez, professeur de psychologie sociale à l'université d'Oviedo, affirme ainsi dans une interview : « En règle générale, la dépendance émotionnelle affecte à la fois les relations interpersonnelles et la sphère personnelle elle-même, ce que traduisent des indicateurs tels que : a) le besoin d'être approuvé par les autres ; b) l'obsession de se lier avec eux ; c) l'urgence avec laquelle est réclamée la présence de la personne dont on est émotionnellement dépendant, quelque frustrante que puisse être la relation ; d) l'échange asymétrique d'affection, associé à un vide émotionnel persistant ; e) une propension excessive à la rêverie, qui conduit à un état d'euphorie en début de relation, à l'idéalisation d'une personne qu'on connaît somme toute mal, et à un trauma au moment de la rupture ; f) l'adoption de postures de soumission, associée à l'annihilation progressive de soi-même, à un affaiblissement de l'estime de soi et à une plus grande vulnérabilité à la maltraitance psychologique et physique ; g) un sentiment de délaissement émotionnel, associé à des manifestations de *craving* et un état d'esprit partiellement disphorique et à des fluctuations de l'humeur au gré de l'évolution de la relation interpersonnelle. »

Walter Riso, dans *Aimer ou dépendre*, recourt également de façon constante à l'expression « dépendance émotionnelle » et établit une autre catégorisation, que l'on peut résumer ainsi :

a) Malgré les déboires rencontrés au cours de la relation, la dépendance persiste et s'accroît même avec le temps.

b) L'absence de l'autre provoque un syndrome d'abstinence, de sorte que toute tentative de suspendre la relation se révèle impossible ou infructueuse.

c) Le dépendant investit une grande quantité de temps et d'énergie pour être avec l'autre, coûte que coûte et indépendamment de toute autre considération.

d) Le dépendant persiste à privilégier le maintien de la relation par rapport à tout le reste.

e) Le dépendant redoute la solitude et ne la supporte pas.

f) Le dépendant enchaîne les relations de couple l'une après l'autre, car il a peur de rester seul.

Aux États-Unis s'est répandue depuis quelque temps, pour désigner les dépendants émotionnels, l'expression *sex and love addict*. En surfant sur les sites web des groupes de *self help*, on peut trouver le texte suivant (que j'ai adapté de l'anglais) :

« Nous sommes des hommes ou des femmes provenant de milieux très divers. Nous avons vécu des expériences différentes et avons des styles de vie différents. Certains d'entre nous ont un ou une partenaire, d'autres non. Mais nous avons tous quelque chose en commun : le besoin de rompre avec nos modèles obsessionnels compulsifs.

1. Ayant connu très peu de relations affectives saines, nous avons tendance à nous lier affectivement avec des personnes que nous ne connaissons presque pas.

2. La peur de l'abandon et de la solitude nous fait maintenir et/ou reprendre des relations douloureuses et destructrices. C'est ainsi que nous nous centrons sur une personne et que nous nous isolons de plus en plus des autres : de nos amis, de nos familles, de nous-mêmes, de Dieu.

3. Nous avons si peur de la solitude que nous enchaînons compulsivement une relation après l'autre.

4. Nous confondons amour et besoin, amour et attirance physique ou sexuelle, amour et compassion, amour et désir de sauver autrui ou d'être sauvés.

5. Nous nous sentons vides et inaccomplis lorsque nous sommes seuls. Nous avons besoin de sentir que nous sommes dans une relation. Nous avons besoin de contact physique et sexuel.

6. Nous tentons, grâce au sexe, de faire face au stress, à la culpabilité, à la solitude, à la colère, à la peur, à l'envie. Nous utilisons le sexe et la dépendance affective comme substituts du soutien, de la sollicitude et de la compréhension véritables.

7. Nous utilisons le sexe et le chantage affectif pour manipuler autrui.

8. Les fantasmes romantiques nous servent à oublier que nous sommes responsables de nos propres vies.

9. Plutôt que d'assumer nos propres responsabilités, nous les déléguons aux personnes avec lesquelles nous entretenons des relations affectives.

10. Nous sommes esclaves de notre dépendance affective et de notre compulsion sexuelle.

11. Lorsque nous évitons le contact physique avec autrui, c'est parce que nous confondons le repos avec l'anorexie affective et sexuelle. »

Nous attribuons aux autres des qualités magiques. Nous les idéalisons et les harcelons. Puis nous les accusons s'ils ne sont pas à la hauteur de nos attentes et de nos fantasmes.

LES CARACTÉRISTIQUES
DE LA DÉPENDANTE ÉMOTIONNELLE

La dépendante émotionnelle face aux autres, face à elle-même, face au sexe

La confusion qui demeure entre les différents termes me conduit à m'appuyer sur un article du professeur Jorge Castelló Blasco relatif à la dépendance émotionnelle. Les définitions sont les siennes, les exemples m'appartiennent. Précisons en premier lieu que la dépendance émotionnelle est un continuum entre normalité et pathologie, et peut revêtir différents niveaux de gravité. C'est ainsi que, si j'estime faire moi-même partie des gens dépendants, je l'ai été bien davantage chaque fois que, pour mon malheur, j'ai rencontré une personne prête à exploiter cette dépendance, c'est-à-dire à accroître mon sentiment d'insécurité et à me manipuler au point que je finisse par penser que, sans elle, je ne valais plus rien. Et si, aujourd'hui, je me considère toujours comme dépendante, j'ai l'impression d'être une sorte d'alcoolique repentie : tant que j'arrive à me tenir à distance d'une certaine catégorie de personnes et que je poursuis mon analyse avec mon thérapeute, tout va bien. Par ailleurs, la dépendance émotionnelle peut revêtir des formes diverses, ce qui met quelque peu à mal sa définition standard.

Une dépendante émotionnelle présente, à des degrés variables, **les caractéristiques suivantes** (attention : j'entends par là que toutes ne manifesteront pas la totalité des traits que je vais citer ; et si j'emploie le féminin, c'est, comme je l'ai dit, par convention, mais cela vaut tout autant pour les hommes) :

a) La dépendante face aux autres

a.1) La dépendante recherche désespérément l'approbation d'autrui. Elle souffre beaucoup lorsqu'elle apprend que quelqu'un ne l'aime pas, fût-ce la secrétaire du service – qu'elle n'a du reste jamais pu sentir, à cause de sa niaiserie cancanière, et qui, au demeurant, n'aime personne. Nombreuses, à vrai dire, sont les dépendantes qui souffrent de dérèglements alimentaires (anorexie, boulimie, enchaînement de régimes divers), ce qui ne dénote ni plus ni moins qu'une tentative obstinée d'obtenir la reconnaissance sociale de leur conformité à l'image extérieure, stéréotypée, de la femme.

a.2) La dépendante tend à être exclusive dans ses relations. Et à se comporter en parasite. Elle se sent mal assurée dans les grandes assemblées où elle ne connaît personne, et plus à l'aise dans les rapports individuels avec les gens. C'est typiquement le genre de femme qui n'ose pas arriver seule à une fête. C'est notre cas à presque toutes, c'est vrai, mais il en est parmi nous qui, de toute façon, ne veulent à aucun prix arriver seules où que ce soit, quand bien même elles doivent y retrouver leur amie Pepi, tout simplement parce qu'elles ne se sentent pas en mesure de supporter les cinq minutes où elles devront rester seules entre leur arrivée et celle de ladite Pepi. Et, deux fois sur trois, elles voudront rester en tête à tête avec elle pour lui raconter leur vie, car elles ont besoin d'ami(e)s intimes qui soient entièrement dévoué(e)s à leur cause.

Notre dépendante réclame d'avoir avec Pepi une relation exclusive, et verra d'un mauvais œil que son amie, si elle a rendez-vous avec elle pour prendre un café, vienne flanquée d'une collègue de travail qu'elle a invitée à se joindre à elles. Et lorsqu'il s'agit d'une relation de couple, un tel exclusivisme donne à penser qu'il s'agit davantage d'un besoin d'autrui que d'un besoin de tendresse, ce qui dénote un manque certain de structuration personnelle.

Lorsque notre dépendante fait connaissance avec quelqu'un, l'addiction que cette rencontre fait naître tient bien vite une place centrale dans son existence, reléguant tout le reste au second plan, aussi bien le travail que la famille ou les amis. Pepi, celle avec qui elle prenait chaque jour son café, devient l'amie qu'elle appelle pour lui parler de son nouveau petit ami, et elle n'a plus d'autre sujet de conversation. Elle peut tenir le crachoir une heure durant au téléphone à la pauvre Pepi, sans se soucier le moins du monde de savoir si son amie a du travail ou si elle doit amener son caniche chez le vétérinaire. En revanche, dès qu'elle se retrouvera seule, elle aura de nouveau besoin de son amie en permanence, et il n'est même pas improbable qu'elle s'installe temporairement chez elle, prétextant son incapacité à affronter toute seule cette mauvaise passe. (Autre solution classique : retourner chez ses parents.)

a.3) La dépendante se fait de grandes, d'excessives illusions, au début d'une relation ou même d'un flirt. Ce que les autres femmes vivent comme une période normale de rapprochement mutuel, susceptible ou non d'aboutir avec le temps à une relation plus profonde, elle l'interprète comme un coup de foudre en bonne et due forme, et ne vit plus désormais que rivée à l'écran de son téléphone portable dans l'attente d'y voir clignoter le nom du nouvel élu. Fidèle aux préceptes de sa chère grand-mère, elle s'est promis de ne pas appeler la première… Il sera bien temps de changer de stratégie si la relation dure : c'est elle qui l'appellera toutes les cinq minutes. Entre-temps, elle aura usé ses talons et dépensé la moitié de son salaire à rechercher LA tenue qu'elle compte étrenner au prochain rendez-vous.

a.4) La dépendante exige de pouvoir contacter à tout moment la personne dont elle dépend émotionnellement. Cela signifie des appels incessants au bureau, des messages toutes les cinq minutes sur le portable, et le désir de partager toutes les activités de l'autre. La motivation qui sous-tend cette insistance est double : le besoin émotionnel, d'une part ; l'angoisse de la perte, d'autre part. Si d'aventure l'objet aimé ne répond pas aux trente-six messages que la dépendante lui a envoyés au cours des quatre dernières heures (c'est à dessein que j'utilise le mot « objet », car, je le répète, la dépendante devient plus accro encore à la relation qu'à la personne elle-même, et fait de cette dernière un objet, qui à ses yeux n'est pas vraiment un être humain, avec ses qualités et ses défauts, mais la dose de drogue dont elle a besoin à tout prix), elle est en proie à une crise d'anxiété aiguë, imaginant toutes sortes de catastrophes, depuis le déraillement du métro jusqu'à un malheur plus grave encore : qu'il ne l'aime plus, ou qu'il soit avec une autre. Elle n'imagine pas un instant qu'il (ou elle, si notre héroïne est lesbienne, ou notre héros un homme) puisse se trouver à une réunion de travail ou qu'il ait tout simplement laissé son portable chez lui.

a.5) Dans la relation de couple, la dépendante finit toujours par faire ce que l'autre veut, afin de préserver coûte que coûte la relation. Les relations de couple des personnes émotionnellement dépendantes sont fortement déséquilibrées, asymétriques. L'un des deux est nettement l'élément dominant du couple, tandis que l'autre ne se soucie que d'assurer le bien-être de son partenaire, de satisfaire ses désirs, de glorifier tous ses faits et gestes. S'il/elle aime la musique électronique, elle s'achètera tous les disques d'Anton Smith et cachera dans un coin ses vieux disques de Serrat (à moins qu'elle ne les ait déjà jetés), héritage musical d'un(e) précédent(e) petit(e) ami(e), et si l'objet aimé adore Faulkner, elle lira de bout en bout *Le Bruit et la Fureur* sans oser avouer à quiconque (évidemment pas à lui, mais pas davantage à elle-même) qu'elle n'en a pas compris une ligne. Ces changements subits de goûts cinématographiques, littéraires ou vestimentaires en fonction de ceux de son nouveau compagnon n'étonneront nullement son amie Pepi, qui connaît bien les facultés de caméléon de notre dépendante, capable de se conformer d'autant plus facilement au jugement d'autrui qu'elle en est elle-même dépourvue.

Le risque d'une faculté d'adaptation aussi excessive est que celle qui s'adapte finisse tôt ou tard par se rendre compte que ce n'est pas elle que l'autre accepte et aime, mais la fidèle suivante qu'elle est devenue. Le vide que produit la sensation intime de n'être estimée que superficiellement, de n'être pas aimée ou acceptée pour ce que l'on est, mais pour ce que l'on paraît, crée une terrible sensation de solitude et contribue à un effondrement de l'estime de soi et donc, paradoxalement, à une dépendance accrue.

Ici, le principal besoin à assouvir est celui d'obtenir et de conserver l'affection de l'autre. La dépendante n'a pas cet instinct d'autodestruction que l'on peut observer chez les personnalités suicidaires ou simplement masochistes : son mal-être vient d'une estime de soi déficiente, d'un sentiment permanent de solitude et d'un insatiable besoin d'affection, qui peuvent la conduire à jeter son dévolu sur quelqu'un qui la maltraite ou l'exploite. Comme pour la personne masochiste, la subordination est un moyen et non une fin. Mais la masochiste aspire à être maltraitée, tandis que la dépendante accepte de l'être en échange de compagnie. Il faut également distinguer entre dépendance émotionnelle et codépendance. La dépendante est prête à subir tout ce qu'on voudra lui faire subir pour peu que la relation soit préservée, alors que ce qui fait tenir bon la codépendante (le cas classique est celui d'une mère d'héroïnomane) est son dévouement sans faille au service de l'autre.

a.6) La dépendante idéalise ses partenaires et les choisit en fonction de traits spécifiques, qu'elle est incapable d'identifier mais qui l'attirent comme un aimant : des personnes égotistes, très sûres d'elles, émotionnellement froides, dont le narcissisme s'accompagne d'une faible estime de soi. Seul un narcissique peut tirer satisfaction d'une relation avec quelqu'un qui n'est pas son complément mais son image inversée, et c'est pourquoi il se sent attiré par la dépendante. Celle-ci devient le reflet exact de son partenaire, et ce que celui-ci croit aimer en elle (son goût pour les disques d'Anton Smith ou sa passion pour Faulkner) n'est autre que lui-même.

a.7) La relation de couple a beau satisfaire en partie le besoin de la dépendante, celle-ci n'est jamais complètement heureuse ni n'espère l'être, car son existence est une suite de désillusions. Elle n'a jamais connu ni amour ni respect véritables, du fait même que sa personnalité attire des individus incapables d'éprouver ou de manifester de tels sentiments.

a.8) La dépendante a une peur panique des ruptures. Celles qu'elle a connues par le passé, si tel est le cas, ont invariablement provoqué des épisodes dépressifs. Quand son compagnon la quitte, elle devient comme une toxicomane en plein syndrome d'abstinence. Elle est constamment dans le déni de ce qui s'est passé (« ce n'est qu'une crise », « il a besoin de temps », « en réalité nous sommes faits l'un pour l'autre ») et ne cesse de téléphoner à son ex, ou de faire en sorte de tomber sur lui *par hasard* dans l'espoir de raviver la relation. Mais cette tempête émotionnelle perd de sa violence lorsque apparaît quelqu'un d'autre qui comble son besoin affectif. C'est alors au tour du nouvel élu de devenir le centre de son existence.

Les personnes non dépendantes ont coutume d'observer, après une rupture amoureuse, une période que nous pourrions qualifier de *deuil*, laps de temps au cours duquel l'envie d'une nouvelle liaison est quasiment nulle, car la précédente occupe encore une place brûlante dans leur cœur. La dépendante, elle, ne connaît pas cet état d'apathie, puisque la solitude est pour elle, au contraire, cause d'angoisse.

a.9) La dépendante s'irrite ou se sent triste sans raison, et déprimée quand son partenaire s'éloigne d'elle. Si l'objet de son amour doit partir, par exemple quinze jours en visite chez ses parents, elle traverse une phase de mélancolie aiguë, bien plus intense que celle qu'éprouvent normalement des amoureux séparés l'un de l'autre.

a.10) La dépendante n'envisage jamais de projets à court ou long terme sans y associer l'autre. Si son amie Pepi l'appelle pour lui signaler qu'elle a trouvé sur Internet un vol pour Rome à douze euros et lui propose de l'accompagner pour passer le week-end chez son copain Marco, qui habite une villa magnifique, héritée de son grand-père, dans le Trastevere, elle sera incapable de répondre un oui clair et net, ce que toute femme ferait à sa place, tant qu'elle n'a pas l'assurance que son petit ami ne l'a pas incluse dans ses projets de week-end.

a.11) La dépendante est incapable de voir en face les défauts de l'autre. Peu importe que ses amis lui serinent que le nouveau (ou dernier) grand amour de sa vie est radin, rigide, pédant et sale ; elle le trouve rationnel, tenace, cultivé et élégamment négligé.

a.12) Quand la dépendante se montre en public en compagnie de l'objet de son amour, elle veut absolument garder avec lui un contact physique continuel, affichant parfois une intimité et une familiarité qui provoquent malaise ou gêne chez les tiers. Il me vient à l'esprit le cas d'une romancière assez connue que je soupçonne d'avoir – si j'en crois un article aux accents autobiographiques – des tendances dépendantes, et qui a eu une aventure avec un autre écrivain célèbre – marié –, qu'elle violait quasiment lors des présentations de livres où ils se rendaient ensemble – à l'insu, je présume, de son épouse légitime. Étant donné qu'une présentation de livre est à peu près aussi distrayante, et non moins conventionnelle, que la garde-robe d'Ana Botella[1], certains invités étaient scandalisés tandis que d'autres, dont je suis, se régalaient du spectacle, qui au moins était un plaisir des yeux et fournissait matière à commérages.

b) La dépendante face à elle-même

b.1) La dépendante ne supporte pas d'être seule avec elle-même. Elle a une hantise maladive de la solitude et ne supporte pas de dormir seule où que ce soit. Elle justifie ce comportement par la peur de possibles intrus, mais ce dont elle a peur en vérité, c'est de rester seule avec elle-même.

b.2) Sur sa vie plane, telle une ombre diabolique, une sensation angoissante de tristesse et de malchance, ce qui ne l'empêche nullement de faire preuve de gaieté en société. Mais, au fond de son âme, elle ne peut s'empêcher de ressasser de continuelles spéculations sur un possible abandon, sur l'avenir de sa relation, sur la solitude tant redoutée… Elle est de ce fait sujette aux accès de panique, crises de tachycardie, douleurs d'estomac, allergies et autres somatisations de l'anxiété.

b.3) Elle a une faible estime de soi et souffre de carence affective. Comme dirait Woody Allen, son estime de soi est un degré au-dessous de celle de Kafka. Bref, elle se trouve nulle. Elle n'escompte ni ne remarque l'affection, même lorsqu'elle est véritable, de son compagnon, faute d'en éprouver pour elle-même, mais aussi d'en avoir reçu des personnes qui ont marqué son existence : parents, frères et sœurs, famille au sens large, professeurs… C'est ce qui explique qu'elle ait si peur de la solitude. Car

1. Épouse de l'ancien président conservateur du gouvernement espagnol, José María Áznar (1996-2004).

personne, ainsi que j'en ai fait la remarque plus haut, ne supporte de rester seul avec quelqu'un qu'il ne peut supporter. Son image de soi est aussi négative que l'est son estime de soi – bien que ce ne soit pas forcément le cas, notamment lorsqu'on a la possibilité de développer des capacités qui vous font prendre de l'assurance et de la confiance en soi (dans le milieu de travail notamment).

J'ouvre ici une parenthèse pour expliquer **la différence entre image de soi et estime de soi** :

L'*estime de soi* est l'appréciation que nous portons sur nous-mêmes, sur notre façon d'être, sur notre identité, sur l'ensemble des traits physiques, mentaux et spirituels qui configurent notre personnalité. L'*image de soi* est liée au sens de l'identité personnelle et fournit un cadre de référence qui permet d'interpréter la réalité extérieure aussi bien que les expériences personnelles. Lorsqu'un nouveau-né vient au monde, il n'a pas d'image de lui-même ; elle se construira peu à peu, dans une délicate interaction avec les figures marquantes de sa vie. Ses parents d'abord, le reste de sa famille ensuite, et enfin toutes les personnes qui l'entourent deviendront les différents miroirs dans lesquels il se verra, lui offrant ainsi une image de lui-même, et c'est cette image qui le guidera, enfant puis adulte. L'image de soi est l'image que nous avons de nous-mêmes. L'estime de soi est la mesure de l'amour que nous nous portons à nous-mêmes. L'image de soi équivaut à la perception de nous-mêmes. L'estime de soi, à l'appréciation de cette perception.

Il n'est pas aisé de différencier d'emblée les deux termes, mais il est important de savoir qu'ils ne sont pas équivalents. Ainsi, une anorexique a une image faussée d'elle-même puisqu'elle se voit grosse. Elle a aussi une faible estime d'elle-même car elle ne s'aime pas. Il y a cependant des gens dont l'image de soi est à peu près juste, voire positive sous certains aspects, sans que cela ait une incidence favorable sur leur estime de soi. Lorsque je travaillais dans un bureau, l'image que j'avais de moi-même était globalement positive sur le plan professionnel. J'avais l'impression d'être utile à l'entreprise, je me sentais plutôt considérée, j'étais consciente de mes capacités, et je savais que, si je m'en allais du jour au lendemain, cela déclencherait un cataclysme dans le service, car j'effectuais à moi seule un travail qui, avant mon arrivée, mobilisait trois personnes, si bien que je faisais économiser beaucoup d'argent à la multinationale qui m'exploitait. Mais je ne me sentais pas meilleure ni plus intelligente pour autant. Bien au contraire, je me trouvais sotte de me laisser exploiter de la sorte, et j'en étais même malade à certains moments, car les intérêts capitalistes défendus par l'entreprise étaient contraires à mes convictions politiques les plus profondes. Je veux dire par là qu'une personne qui a une faible estime de soi a généralement aussi une piètre image de soi, mais pas toujours ni dans tous les aspects de sa vie. L'exemple classique est celui des gens qui ont une vie professionnelle satisfaisante, mais qui enchaînent les échecs sentimentaux. Leur problème vient souvent de la confusion qu'ils font entre ce qu'ils sont et ce qu'ils éprouvent. Ainsi, une femme qui réfléchit à son identité ne se dit pas : « Je suis une femme assez jolie, relativement brillante, passablement aimable et sympathique, plutôt compétente professionnellement. » Elle se dit : « Je suis une pute, une nullité, une merde, une bonne à rien », ce qui signifie une perception de soi fondée non sur ses qualités objectives, mais sur la façon dont on s'entend avec soi-même, renvoyant bien souvent à des problèmes non réglés durant l'enfance.

c) La dépendante et le sexe

c.1) Sexuellement, la dépendante est attirée par les relations problématiques ou qui représentent un défi (hommes mariés, homos, serveurs, acteurs, chanteurs de rock, portiers de boîte de nuit, ou autres catégories communément considérées comme induisant un comportement dissolu – que ce soit vrai est une autre histoire –, ou, plus généralement, tout ce qui ressemble un tant soit peu au stéréotype social de la *canaille*). Elle s'ennuie avec les individus qui s'intéressent vraiment à elle.

c.2) Elle confond la peur et l'attirance sexuelle. Elle se sert de la sexualité pour ne pas se faire plaquer. Elle se met en avant sexuellement, car elle a le sentiment que son partenaire ne la quittera jamais pour une autre, aucune autre n'étant meilleure qu'elle au lit.

c.3) Elle confond le sexe et la soumission. La sexualité qu'elle offre vise essentiellement à satisfaire l'autre plus qu'à se satisfaire elle-même. Elle trouve souvent un certain attrait aux pratiques sadomasochistes plus ou moins soft. Je m'entends : nous pouvons toutes, à l'occasion, trouver amusant d'être attachées à un lit, et nous sommes nombreuses à avoir fantasmé sur des relations sexuelles comportant un certain degré de violence, mais autre chose est de se prêter en permanence à des relations sexuelles fondées sur la violence et la domination.

c.4) Elle assimile le sexe à une tension. Pour qu'elle prenne son pied, il faut que la relation soit problématique. Les tensions incessantes avec son partenaire créent une distance émotionnelle qu'elle tente de réduire par le sexe.

c.5) Elle confond le sexe et l'amour, car elle croit que le sexe lui ouvrira les portes d'une relation stable, alors qu'en réalité c'est le contraire qui se produit : le recours au sexe n'est qu'une tentative de remédier au fait que le couple va mal ou ne va pas du tout.

c.6) Elle s'investit beaucoup dans le sexe. Ce n'est pas une mauvaise chose en soi, mais cela finit par le devenir quand on s'évertue à ce que chaque étreinte soit intense et lorsque les efforts déployés sont sans commune mesure avec ceux du partenaire. Nous avons un bon résumé de cette attitude dans ce spot télé où la femme a revêtu ses dessous les plus glamour, mis des draps neufs en satin dans le lit et parsemé la chambre de bougies… et où tout ce qu'elle arrive à attirer dans son lit, c'est un mufle, grâce à la promesse d'une bière bien fraîche.

Comme je l'ai dit plus haut, je me considère comme ayant une forte prédisposition à la dépendance émotionnelle, prédisposition qui, à certaines périodes de ma vie, à cause des circonstances (j'ai été naturellement plus vulnérable aux moments les plus douloureux, comme la mort d'un être cher) ou du fait de la manipulation par autrui (car on tombe parfois sur des gens qui savent exploiter à leur profit vos ressorts psychologiques – le complexe de culpabilité, par exemple, ou le besoin d'estime de soi – dans le but d'accroître cette dépendance qui leur est si commode), s'est développée jusqu'à devenir pathologique. (Parenthèse : vous observerez qu'à certains moments nous sommes plus vulnérables à la dépendance émotionnelle qu'à d'autres. Nous le sommes particulièrement lors de crises telles qu'une rupture, un licenciement, la mort ou la maladie d'un proche, ou dans les périodes de transition, comme un changement de poste, un déménagement, l'entrée à l'université, ou encore à des moments de stress intense, comme les examens, les pics d'activité ou les fêtes de fin d'année.) Et pourtant, je suis loin de réunir toutes les caractéristiques que j'ai citées plus haut. Ainsi, je suis toujours restée fidèle à mes bandes de copains, même dans mes phases de dépendance les plus aiguës.

Les trois caractéristiques fondamentales de la dépendante (étant entendu qu'elle ne cumule pas nécessairement les trois) sont :
a) Une faible estime de soi ;
b) Une crainte et un refus de la solitude ;
c) Un passé sentimental mouvementé.
Soit elle n'a connu qu'une seule relation de couple, mais extrêmement tourmentée, et qui a occupé, du fait même de sa durée, la majeure partie de sa vie d'adulte ; soit elle a enchaîné une série de relations également tourmentées. En d'autres termes, elle n'a jamais connu de relation qui ne soit pas placée sous le signe de l'anxiété.

Je signale au passage, car elles ont l'air d'avoir été écrites pour illustrer un cas d'école de dépendance émotionnelle moderne, les paroles d'une chanson du groupe Amaral : « Sans toi je ne suis rien. [...] Sans toi, petite fille malade, petite fille triste qui étreint son oreiller. [...] Les lumières de l'aube, mon âme, mon corps, ma voix ne servent à rien. [...] Je me sens étrange, les nuits de bringue me sont amères, mon rire est forcé, j'ai un sourire peint sur le visage. Je ne suis qu'un acteur qui a oublié son texte. […] Car sans *toi-i-i-i-i* je ne suis rien. »

Arrêtons-nous un peu pour faire le point… N'avons-nous pas parlé de régression infantile, d'incapacité à s'imaginer sans l'autre, de difficulté dans les relations sociales (« les nuits de bringue me sont amères »), de faible estime de soi (« mon âme, mon corps, ma voix ne servent à rien »), d'incapacité à surmonter les problèmes de l'enfance (« sans toi, petite fille malade, petite fille triste »), d'imitation de la conduite de l'autre (« je ne suis qu'un acteur qui a oublié son texte ») ? Avec cette chanson, Amaral nous offre, en même temps qu'une description presque clinique, un hymne à la dépendance émotionnelle. Et sachez que je n'ai rien contre ce groupe : je dirai même que je leur sais gré de leur prise de position sur des questions comme l'abolition de la corrida.

Et si l'on veut d'autres références musicales actuelles, il y a aussi un certain Juanes, qui chante : « Je ne vaux rien sans ton amour, sans toi je ne sais plus ce que vivre veut dire, ma vie est un tunnel sans lumière. » Et ce n'est là qu'un exemple entre mille. S'il s'en trouve parmi vous pour passer une matinée à écouter le Top 50 ou la radio Cadenadial, vous serez accablés d'entendre ces paroles répétées à satiété : « Je ne peux plus vivre sans toi » (Zwan), « Je ne peux pas supporter l'idée de passer un jour de plus sans te voir » (Jon Secada), « Rien, rien sans toi » (Eros Ramazzotti), « Je meurs pour toi » (David de María), « Que vais-je faire sans toi ? » (Roque Carbajo), « Moi qui ne peux vivre sans toi » (Luís Miguel), « Comme j'aimerais vivre sans toi, mais je ne peux pas » (Mana), « Sans toi je ne peux plus vivre » (King Chango)… Tout aussi incapables de vivre sans leur âme sœur, à en juger par leurs chansons en version anglaise ou française, les membres des groupes Foreigner, Bad Company, Scorpions, Innerlude, de même que Lee Ann Rimes, Trisha Yearwood, Marianne Faithfull, Patricia Kaas, Sylvie Vartan, Laura Branigan, Mariah Carey, Michael Bolton, Renaud, Wayne Watson, Yves Duteil, et des centaines et des centaines d'autres qui répètent encore et toujours ces *I can't live without you* et autres *Je ne peux pas vivre sans toi*. Et je parle là de compositeurs, de groupes et de chanteurs actuels, contemporains, à des années-lumière, donc, de ces *coplas* déchirantes, considérées aujourd'hui comme ringardes – sauf par Almodóvar, ce qui est tout à son honneur –, et dont les interprètes proclamaient, au bord des larmes : « Tu es ma vie et ma mort, je te le jure, je ne devrais pas t'aimer, et pourtant je t'aime. »

Il me semble par ailleurs que tous ces chanteurs vivent en réalité de leurs disques et de leurs fans, non de leurs conjoints ou partenaires. En surfant sur Internet, j'ai pu constater que, sur leurs sites web, il n'est jamais fait mention de ces dernières (hormis dans le cas de Juanes), et j'ai appris que David de María s'est récemment séparé de la fille qui lui avait inspiré la chanson « Sans la peur de te perdre » et que, comme il fallait s'y attendre, non seulement il n'en est pas mort, mais il a l'air tout ce qu'il y a de plus heureux, fringant, radieux. Il n'a même pas de cernes ni ne semble avoir particulièrement maigri, et mon témoignage est d'autant plus digne de foi que j'ai partagé avec lui un plateau de télévision et que j'ai donc eu l'occasion de le voir de près.

Nous avons dit que la dépendance émotionnelle est une pathologie non seulement individuelle, mais également sociale. Attisée aussi bien par les séries télé à l'eau de rose que par les grands romans romantiques ou, comme nous venons de le voir, par la musique dite pop et moderne. Bref, personne n'est à l'abri.

Et je ne peux résister à la tentation de citer un dernier exemple issu de la pop, une chanson dont nous avons été matraqués cet été par toutes les radios espagnoles, et qui dit ceci : « Je quitterais tout pour que tu restes. Mes croyances, mon passé, ma religion. Après tout ce qu'il y a eu entre nous, tu brises nos liens et laisses mon cœur en lambeaux. J'y laisserais aussi ma peau, mon nom et même ma propre vie. » Je veux que tu saches, cher lecteur, que si quelqu'un est capable de renoncer à ses croyances, à son passé, à sa religion et, plus terrifiant encore, à sa vie, il offre à son partenaire, comme sur un plateau d'argent, toute licence pour le maltraiter. À quoi peuvent donc bien servir une loi contre la violence conjugale, un numéro vert pour les femmes battues, des maisons d'accueil, des campagnes de prévention, si les radios nous bombardent de *tonadillas* qui adhèrent comme du chewing-gum à notre subconscient (moi-même, à mon corps défendant, je n'ai pu m'empêcher de fredonner la chanson en question[1], après l'avoir entendue dans tous les taxis de la capitale) et qui viennent nous raconter que l'amour véritable implique sacrifice, soumission et renoncement à son identité propre ?

1. « Lo dejaría todo » : chanson interprétée par Chayanne. J'ignore qui l'a composée, mais ça n'a pas grande importance.

La dépendance-domination

La forme standard de dépendance émotionnelle est celle que nous venons de décrire. C'est en elle que réside la cause essentielle du comportement de ces personnes maltraitées qui disent continuer d'aimer leur bourreau malgré tout. Mais il existe aussi des formes atypiques de dépendance émotionnelle, où ce phénomène est couplé à d'autres. Une de ces formes atypiques est celle de la dépendance-domination, caractéristique de la personne maltraitante. Dans cette pathologie mixte coexistent la nécessité affective propre à la dépendance émotionnelle et une forte agressivité vis-à-vis de l'autre membre du couple.

Cette attitude hostile peut être interprétée comme visant à se venger de carences affectives subies dans l'enfance. Étant donné que les dépendants dominateurs sont souvent des hommes ou des lesbiennes ayant intériorisé un rôle que la société leur a désigné comme masculin, leur façon de manifester leur dépendance obéit à des conditionnements culturels. Une secrétaire peut se permettre de pleurer au travail, mais pas un cadre. Et comment appelle-t-on les garçons qui pleurent et montrent ainsi leur faiblesse en pleine cour de récréation ? Des mauviettes.

Ces hommes exercent sur leur compagne une domination pouvant même aller jusqu'à l'humiliation, mais qui dissimule un profond besoin de la contrôler et de l'avoir pour eux seuls. En fait, en dépit du manque apparent de considération qu'ils ont pour leur moitié, ils ne peuvent vivre sans elle. Il n'est pas rare, dans ce type de dépendance, que la jalousie fasse son apparition. Dans les faits, le dominateur ne dira jamais à celle qu'il domine : « Je n'aime pas que tu ailles à la corrida en minijupe, crois-tu donc que les gens te regardent de bas en haut uniquement pour voir ton visage ? Tu as bien compris, pas de minijupe pour aller aux arènes cet après-midi, je veux profiter du spectacle sans avoir à me bagarrer[1]. » Ce n'est pas qu'il croie vraiment que quelqu'un va regarder les jambes ou le visage de sa petite amie, mais il tire jouissance du sentiment de supériorité que lui donne son obéissance, le fait qu'elle choisisse la jupe-pantalon la plus sage de sa garde-robe pour l'accompagner aux arènes. Par cette attitude, il obtient exactement la même chose que ce que recherchent la plupart des dépendants émotionnels, à savoir la présence permanente de leur partenaire – tout en assouvissant sa tendance dominatrice hostile et en satisfaisant son ego au passage.

Il est à craindre que les personnes qui persistent dans leur relation en dépit de l'hostilité, des critiques, du mépris ou de l'apparent désintérêt affiché par leur compagnon souffrent de dépendance affective. En outre, le dépendant dominateur s'arrange toujours, sous un prétexte ou un autre, pour être avec la personne qu'il est censé mépriser, et dont il ne supporte pas d'être séparé une seconde. Si l'hostilité, la domination et le mépris étaient bien réels et univoques, le dominateur supporterait parfaitement l'éloignement.

Ainsi qu'on l'imagine aisément, les ruptures sont fréquentes dans les relations de ce type, car la personne dominée finit par se lasser des critiques, de l'hostilité, du mépris, de la tyrannie du dominateur, et se lasse aussi de voir son partenaire censurer, tant

1. Pour ceux qui ne reconnaîtraient pas les paroles, sachez qu'il s'agit d'une fort belle sévillane de Manolo Escobar.

chez lui-même que chez les tiers, la moindre expression d'un sentiment positif à son égard. Elle en a assez de ne pas avoir le droit de porter cette jolie minijupe qui lui va si bien et qu'elle a payée six euros en solde chez H & M – et, soit dit en passant, elle en a aussi assez de la corrida, car pour elle la torture n'est ni un art ni une culture.

Quand elle prend la décision de rompre, le dépendant dominateur est capable de la même réaction que n'importe quel dépendant émotionnel : il entre dans une profonde dépression, supplie son ex de renouer avec lui, lui promet de changer, reconnaît s'être mal comporté, etc. Mais après la rupture, il peut avoir une réaction très différente : si l'hostilité l'emporte sur le besoin affectif, il sera tenté de se venger de l'affront subi, qu'il interprétera comme la confirmation du soupçon qu'il nourrissait quant à l'absence de sentiments de sa compagne pour lui, voire quant à sa possible infidélité. C'est le fameux « Je l'ai tuée car elle m'appartenait », que nous n'avons que trop l'habitude de lire, hélas, à la rubrique des faits divers. L'idée de possession est si ancrée en lui qu'il ne peut même pas concevoir que la personne qui, dans son esprit, lui appartenait de droit soit désormais libre d'agir à sa guise. C'est alors qu'il troque la sévillane pour la *ranchera* et entonne un nouveau refrain : « Tu t'en vas parce que je veux bien que tu t'en ailles, je t'arrêterai quand je voudrai, je sais que tu as besoin de mon amour, car, que tu le veuilles ou non, je suis ton maître[1]. » (Eh oui, mes chéries, les noces du

1. *Ranchera* traditionnelle dont les paroles sont de José Alfredo Jiménez, et que Luís Miguel interprète fièrement sur toutes les scènes du monde, ignorant que l'Espagne s'est dotée d'une loi contre la violence conjugale.

machisme et de la chanson populaire pourraient faire l'objet d'une thèse universitaire.) La rage de ne pouvoir assouvir son besoin affectif rouvre chez lui de vieilles blessures, causées par d'autres déceptions. En se vengeant de l'affront que lui fait celle qu'il dominait jusqu'alors, il venge par la même occasion ceux que lui infligeait sa mère lorsqu'elle ne lui prêtait pas assez d'attention, ou son père lorsqu'il le maltraitait. (Avis aux navigatrices peu expérimentées : prenez garde si vous avez tendance à défendre la veuve et l'orphelin et à vous émouvoir lorsque quelqu'un vous dit avoir eu une enfance très dure, car il s'agit certainement d'un dépendant dominateur qui tente de vous manipuler en faisant appel à votre compassion.) Ce mélange pathologique de haine et de besoin de l'autre fait souffrir à la fois la victime et son bourreau.

Pourquoi est-il si difficile de rompre une relation de dépendance ?

Mille raisons me viennent à l'esprit mais je n'en exposerai ici que quelques-unes.

1. À cause du plaisir

Il arrive en effet qu'une relation de dépendance, en dépit de son caractère douloureux, nous offre certaines compensations, de la même façon que l'héroïne procure au junkie du plaisir (ou du moins un certain soulagement), indépendamment du prix à payer. Une relation de dépendance, c'est aussi l'assurance d'avoir au moins quelqu'un sur qui compter et à qui on appartienne. Une certaine sécurité émotionnelle, en somme, aussi illusoire qu'elle puisse être.

2. À cause de l'accoutumance à l'angoisse

Le stress et l'alternance de hauts et de bas qui caractérisent toute relation de dépendance émotionnelle peuvent créer une addiction. Je m'explique : nous connaissons tous des gens qui nous ont confié, après avoir mis fin à une relation de ce genre, combien ils avaient pris leur pied au lit. Et c'est très probablement vrai, pour la simple raison que, nos vies étant aux trois quarts mornes, nous avons tendance à magnifier ces moments de plaisir qui nous apparaissent, du coup, bien plus intenses qu'ils ne nous apparaîtraient si le reste de notre existence était plus gratifiant. Et aussi, ce qui va moins de soi, parce que l'être humain devient accro à sa propre chimie mentale et que, lorsque l'anxiété et le stress sont permanents, les endorphines sécrétées lors d'un orgasme peuvent rendre plus accro que n'importe quelle *telenovela* vénézuélienne.

3. À cause de la facilité

La concentration qu'exige la survie de la relation fournit un prétexte commode pour ne pas avoir à regarder ses problèmes et ses responsabilités en face. Pour plus d'une femme, par exemple, il est certainement plus facile de rester auprès de son mari, tout salaud qu'il soit, que de se chercher un boulot, étant donné qu'on lui laisse entendre depuis son enfance, de façon plus ou moins appuyée, qu'elle n'est bonne à rien. Sa dépendance n'est somme toute qu'une conséquence de sa peur de l'échec social.

4. À cause du goût de l'autoflagellation

Quand on ne s'aime pas soi-même, quelle meilleure façon de se punir soi-même que d'avoir une relation avec quelqu'un qui vous aime encore moins ?

5. À cause de la carence affective

Certaines personnes ignorent tout simplement que d'autres types de relations sont possibles, car elles n'ont rien connu d'autre dans leur enfance. N'ayant pas reçu d'affection de leurs parents, elles confondent les marques d'affection avec l'affection elle-même. J'insiste sur ce point, car je veux que les choses soient claires : il leur suffit de s'entendre souvent dire « Je t'aime » pour trouver une justification aux nombreux comportements de leur conjoint qui contredisent cette affirmation.

6. Raison fondamentale, la société dans laquelle nous vivons encourage et sacralise les relations de dépendance

La culture contemporaine a transformé la formule « Dieu est amour », qui était aussi le titre du cantique que nous fredonnions pendant les excursions en car organisées par le collège du Sacré-Cœur, en « L'amour est Dieu ». C'est ainsi que l'amour, ou plutôt une certaine conception de l'amour, sert à justifier n'importe quoi, même les pires sacrifices.

Comment sortir de la dépendance

Nous avons tous, ou presque, une forte propension à rechercher la sécurité auprès de quelqu'un d'autre. Mais nous finissons, tous ou presque également, y compris les plus masochistes ou les plus déséquilibrés d'entre nous, après avoir vécu les frustrations et les souffrances liées à la dépendance émotionnelle, par aspirer à un autre type de relation, moins turbulente.

Avant d'explorer les différentes voies pour sortir de la dépendance émotionnelle, je veux te rappeler une vérité fondamentale : il n'existe pas de formule magique permettant de changer sa vie comme par enchantement. C'est pourquoi, au lieu de te donner « dix conseils faciles » (que tu trouveras sans mal sur Internet), je vais me contenter de quatre conseils difficiles :

Conseil n° 1 : reconnaître le problème et l'assumer. C'est la condition *sine qua non* pour le surmonter.

Conseil n° 2 : comprendre que nous ne pouvons pas porter toute notre vie le poids des problèmes qui ont gâché la vie de nos parents, et fait d'eux des martyrs ou des dictateurs selon les cas. Mieux vaut nous demander en quoi cet héritage nous a affectés, afin de nous en libérer peu à peu. Dans *La Psychanalyse : examen critique de son actualité*, le psychiatre hollandais P. C. Kuiper souligne que les patients analysables ne sont pas ceux qui espèrent être soulagés de leur souffrance, mais ceux qui cherchent à se comprendre eux-mêmes *(self-understanding)*, qui prennent plaisir à découvrir des choses sur eux-mêmes. Car la seule façon de pouvoir soulager sa souffrance, c'est d'apprendre à se connaître.

Conseil n° 3 : se préparer à un parcours de longue haleine. Bien souvent, la victoire nous échappe parce que nous livrons seulement une bataille quand il faudrait mener une guerre. Pour vaincre la dépendance émotionnelle (aussi bien vis-à-vis d'une personne particulière qu'en tant que mode de fonctionnement permanent), nul doute qu'il faille engager une longue, très longue bataille. Il nous faut apprendre à connaître nos faiblesses, à identifier les types de personnalités qui nous attirent, les moments où nous devons être particulièrement vigilants, en assumant le risque de la souffrance et de la dépression. Mettre fin à une relation de dépendance peut être aussi douloureux que de la continuer, et comme la douleur n'est plus compensée par le plaisir qu'offrent le sexe ou les caresses, elle nous paraît d'autant plus vive. Avec, toutefois, cette différence essentielle : une relation de dépendance provoque une souffrance permanente, quand une rupture cause une souffrance seulement passagère. Si nous l'acceptons, notre rétablissement sera plus rapide. Mais si nous la refusons, nous nous lestons inutilement du poids de notre culpabilité et de notre amertume.

Conseil n° 4 : si les conseils précédents ne suffisent pas, ou si tu ne te sens pas apte à les suivre seule, il te faut consulter un bon thérapeute. Notre propension à nouer des relations de dépendance est le symptôme de conflits émotionnels plus profonds, que nous avons besoin d'identifier et de surmonter. La plupart des sujets dépendants le sont pour avoir intériorisé à l'excès les modèles pathologiques du masculin et du féminin, et perdu ainsi leur identité propre. Pour cela, il te faut passer en revue les étapes de ta vie au cours desquelles tu as subi ce lavage de cerveau, jusqu'à ce que tu découvres les mécanismes qui sont restés gravés dans tes émotions et tes pensées à force de te répéter dans ton for intérieur des phrases du genre « je suis nulle », « personne ne m'aime » ou « s'il me quitte, ma vie n'a plus de sens ».

Comme je l'ai dit, je me considère comme quelqu'un de dépendant, et je crains fort de le rester toute ma vie. Et pourtant, dès que j'ai été en mesure d'identifier et de traiter le problème, j'ai gagné en cohérence dans mes relations et en indépendance dans ma façon d'exprimer mes sentiments. Je veux dire par là que, loin de prétendre avoir définitivement gagné la bataille, j'ai maintenant les armes et les repères pour la livrer.

Les personnes de mon entourage qui souffrent de problèmes émotionnels sérieux sont souvent les mêmes qui me disent n'avoir ni le temps ni l'argent pour consulter un thérapeute. C'est en particulier le cas d'une fille de ma connaissance, qui s'est offert une liposuccion dont le prix suffirait à payer une séance hebdomadaire avec un psychologue de quartier pendant deux ans, et d'une autre dont la garde-robe, aussi fournie que variée, n'est constituée que de vêtements de marque. Et d'autres encore qui ont assez de temps et d'argent pour fréquenter un club de gym ou faire la fête plusieurs soirs par semaine, à six euros le verre…

Nous vivons dans une société qui a le culte du corps et qui trouve normal qu'une femme dépense autant ou plus pour son apparence physique (gym, coiffeur, épilation…) que pour son alimentation, une société où les petites annonces d'embauche exigent des candidats une bonne présentation, une société qui nous fait croire qu'il n'est point de salut au-delà de la taille 40 (je mets du 44 et je m'en porte fort bien), et qui trouve obscène qu'une femme aille à la piscine sans s'être épilée. (J'en parle d'autant plus librement que je ne m'épile pas. Tu vas me dire, à tous les coups, que je suis négligée, mais ne trouves-tu pas sexiste de dire que c'est moi qui suis négligée, et non pas ces hommes qui exhibent fièrement leur toison et leur fourrure ?) Oui, la société dans laquelle nous vivons dévalorise à ce point les choses de l'esprit que s'épiler est jugé plus important que se faire soigner, et que quelqu'un qui va voir un psychologue est considéré comme un fou ou un asocial.

Mais, même dans le cas où tu te trouverais au seuil de la pauvreté et où tu ne pourrais t'offrir les services d'un thérapeute, il existe des consultations gratuites financées par la Communauté de Madrid (je le sais pour y avoir eu recours quand j'étais fauchée) et des ateliers, également gratuits, de développement personnel dans beaucoup de dispensaires publics (il y en a un dans mon quartier). Il est donc fort probable qu'il y ait l'équivalent près de chez toi.

N'oublie pas que la dépendance est une altération très subtile, et souvent très convaincante, de relations extrêmement riches et pleines. Erich Fromm a écrit que la pratique de l'amour est tout un art, une expérience personnelle pour laquelle il n'y a pas de recettes. Et, comme tout art, l'amour exige discipline, concentration et patience.

Par discipline, il faut entendre quelque chose qui est le fruit de notre propre volonté, non de celle d'autrui, un besoin impérieux qui vient de nous-mêmes, non d'injonctions extérieures qui l'auraient imprimé au fer rouge dans notre subconscient. Quant à la concentration, elle exige de savoir être seul avec soi-même, condition indispensable pour que renaisse l'estime de soi. Enfin, la patience implique de savoir gérer son anxiété, d'accepter de rester seule un temps, jusqu'à l'apparition – s'il doit apparaître – de celui qui nous tiendra, peut-être, compagnie.

L'amour requiert aussi la foi, non pas la foi aveugle et irrationnelle en une personne, une idée ou un pouvoir arbitraire, mais la foi rationnelle en sa propre pensée et en son propre jugement. Pour citer, une fois de plus, Erich Fromm, « seule la personne qui a foi en elle-même peut être fidèle aux autres ». C'est de cette foi que naît le courage, la capacité à prendre des risques, à accepter la douleur et la déception quand elles surviennent, et c'est elle qui nous rend résistants à la frustration.

2

À LA RECHERCHE DU PÈRE PERDU

DES HISTOIRES D'AMOUR COMME TANT D'AUTRES

Marisa a vingt-six ans. Elle est diplômée en journalisme, profession qu'elle n'a cependant jamais exercée. Elle sortait avec Juanjo, mannequin à ses heures, apprenti acteur, qui gagne sa vie comme serveur dans une des plus célèbres boîtes de la capitale. Marisa avait les clés de l'appartement de Juanjo, mais n'y dormait que s'il l'y autorisait. Et jamais, pendant les deux années et quelques mois qu'a duré leur relation, elle n'a dérogé à cette règle. Bien qu'ayant une maîtrise et parlant trois langues, Marisa travaillait de huit heures à quatorze heures à l'accueil d'une entreprise de cosmétiques. Elle tenait pour responsables de sa situation le gouvernement, la législation sur les contrats de stage, les syndicats. En somme, elle en voulait à tout le monde sauf à elle-même, mais le moins qu'on puisse dire est qu'elle ne faisait rien pour se sortir de là, et on aurait même dit qu'elle ruinait toutes ses chances d'y parvenir, tant elle avait l'art de tout faire rater lors des entretiens d'embauche : soit elle arrivait en retard, soit elle n'arrivait pas, soit elle se présentait attifée de telle sorte (jean déchiré et tee-shirt tombant sur l'épaule) qu'elle ressemblait à tout sauf à une candidate au poste à pourvoir. Au fond, j'ai toujours pensé qu'elle ne voulait pas travailler à plein temps parce que cela l'aurait empêchée de passer ses après-midi avec son chéri, qui se levait tous les jours à trois heures de l'après-midi, juste à temps pour qu'elle rentre lui faire la popote et reste avec lui jusqu'à dix heures du soir, moment où il repartait travailler. Lorsqu'ils décidaient de dormir ensemble, elle l'attendait chez lui, sinon elle allait chez sa mère. Tout le monde savait, et Marisa aussi (je suppose), que Juanjo avait une liaison parallèle avec Diego, un employé de l'établissement où il était serveur, et qu'il passait la nuit avec lui quand il n'était pas avec Marisa. De même que tout le monde savait que, en plus de ses deux liaisons *officielles*, il ne se gênait pas pour faire de menus écarts avec le premier venu (toujours des hommes). Malgré tout cela, Marisa se dévouait sans compter pour Juanjo. Jamais elle n'aurait osé lui rogner « les ailes de sa liberté », comme diraient les Chunguitos, et elle faisait tout pour lui : les courses, la cuisine, parfois même le ménage. Autre détail significatif : c'est lui qui choisissait les vêtements qu'elle devait porter, il l'accompagnait dans les boutiques et décidait ce qui lui allait le mieux. C'est à sa demande qu'elle s'était coupé les cheveux et avait fini par s'habiller d'une façon très masculine. Vue de dos, on aurait pu la prendre pour un garçon. Marisa, je le répète, vivait avec sa mère, même si *vivre* est un bien grand mot quand on considère qu'elle ne rentrait dormir chez elle que certains soirs de la semaine. Le père avait découvert son homosexualité sur le tard, et abandonné sa femme et sa fille lorsque celle-ci avait six ans. Finalement, Marisa était allée vivre avec Juanjo, avec l'accord tacite qu'une ou deux fois par semaine son drôle d'oiseau puisse s'envoler jusque tard dans la nuit, et même découcher une ou deux fois par mois sans avoir à donner d'explication. Par la suite, elle s'est retrouvée enceinte et a reproduit ainsi l'histoire de sa mère.

Carolina est chanteuse et a quarante-quatre ans. Quand je l'ai rencontrée, elle était déjà mariée avec un garçon charmant qui avait pas mal réussi dans la vie (il était cadre supérieur dans une maison de disques) mais qui avait un défaut (ou une qualité, c'est selon) : il était de sortie tous les soirs. Il allait à des présentations de disques, à des concerts, à des fêtes de la jet-set... bref, partout où il fallait être vu. Pour concilier cet agenda social trépidant avec une vie professionnelle tout aussi remplie, il recourait à la fameuse poudre blanche, qui l'aidait à garder l'esprit clair. L'ennui, c'est que ladite poudre le poussait à des dépenses déraisonnables (sous l'effet de la coke, il était capable d'inviter tous les clients qui se trouvaient accoudés au comptoir). C'était, de plus, un mari peu fiable : on savait quand il partait, jamais quand il rentrait (car il trouvait tout à fait normal, en sortant du bureau, d'enchaîner sur une fête, sans nullement prévenir sa femme, bien entendu, de son intention de découcher). Sa très patiente petite épouse menaçait de le quitter une fois tous les six mois en moyenne, en général après une disparition de trois jours consécutive à une bringue du genre de celles immortalisées par les tangos de Gardel.

Le père de Carolina était ludopathe et avait ruiné sa famille, qui s'était littéralement retrouvée à la rue, expulsée à cause des dettes de jeu du monsieur. Lui-même avait fini par disparaître de la circulation quand Carolina avait treize ans, et elle avait fait vivre sa mère et ses deux frères dès l'âge de seize ans, en faisant tous les boulots possibles : nettoyer des cages d'escaliers, chanter dans des clubs privés… Lorsque, par la suite, Carolina a acquis une certaine notoriété, le ludopathe a refait son apparition, et elle a refusé, en toute logique, de le revoir. J'aurais fait pareil. Ce qui m'a surpris (mais, en fait, pas tant que ça), c'est la réaction de son mari : « Dis donc, tu y vas un peu fort… C'est quand même ton père ! »

Bettina est photographe et a trente ans. Depuis l'âge de quinze ans, elle enchaîne les relations senti-mentales qui ne durent jamais plus d'un an, avec des hommes qui pourraient être tous des clones les uns des autres, beaux, grands et baraqués, exactement comme l'était son père, champion de tennis dans sa jeunesse et qui, à soixante ans, est entraîneur dans un club et porte encore beau. Vous comprenez mainte-nant pourquoi elle finit toujours dans les bras d'hom-mes émotionnellement faibles, très semblables, donc, à son père – cet homme qui, un jour, avait quitté sa femme pour une de ses élèves, une Navratilova en herbe, qui aurait pu être sa fille. Depuis (et beaucoup d'eau a coulé sous les ponts…), il a eu une quantité incalculable d'aventures avec des jeunes filles, toutes âgées de vingt à vingt-cinq ans. Et il suffit qu'elles aient fêté leurs vingt-six ans pour qu'il les quitte sur-le-champ.

Cristina, trente-cinq ans, est actrice. Depuis que je la connais, elle a eu trois liaisons avec des acteurs, dont chacun est la doublure du précédent. Tous trois, selon leur agent, sont talentueux et promis à un bel avenir, mais tous trois sont désespérément au chômage. Plus jeunes qu'elle bien sûr, et vivant à ses crochets : grâce aux cachets des pubs et des feuilletons qu'elle tournait, des films qu'elle postsynchronisait, et même des prestations qu'elle acceptait de faire pour le téléphone rose pendant qu'eux, avachis dans le canapé du salon, relisaient *Hamlet* pour la énième fois, dans l'espoir de suivre les traces de sir Laurence Olivier. Qu'avaient-ils donc de commun avec le père de Cristina, chef d'entreprise d'un dynamisme et d'une efficacité exemplaires ? De prime abord, rien. Mais en grattant un peu, on s'aperçoit que tous ces garçons la prenaient pour leur mère. Et que la mère de Cristina, en son temps, avait pris sous ses larges ailes protectrices non seulement ses trois filles, mais aussi son mari, cet homme qui pourtant n'avait jamais permis à sa chère et tendre épouse d'aller à l'université, préférant l'avoir à la maison pour veiller sur lui et leurs enfants – même si elle n'avait pas à s'occuper du foyer, puisqu'ils disposaient d'un chauffeur, d'une femme de ménage et d'un jardinier.

Adela, quarante et un ans, est publicitaire. Je la connais depuis dix ans et l'ai vue sortir avec toutes sortes de nanas. Je me souviens de cinq avec qui ça a duré longtemps. Dans l'ordre : une blonde, une rousse, une métisse, une brune et une fille aux cheveux châtains. La première était chanteuse de rock, la deuxième actrice, la troisième monteuse, la quatrième romancière, la dernière agent de change. Elles étaient toutes très différentes, mais avaient un dénominateur commun : toutes avaient de beaux cheveux, étaient d'apparence fragile, venaient de familles à problèmes, semblaient particulièrement tourmentées et en mal d'affection. La rockeuse blonde était junkie ; l'actrice rousse avait vécu dans une succession de foyers d'accueil dignes d'un roman de Dickens ; la monteuse métisse était la fille d'une mère célibataire, à une époque où être mère célibataire était une faute bien plus grave que d'envoyer son fils à un parc d'attractions en compagnie de Michael Jackson ; la romancière brune était alcoolique, et l'agent de change châtain – qui à première vue paraissait la plus normale – avait été abusée par son grand-père à l'âge de quinze ans. Adela vivait avec elle quand sa mère a eu un infarctus ; du jour au lendemain, elle a tout plaqué, travail et petite amie, pour retourner chez sa mère et devenir son infirmière, sa bonne et sa comptable – ce dont la mère n'avait nul besoin puisqu'elle avait quatre autres enfants et une fortune personnelle suffisante pour s'offrir une femme de ménage, une infirmière et une comptable, voire toute une équipe d'animation si elle l'avait voulu, et qu'au demeurant elle n'était ni paraplégique, ni invalide, ni rien de tout cela. Eh oui, vous avez bien deviné, la mère était une dame à l'aspect fragile, psychologiquement instable et en mal d'affection.

Patricia, agent littéraire, a la quarantaine. Son passé sentimental est tumultueux. Elle a eu un nombre incalculable d'amantes et d'amants. Parmi ces derniers, on comptait des écrivains prestigieux, un pied déjà dans l'immortalité. Beaucoup plus âgés qu'elle, donc. Chacun d'eux était convaincu d'être le grand génie de sa génération, ce qui était quelque peu problématique étant donné que tous appartenaient à la même. Et aucun ne doutait de l'adoration qu'il inspirait à des lectrices inconditionnelles telles que Patricia – qu'ils ne se sentaient nullement obligés, toutefois, d'adorer en retour. Le père de Patricia n'était pas écrivain mais médecin, même s'il avait écrit un manuel scolaire et passait ses journées enfermé dans son bureau, totalement indifférent aux besoins affectifs de sa fille. C'était un très grand lecteur. Les petites amies de Patricia étaient, quant à elles, généralement plus jeunes qu'elle. Et si Patricia, avec les hommes, pouvait tout sacrifier par amour, avec les femmes c'est elle qui menait la danse : une transformation aussi radicale que celle du docteur Jekyll. Toute sa vie, sa mère s'était dévouée corps et âme, jusqu'à l'obsession, pour son mari et sa fille unique ; un climat étouffant pour Patricia.

Jorge, quarante ans, est architecte. Il avait eu une petite amie à la fac, une des rares filles à faire des études d'architecture à l'époque. Tous deux issus de familles catholiques très conservatrices, ils n'avaient jamais eu de rapports sexuels à proprement parler, d'autant que Laura, qui était la meilleure étudiante de sa promotion, était une fille sérieuse, polarisée sur ses études et son fiancé. Elle n'avait aucun goût pour les joints, les boums, les concerts au Rockola, les escapades à Ibiza et autres distractions favorites de la jeunesse dorée de l'époque. C'est elle qui, dans leur relation, portait la culotte, tandis que lui endossait le rôle passif. Jusqu'à ce qu'elle finisse par le quitter. À vingt-trois ans, Jorge était toujours vierge. À dire vrai, il avait eu d'autant moins de mal à résister à la tentation de coucher avec Laura qu'il n'avait eu aucune tentation, étant homosexuel (le mot *gay* n'existait même pas) – tendance que, sous l'influence de son directeur de conscience, il avait refoulée. Lorsqu'il s'est mis, enfin, à sortir avec des garçons, il a enchaîné les relations avec des Laura au masculin : des hommes raides, austères, dominateurs, ayant réussi socialement, et n'ayant pas fait, pour la plupart, leur *coming out*. Jorge n'a quasiment pas connu son père, mort alors qu'il n'avait pas trois ans. Il a grandi seul avec sa mère, une femme sévère et stricte, qui porte le deuil depuis le décès de son mari et ne s'est jamais remariée.

Nacho, broker, a la trentaine bien tassée. C'était un de mes camarades de lycée, et tout le monde était persuadé que nous sortions ensemble, étant donné que nous étions les seuls à lire des livres du style *Anna Karénine* ou *Les Frères Karamazov*. C'est le jour où il a commencé à sortir avec Titi que j'ai compris que je n'étais pas du tout son type. C'était une copine qu'on surnommait ainsi car elle ressemblait à s'y méprendre au fameux petit canari de la télé : blonde, des yeux panoramiques en Technicolor, une voix fluette et haut perchée. Elle avait pour toute lecture *Super Pop*, mais cette discordance apparente ne semble nullement avoir découragé Nacho, car elle a eu l'immense honneur d'inaugurer une longue liste de relations monogames avec des filles blondes, ravissantes, à l'air nunuche. Pas étonnant que les classeurs de Nacho aient été ornés de photos de Marilyn Monroe… Comme Adela, il a quitté sa copine du moment le jour où sa mère a eu besoin de lui. À la mort de son père, il est revenu habiter la maison où il avait grandi pour prendre soin d'elle, alors même qu'elle s'offrait déjà les services d'une fille qui lui faisait office de femme de ménage et de dame de compagnie. Pour autant que je me rappelle (car cela remonte à mes années de lycée), sa mère était une femme très aimable, avec une voix fluette, de très grands yeux bleus, des cheveux parsemés de mèches blondes et toujours parfaitement coiffés. Et un air pas très futé.

FREUD ET LE COMPLEXE D'ŒDIPE

J'ai tenu à vous raconter ces histoires qui me sont proches avant d'aborder le présent chapitre. Il s'agit d'amis dont j'ai suivi les vicissitudes amoureuses au fil des ans. J'ai changé les noms, parfois l'âge, d'autres fois la profession (en la remplaçant par une autre du même genre).

Le père de ma fille vit chez moi par intermittence (si vous voulez savoir pourquoi, songez aux effets conjugués de la situation de l'emploi, de la crise du logement, et ajoutez qu'habiter chez moi a l'avantage de ne rien lui coûter), mais il vient invariablement voir sa fille tous les jours. De sorte que, s'il a joué avec elle et qu'il doit s'en aller, il faut user de tous les stratagèmes possibles pour détourner l'attention de la bambine, un an et demi : la mettre devant les *Teletubbies* ou lui lire *Boucle d'or et les trois ours*, car si par malheur elle s'aperçoit que son père est sur le point de partir, elle se dirige vers la porte et se met à tambouriner dessus en hurlant – et mes tympans peuvent témoigner que ce bout de chou est capable d'atteindre un niveau de décibels de nature à ébranler tout l'immeuble. En revanche, quand c'est moi qu'elle voit s'en aller, elle se contente de me faire au revoir avec sa menotte et de me chantonner son *baïbaï*, appris tout récemment. Et si elle reste seule avec son père, elle m'accompagne jusqu'à la porte, me lance le *baïbaï* de circonstance avec un sourire radieux, et referme aussitôt la porte derrière moi, en poussant allègrement des deux mains.

Mais si quelqu'un, surtout une femme, ose embrasser son père devant elle, elle s'approche en sautillant comme un moineau (je rappelle qu'elle n'a qu'un an et demi et qu'elle vient tout juste d'apprendre à marcher) mais avec la résolution d'un taureau ; et, réunissant le peu de forces dont est capable une enfant de moins d'un mètre, elle s'agrippe à la jambe de son père adoré et essaie de le séparer de l'usurpatrice qui a osé s'approcher de lui, même si – ou surtout si – ladite usurpatrice est sa propre mère.

Une dernière anecdote : lorsque je me suis retrouvée enceinte, j'ai décidé, en accord avec le père, que nous éviterions dans la mesure du possible de trop marquer le sexe de l'enfant dans sa garde-robe. Autrement dit, que nous ne l'habillerions pas en rose et que nous ne lui mettrions pas de petits rubans, ni de jupettes ridicules, ni de dentelles ni de volants. J'ai cependant accepté que l'hôpital lui perce les oreilles et je me suis empressée de lui mettre des boucles d'oreilles, ce qui m'a valu de me faire traiter de barbare par le père, qui comparait carrément la perforation du lobe à l'excision – ce qui ne l'empêche pas, lui (paradoxes de l'existence), de porter une boucle d'oreille. Vous devez savoir, vous qui avez des enfants, que les vêtements pour enfants sont chers, que les mères comptent par conséquent sur les cadeaux, et que, de même qu'à cheval offert on ne regarde pas les dents, à vêtements offerts on ne regarde pas la couleur, si bien que notre fille a quand même fini par porter des jupettes roses – mais j'ai réussi à résister aux dentelles et aux volants. Or, malgré toutes ces précautions, j'ai surpris récemment son père en train de lui faire des couettes, dont elle n'a pourtant nul besoin, avec ses trois cheveux qui se courent après, pour son confort ni pour mieux voir sur les côtés. Il était tout fier et tout ébaubi du résultat, mais la petite ne l'était pas moins, qui se regardait dans la glace et semblait absolument ravie de son nouveau look. « Elle n'est pas mignonne, comme ça ? On dirait une poupée… » a déclaré, émerveillé, l'ancien ennemi juré des boucles d'oreilles et autres colifichets de mauvais goût.

C'est à Freud que nous devons l'expression « complexe d'Œdipe », et à Jung celle de « complexe d'Électre ». Arrêtons-nous y quelques instants.

Vers l'âge de trois ans, un garçon aspire à monopoliser l'attention et les caresses de sa mère, au point qu'à certains moments la présence d'autres enfants, de ses frères et sœurs ou de son père, peut le déranger. Concernant le père, l'enfant a sans doute remarqué la relation affective exclusive de ses parents, relation à laquelle il ne prend pas part et qu'il aspire à torpiller. (Une amie m'a raconté que son fils, alors qu'elle se promenait main dans la main dans un parc avec son compagnon, est arrivé en courant, a séparé leurs mains et a proclamé triomphalement : « J'ai brisé votre amour ! ») Pour les filles, c'est l'inverse : c'est l'attention du père qu'elles recherchent avant tout.

En règle générale, un petit garçon (ou une petite fille) reçoit un message clair et sans équivoque, répété dans le temps à travers des mots, des gestes, des détails destinés à lui faire comprendre qu'il (ou elle) n'est pas le mari (ou l'épouse) de sa mère (ou de son père), car la place est déjà prise. Lorsque l'enfant comprend que papa et maman dorment ensemble, qu'ils s'embrassent en public ou se prennent par la main, qu'ils se font des confidences, etc., il renonce, ou finit tôt ou tard par renoncer, à accaparer l'attention du parent du sexe opposé, et le complexe d'Œdipe disparaît. Son destin inné place l'enfant dans une situation dramatique : dans le cas d'un garçon, il aime sa mère, et respecte et idéalise son père tout en le haïssant. Si un tel bouillonnement d'émotions a de quoi troubler l'esprit d'un adulte, imaginez ce qui peut se passer dans la tête d'un gamin qui a entre deux et quatre ans. C'est pourtant à lui qu'il incombe de résoudre tout seul ce terrible conflit. « Le complexe d'Œdipe, dit Freud, est voué à disparaître quand le moment est venu pour lui de se dissoudre, de même que les dents de lait tombent quand sortent les dents définitives. Bien que vécu individuellement par la plupart des êtres humains, le complexe d'Œdipe est un phénomène déterminé par l'hérédité, et voué à disparaître, conformément à une trajectoire prédéterminée, lorsque commence la phase suivante du développement. » L'impulsion finale qui met fin au complexe d'Œdipe naît d'une combinaison de facteurs internes (l'instinct de masturbation, qui est l'un des instincts sexuels ; l'héritage archaïque inné du sentiment de culpabilité, qui trouve son origine dans le péché originel du parricide ; la peur de la castration, dérivée du souvenir archaïque et inné du châtiment, en raison de l'inceste infligé aux enfants par le père de la horde primitive).

Il convient toutefois de préciser que, en général, c'est la mère qui représente pour l'enfant la figure d'attachement, car c'est le plus souvent elle qui s'occupe de lui dans sa prime enfance. Et même quand elle travaille, la société l'encourage à le faire, et attend d'elle qu'elle nourrisse son enfant, le lange, le baigne, se rende aux réunions de parents d'élèves. Nous savons bien, d'ailleurs, que les entreprises se gardent bien d'embaucher des mères de famille pour certains postes, considérant que leur absentéisme au travail sera plus élevé, car si l'enfant tombe malade, la société escompte que ce soit la mère et non le père qui reste à la maison pour s'en occuper (même s'il est établi qu'en réalité l'absentéisme masculin est plus élevé, mais ce n'est pas notre propos). Il est donc normal que le garçon ressente une vraie passion pour sa mère, et lui rappelle à chaque instant combien elle est belle, douce et intelligente. Il l'observe émerveillé des heures durant, et il n'y a pas de plus grande punition pour lui que d'être séparé d'elle ; il pique une colère lorsqu'il surprend un câlin entre ses parents. Rien d'étonnant non plus à ce qu'il proclame qu'il se mariera avec sa mère quand il sera grand. Ses sentiments sont si profonds qu'on ne peut les considérer avec un simple sourire bienveillant. L'histoire d'amour avec la mère est un élément fondamental du développement de l'enfant de sexe masculin : sa mère est la première femme de sa vie, et son père, son premier rival. À trois ans, il a déjà assimilé le fait qu'il existe des différences entre les sexes, il découvre que ses parents sont unis par des liens affectifs, et il s'aperçoit que la relation entre son père et sa mère est différente de celle qu'il a avec eux. La jalousie fait son apparition, et l'amour pour la mère, jusque-là très infantile et marqué du sceau de la dépendance, prend une tournure passionnelle et romantique.

Pour la petite fille, en revanche, le processus s'avère un peu plus compliqué, car elle ne peut, la plupart du temps, compter sur la présence constante de son père à ses côtés, la mère étant généralement la plus présente. C'est pourquoi les sentiments amoureux qu'elle nourrit à l'égard de son père se situent davantage sur le plan du fantasme que sur celui de la réalité. Tous les pères sont ravis de voir leur fille si coquette et si féminine (et le père de la mienne ne fait pas exception). Les mères se réjouissent également de voir que leur fille veut leur ressembler. Ce qu'en général les parents ne comprennent pas, c'est que la fille essaye de montrer à son père qu'au fond elle ferait une bien meilleure épouse que sa mère. Cette sorte d'ingénuité des parents est tout à fait compréhensible, car l'amour d'une petite fille pour son père est moins manifeste que celui d'un petit garçon pour sa mère, ne serait-ce que parce que l'objet en est plus accessible. Il y a dans la vie de la petite fille un moment où son père est tout pour elle. Il est le plus beau, le plus intelligent, le plus fort, le plus courageux. Et le père, de son côté ? Il fond, évidemment, devant ce petit bout de femme qui le serre si fort dans ses bras, l'embrasse et le préfère à sa mère. Hélas pour lui, cela ne dure guère. Cela commence vers trois ans et peut se prolonger jusqu'à quatre ou cinq ans. Ensuite, cette *passion amoureuse* pour le père,

étape que Jung a surnommée « complexe d'Électre »,
fait place à la dure réalité, qui est que cet être aimé
appartient à la mère, et qu'il n'est autre que son père.

C'est alors que prend fin la phase d'amour-passion
pour le père ou la mère, ce qui permet à l'adoles-
cent(e) de reporter son amour sur d'autres personnes.

LA THÉORIE DE L'OBJET RELATIONNEL

Mais imaginons que ces messages ne parviennent
pas à l'enfant. Imaginons que le père ou la mère ait
disparu. Ou que la mère ait laissé sa fille devenir le
principal référent affectif de son époux, et que ce
dernier passe le plus clair de son temps libre avec
elle et lui raconte en outre ses histoires et ses problèmes d'adulte. Ou que l'enfant dorme presque chaque nuit dans la chambre de ses parents parce qu'il
a des cauchemars. Ou que la mère couvre son fils de
baisers à longueur de journée, mais n'ait pas, en
public, le moindre geste d'affection envers le père,
ni même de contact physique. Bref, il y a bien des
façons de faire intérioriser à l'enfant l'idée que son
père ou sa mère n'appartient qu'à lui, surtout s'il
grandit dans un milieu caractérisé par les carences
affectives, le manque de communication et/ou la
répression sexuelle.

C'est là qu'intervient la théorie de l'objet rela-
tionnel. Le sujet qui n'aura pas surmonté son complexe d'Œdipe ou d'Électre se sentira attiré à l'âge
adulte par des personnes qui lui rappelleront, sous
certains aspects essentiels, son père ou sa mère.
Mais les choses se compliquent encore si le parent

118

que l'on a tant aimé dans sa prime enfance s'est montré froid et peu affectueux. Il est alors facile de se laisser prendre au piège autorégressif que représente la quête éperdue d'affection auprès d'individus qui ne savent pas en donner. Prenons un exemple : Marisa n'aimait pas Juanjo *bien qu'il* soit gay, mais *parce qu'il* était gay. C'est-à-dire parce qu'il possédait cette caractéristique qui avait conduit son père à l'abandonner. En se faisant aimer d'un homme gay, elle avait l'impression de remporter une victoire symbolique. Quant à Carolina, elle avait jeté son dévolu sur une personne accro comme l'était son père ; à cette différence près que cet accro-là ne la quittait pas. Bien entendu, ni Marisa ni Carolina n'étaient conscientes du mécanisme en jeu : elles attribuaient simplement leur attirance à l'Amour, cet Amour (avec une majuscule et un *o* central en forme de cœur) inexplicable et dévastateur qui est le grand mythe du monde occidental. Si elles avaient eu conscience de la raison profonde qui gouvernait leurs actes, sans doute auraient-elles pu surmonter leur dépendance.

En fin de compte, beaucoup de gens courent après une relation avec quelqu'un qui leur rappelle leur père ou leur mère, dans l'espoir que, en répétant l'histoire dans un contexte différent, ils pourront en modifier la fin. S'ils réussissent à se faire aimer de ce quelqu'un qui a quelque chose de commun avec le père ou la mère qu'ils ont perdu – réellement ou symboliquement, car il y a perte aussi bien quand un père quitte le foyer que quand il est là sans l'être, qu'il est distant, émotionnellement détaché –, ils ont l'impression de combler les manques affectifs de leur enfance, inconscients du piège psychologique dans lequel ils tombent.

Pour une fille, la figure du père pèse d'un poids particulier, considérable, sur sa future vie de femme. Elle construit son image du masculin directement à partir de celle de son père, qui est, pendant son enfance et son adolescence, l'homme le plus proche d'elle. Et lorsque viendra le moment de choisir un compagnon, il y a de fortes chances pour qu'il lui ressemble. Un père affectueux, responsable et communicatif a de fortes chances d'avoir plus tard un gendre doué des mêmes qualités. C'est une façon pour sa fille de les réunir. Mais ce n'est pas systématique. Même si la figure paternelle est d'une importance cruciale pour une fille dans ses premières années, cette image du masculin qu'elle aura intériorisée se consolidera au fil du temps, car la coexistence avec les parents se prolonge au-delà de l'enfance, renforçant cette image primitive.

Les relations de confiance, de sécurité, d'affection qu'une fille entretient avec son père peuvent lui insuffler une grande assurance à l'âge adulte. S'il a l'esprit ouvert, s'il lui transmet des valeurs positives, s'il a confiance en sa fille et lui laisse la possibilité d'être elle-même et de se développer, la femme qu'elle sera s'engagera avec davantage d'assurance dans la vie, dans ses relations avec les autres et dans ses relations de couple. Une femme qui, dans son enfance, aura été aimée de son père sera plus autonome, se connaîtra mieux, saura mieux ce qu'elle désire, et sera donc plus à même de rompre ou d'éviter les relations malsaines. En revanche, l'image négative d'un homme qui abandonne sa femme, ou qui reste absent de la vie de sa fille, n'est pas inoffensive. Le mécanisme agit alors en sens inverse. Si le père a manqué d'affection envers sa fille, celle-ci sera attirée, plus tard, par des hommes moins distants. Un risque particulier existe pour une femme qui a été maltraitée dans son enfance : si l'image qu'elle garde de son père au fond d'elle-même est désastreuse, elle aura tendance à avoir une relation de couple tronquée ou chaotique. Paradoxalement, dans le cas d'un père manquant, l'image que sa fille aura de lui dépendra de la mère, célibataire ou séparée : ce qu'elle dira de lui sera crucial. Si ce qu'entend la fille, ce sont des phrases du style « les hommes sont tous des salauds » ou « tout ce qu'ils veulent, c'est coucher », ou encore « un homme gentil, ça n'existe pas », il y a fort à parier que les hommes ne lui inspireront que crainte et angoisse. On retrouve là l'erreur dans laquelle tombent nombre de femmes qui cherchent, dans leur partenaire, le père qu'elles n'ont pas eu, quelqu'un qui les protège et qui les traite comme une petite fille.

ET SI JE SUIS GAY OU LESBIENNE ?
LA THÉORIE DE L'IMAGO

Beaucoup d'entre vous ne manqueront pas de me faire observer, à juste titre, que ces théories du complexe d'Œdipe ou d'Électre sont un peu tirées par les cheveux. Si l'on va au bout du raisonnement, une lesbienne, un gay, un bisexuel recherchent-ils leur père ou leur mère ? Nous avons vu les cas de Patricia, d'Adela et de Jorge, et vous aurez compris, si vous êtes un tant soit peu perspicaces, qu'Adela courait après sa mère, que Jorge aussi, tandis que Patricia recherchait son père tout en reproduisant dans ses relations avec les femmes la relation qu'elle avait eue avec sa mère. Peut-être devrions-nous appliquer la maxime de Melanie Klein selon laquelle « tout individu recherche ce qu'il a un jour aimé ». Autrement dit, nous avons tendance à vouloir nous lier avec des personnes qui nous rappellent ceux que nous avons aimés dans notre enfance, cette enfance dont Sándor Márai écrit si justement : « Nous en aimons la lumière, les sons, les joies, les surprises, les espoirs et les peurs – et nous les recherchons toute notre vie. »

Ce tropisme s'explique par la théorie de l'Imago, selon laquelle nous avons en nous une image a priori, qui fait que nous sommes attirés par un certain type de personnes, lesquelles sont généralement la réplique de celles que nous avons aimées dans notre enfance. En ce qui me concerne, j'ai toujours été terriblement attirée par les musiciens, ce qui est loin d'être un hasard car ma mère chantait et jouait du piano (je recherchais aussi en eux d'autres caractéristiques que je ne peux dévoiler ici car je risquerais d'en dire trop sur ma famille). Naturellement, je ne m'en rendais absolument pas compte au début : j'étais persuadée d'être attirée par des gens totalement étrangers aux modèles familiaux auxquels je voulais échapper – mais dont j'ai néanmoins reproduit certains traits à l'identique.

Mon père était un économiste d'une rigueur et d'une droiture à toute épreuve, toujours tiré à quatre épingles et impeccablement coiffé, qui ne buvait pas et ne s'est jamais drogué, alors que les personnes qui m'attiraient étaient des musiciens, des peintres, des artistes en tout genre, généralement toxicomanes et habillés comme des clochards. Mais je n'ai jamais été avec quelqu'un qui ne soit pas un grand lecteur – mon père lisait énormément –, qui n'ait pas de convictions politiques fermement orientées vers la justice sociale – mon père a milité activement dans la Gauche démocratique, d'abord dans la clandestinité, puis au grand jour, et a même été sur leurs listes aux élections –, et j'ai retrouvé d'autres traits encore de son caractère chez chacun de mes amoureux, même si la ressemblance était parfois si discrète que je n'ai pu la déchiffrer que plus tard, avec l'aide d'un thérapeute. Sans m'en rendre compte, j'ai reproduit, dans toutes mes relations avec les hommes, bien des aspects de celle que j'ai entretenue avec mon père.

LA THÉORIE DE L'ATTACHEMENT

Cette théorie part des mêmes prémisses que celle du complexe d'Œdipe ou d'Électre, mais en les amplifiant. Les psychologues spécialisés en thérapie cognitive affirment qu'il existe bien une phase de passion amoureuse chez l'enfant, et une tendance, par la suite, à répéter ou à tenter de surmonter symboliquement les modèles affectifs de son enfance. Cela ne veut pas dire qu'une femme soit forcément à la recherche de son père ni un homme de sa mère, mais que l'un comme l'autre répètent la relation qu'il/elle a eue avec celui/celle (père, mère, oncle, grand-mère) qui l'a élevé(e) et avec qui il/elle a noué un lien affectif profond. La personne, en somme, qui s'est occupée de lui/d'elle, avec qui il/elle a été en contact et dont il/elle est *tombé(e) amoureux(euse)*.

Selon cette théorie, il n'y a pas de différence entre l'influence émotionnelle du père sur sa fille et celle de la mère. Ce qui compte est le lien noué par l'enfant avec la « figure d'attachement », qui peut être aussi bien le père que la mère. Le petit garçon ou la petite fille construit son identité et sa conscience de soi grâce à ce lien, vecteur de toutes les émotions humaines. Si une petite fille s'attache à son père, c'est en rapport avec lui et non avec sa mère, dont le rôle est en ce cas secondaire, que se développeront toutes ses émotions. On s'attache à celui ou celle qui éprouve les mêmes sentiments à votre égard et qui vous aide à vous comprendre vous-même.

Car, que voulez-vous, ni Électre ni Œdipe ne fournissent de réponse satisfaisante au mystère des émotions qui gouvernent la relation entre parents et enfants. Si le père ou la mère établit une relation solide avec son enfant, faite de tendresse, d'attention et de respect, l'enfant développera un attachement dit « sécure ». Si, en revanche, il est inconstant dans sa relation avec son enfant, s'il est parfois disponible et parfois indisponible, l'enfant sera émotionnellement tout aussi imprévisible (et l'on parlera d'attachement « insécure »).

L'enfant s'imprègne d'un modèle affectif indépendamment du fait qu'il émane de son père ou de sa mère, et c'est ce modèle qui lui dictera, plus tard, le mode de relations qu'il aura avec les autres, ainsi que le choix de son partenaire. Le père ou la mère qui évolue dans la vie avec assurance et qui aime son enfant aidera celui-ci à se sentir lui-même plus assuré dans ses rapports avec les autres, dans sa vie professionnelle, dans ses attentes à l'égard de l'existence.

OÙ EST-ON MIEUX QUE DANS SA FAMILLE ?

La famille est la meilleure ou la pire des choses. Et le pire est loin d'en être souvent absent.

Chez les gens de droite subsiste le mythe selon lequel la famille est à la fois une source de chaleur et de bien-être, et un lieu irremplaçable de transmission de la foi et des valeurs morales. Cette famille mythifiée se compose d'un père, d'une mère et de plusieurs enfants, et doit être légitimée par Dieu et/ou par l'État. Mais hélas, sa mission salvatrice a été quelque peu mise à mal, au cours des dernières années, par le nombre accru d'adultères, de divorces, de mères célibataires, de problèmes d'alcoolisme ou de drogue, par la faute de la laïcisation croissante de la société. Si ceux qui affirment ce genre de choses avaient lu davantage de romans, ils sauraient qu'il y a eu des mères célibataires, des adultères et des problèmes d'alcoolisme à toutes les époques, indépendamment des valeurs religieuses en vigueur. Un exemple : l'Irlande, pays catholique s'il en est, affiche les taux les plus élevés de toute l'Europe pour l'alcoolisme, les violences conjugales et les grossesses d'adolescentes.

Durant la majeure partie de l'histoire de l'humanité, les gens ont cohabité au sein de ce que les sociologues s'accordent à appeler des « familles étendues », c'est-à-dire des groupes de parents au premier, au deuxième et au troisième degré, réunis sous le même toit. De l'âge des cavernes jusqu'au siècle dernier, la famille étendue a signifié plus de bras pour travailler, plus de temps pour s'occuper des enfants, plus de forces pour attaquer l'ennemi. Mais à mesure que le périmètre de la famille est allé s'amenuisant, le père a endossé peu à peu la responsabilité de pourvoyeur unique de ressources (dans les familles étendues, la propriété était commune, bien que régie par le patriarche), et l'image de la mère nourricière et protectrice s'est magnifiée jusqu'à prendre une dimension mythologique (alors que, dans la famille étendue, les nourrissons passaient de main en main, dans les bras de toutes les femmes du clan, comme de la vulgaire monnaie).

La famille nucléaire est une invention récente, et le moins qu'on puisse dire, n'en déplaise aux politiciens conservateurs, est qu'elle ne semble pas donner de bons résultats. Car elle n'a jamais été ce havre de paix, de cohérence morale et de mœurs exemplaires dont on nous rebat les oreilles. Elle a été trop longtemps synonyme de violence conjugale, de femmes frustrées, d'enfants maltraités, de traumatismes divers – et une source inépuisable de revenus pour les psychologues, lesquels n'en ont pas moins assez de recevoir des patients qui commencent invariablement leur laïus par : « J'ai grandi dans une famille à problèmes… »

Mais justement : une famille sans problèmes, ça n'existe pas. La famille est, depuis toujours, un lieu de conflits et de tensions, un espace où les liens forment des nœuds de plus en plus serrés à force d'être emmêlés, un foyer de jalousies et de rivalités. Que ceux qui prétendent le contraire pensent à la façon dont se règlent généralement les affaires d'héritage lorsque beaucoup d'argent est en jeu : à coups d'engueulades, de menaces, de mises en demeure par notaire interposé. Ne vous méprenez pas : les seules familles heureuses sont celles que l'on connaît mal.

Les séries télévisées américaines (et certaines productions espagnoles comme *Los Serrano*) nous vendent le mythe de la famille comme refuge ultime et pierre angulaire de l'ordre social. Si bien que ceux qui ne correspondent pas à ce modèle idéal ont un sentiment de frustration et de dévalorisation. Mais c'est le modèle qui est inadéquat, et non le fait de ne pas s'y conformer. Car la famille, il y a un siècle, incluait non seulement le père, la mère et les enfants, mais aussi les cousins, les oncles, les neveux, les grands-parents, et même les domestiques. Il y a cinquante ans, elle ne comprenait plus que le père, la mère, les enfants, éventuellement un chien ou un chat. Et de nos jours, les deux tiers des enfants grandissent dans des familles monoparentales[1].

Si tu te sens, cher lecteur, désarmé devant le quotidien, surtout ne tombe pas dans l'erreur grossière de croire que c'est parce que tes parents ne se parlaient pas ou que ton père était un homo refoulé. Étant donné que, comme je l'ai dit plus haut, il n'est point de famille sans problèmes, il serait malvenu de croire que l'origine de nos maux est à rechercher dans le terreau pourtant fertile des dysfonctionnements familiaux de notre enfance. Car si nous nous mettons à faire porter à autrui (famille, chef, compagnon, société…) la responsabilité de nos problèmes et à lui en déléguer la résolution, nous ne sommes pas sortis de l'auberge.

Cette famille nucléaire idéale, heureuse et harmonieuse, est à considérer comme une utopie que ni toi ni moi – ni aucune famille normale – ne peut atteindre. Les familles normales se disputent, se jettent la vaisselle à la figure à chaque Noël quand ce ne sont pas des injures, supportent comme elles peuvent des belles-mères tracassières, des tantes célibataires donneuses

1. Aux États-Unis, en 1995, les foyers où les enfants vivent avec leur père et leur mère biologiques représentaient 25 % de l'ensemble des foyers. Cette proportion est tombée à 17 % en 2005 (source : Family Therapy Institute of Washington, D.C.).

de leçons, des beaux-frères tout orgueilleux de porter des caleçons aux armes de l'Atlético (et qui, par-dessus le marché, demandent qu'on offre à leur nouveau-né un bavoir assorti – si, si, ça existe), tantôt s'aiment et tantôt se détestent, se réconcilient quand c'est possible et survivent dans un rapport de forces qui exige une diplomatie digne du protocole de Kyoto. Je suis très contente pour ces 17 % de foyers américains où le papa travaille et où la maman s'occupe de la maison. Mais nous avons tout à fait le droit, nous autres, de ne pas nous sentir coupables d'être la majorité. Soyons donc moins soucieux, chère madame Botella, chers messieurs les évêques, et vous mes chers lecteurs, de la forme que du contenu.

Il ne faut pas oublier qu'il existe aussi, de nos jours, des familles constituées de deux femmes, ou de deux hommes, et de leurs enfants respectifs. Et que, pour autant, ces enfants ne subissent pas de traumatisme : le conflit œdipien se résout de lui-même dans la mesure où ils ont pu construire un lien affectif solide avec celui ou celle qui les aura élevés, et dont ils auront appris, pour le restant de leurs jours, qu'ils ont le droit d'être aimés et respectés comme tout être humain.

LA FAMILLE COMME AIMANT

Nous sommes attirés par ce qui nous est familier, car nous avons tendance à aimer de la façon dont nous avons été aimés.

Nous apprenons à reconnaître comme familière l'attitude des personnes qui s'occupent de nous dans

128

notre enfance. Autrement dit, si nous avons été habitués, enfants, à ne pas être bien traités, à l'âge adulte la même attitude, même quand elle est perverse, nous paraît normale, voire acceptable. C'est pourquoi nous nous sentons attirés, à l'heure de l'engagement amoureux, par des personnes qui nous rappellent celles qui nous ont élevés.

À l'âge adulte, les gens qui n'ont pas reçu l'amour et l'affection dont un enfant a besoin seront inconsciemment attirés par des personnes qui n'ont pas l'intention de s'attacher outre mesure à elles. Comme le message qu'ont retenu de leur jeunesse ces anciens enfants délaissés est que leur compagnie ne vaut pas qu'on la recherche, ils deviennent des adultes à l'estime de soi plus que médiocre, recherchant la compagnie de gens qui ne les aiment pas, mais à travers qui ils espèrent en vain rehausser cette piètre estime en laquelle ils se tiennent eux-mêmes, en surmontant leurs conflits d'enfance et en s'efforçant de capter l'attention de quelqu'un à qui, au départ, ils étaient indifférents.

COMMENT T'Y RETROUVER DANS TOUT ÇA ?

D'abord, vérifie si tu corresponds à l'un des deux cas suivants :

1. Tu n'es pas heureux, car cela fait des années que tu es empêtré dans une relation de couple insatisfaisante, qui te tourmente mais dont tu es devenu dépendant et dont tu ne sais pas comment sortir. Tu te figures être très amoureux de cette personne.

Pour toi, l'amour n'est donc pas synonyme de bonheur.

2. Tu n'es pas heureux, car cela fait des années que tu enchaînes les relations qui finissent mal et dans lesquelles tu reproduis toujours le même schéma. Tu es toujours très amoureux... Mais, avoue-le, tomber amoureux est pour toi, à chaque fois, une source de souffrance.

Pour toi non plus, l'amour n'est pas synonyme de bonheur.

Ensuite, réfléchis : est-ce que, par hasard, tu ne serais pas en train de reproduire un schéma appris dans l'enfance ? Au lieu de rester obnubilé par ta mère si tu es un homme ou par ton père si tu es une femme, demande-toi plutôt ce qui relève de ta responsabilité à toi.

Par exemple :

— As-tu peur d'être abandonné au point d'être prêt à tout sacrifier – y compris ta fierté, tes principes, ta dignité et ton bien-être personnel – pour ne pas te retrouver seul ? Dans ce cas, t'es-tu senti abandonné dans l'enfance par quelqu'un que tu aimais ?

— Si tu te sens toujours attiré par des homos alors que tu es hétéro, ou l'inverse, demande-toi si tu n'es pas perpétuellement en quête de ton père ou de ta mère.

— Si tu es toujours attiré par des personnes au comportement addictif (dans notre société, les alcooliques et les toxicomanes sont les plus nombreux), qui le plus souvent ne se reconnaissent pas comme tels et qui ne t'accordent pas le temps ou la tendresse que tu attends d'elles (mais qui saisissent, en revanche, toutes les occasions de sortir avec leurs copains), demande-toi si ton père ou ta mère n'étaient pas accros à quelque chose. Ce n'est pas toujours facile à déceler : la société espagnole a tendance à tolérer et à justifier l'alcoolisme masculin. Mais si ton père était plus souvent au bistrot qu'à la maison et ne rentrait parfois pas de la nuit, cesse de le considérer comme un simple noceur.

— Si tu te sens toujours attiré par des femmes qui ont beaucoup souffert (le « complexe du rédempteur » est typique des hommes et des lesbiennes), qui sont déprimées à longueur d'année et qui finissent par te communiquer leur amertume et leur tristesse, demande-toi si ta mère ne jouait pas en permanence les victimes, si elle n'a pas reporté sur toi ses frustrations et son besoin d'affection, si elle ne te confiait pas ses chagrins et ses soucis alors que tu n'étais pas en âge de les écouter et encore moins de les comprendre, bref, si elle ne se sentait pas seule.

— Si tu es toujours attiré par des personnes déjà en couple, demande-toi si, dans l'enfance, tu n'étais pas amoureux d'un père ou d'une mère très distant, voire infidèle, ou si une personne du même sexe que toi ne t'a pas maltraité au point que tu en éprouves un sentiment de vengeance. Pour mieux comprendre, voici un cas typique : il est courant que les femmes qui ont été en rivalité avec leur mère ou leurs sœurs transfèrent cette rivalité sur les autres femmes (notamment dans le cadre professionnel), assument un rôle masculin et soient souvent attirées par des personnes déjà en couple, surtout lorsqu'elles ont des traits communs avec la personne avec qui elles ont été en rivalité. Il arrive fréquemment aussi que la fille (ou la petite sœur) d'une femme au foyer très conservatrice, après avoir sué sang et eau pour faire valoir son droit à exercer une profession, ait une aventure avec son chef – lequel a, comme par hasard, une femme qui ne s'occupe que de sa maison et de ses enfants. Elle fait ainsi d'une pierre deux coups : d'une part, elle obtient plus facilement une promotion ou une meilleure reconnaissance de son travail ; d'autre part, elle se venge symboliquement et inconsciemment de sa mère en la dépassant socialement.

LES RIVALITÉS FÉMININES

À propos de cette propension féminine à sortir avec des hommes déjà pris, j'ai une anecdote savoureuse à vous raconter. Il y a des années, dans ma tendre jeunesse, j'ai eu un flirt avec un bel et doux jeune homme, dont la beauté et la douceur n'étaient troublées que par un seul et unique défaut : il mentait, ou plutôt il dissimulait la vérité, à telle enseigne que je me suis retrouvée dans la situation que chante crânement Rocio Jurado : « Lorsque j'ai appris votre existence, madame, il était déjà trop tard pour revenir en arrière. » La femme en question, comme il arrive toujours dans ces cas-là, a fini par être au courant de notre aventure, et, comme souvent en pareilles circonstances, s'est employée à me rendre la vie impossible, me faisant porter la responsabilité de toute cette histoire, me faisant passer pour la tentatrice Jézabel – et son fiancé pour un pauvre petit agneau innocent que j'avais attiré malgré lui dans mes filets (alors que c'était plutôt le contraire). Je venais de publier mon premier roman, et cette femme, qui se trouvait être une vedette de la chanson, était incapable de donner une interview sans s'en prendre à moi. Elle est même allée jusqu'à me citer sur sa page web à la rubrique « les personnes que je déteste le plus ». Elle a fini par se marier avec un autre, et on aurait pu penser qu'elle en resterait là. Pas du tout : j'ai appris un beau jour qu'elle avait encore déversé sur moi toutes sortes de réflexions désobligeantes dans sa biographie – que je n'ai d'ailleurs jamais lue. Presque huit ans après !

Mon histoire fait écho à une autre, que m'a relatée une amie sur l'ex de son compagnon actuel. Ce qui m'a aussitôt fait réagir : imaginez-vous l'inverse, c'est-à-dire que votre ex-mari, des années après le divorce, se mette à appeler votre compagnon à son bureau pour l'agonir d'insultes ? Non, n'est-ce pas ? Un homme, en pareil cas, déverse généralement son fiel sur son ex-femme, jamais contre un autre homme. Une femme, en revanche, à l'apparition d'une rivale (simultanée ou postérieure), au lieu de s'en prendre (ce qui semblerait logique dans la mesure où ladite rivale n'est en rien coupable vis-à-vis d'elle) à celui qui a failli à sa promesse ou à son engagement, s'attaque à son propre reflet, à cette figure féminine qui ressemble tant à la sienne et que le corps de son homme relie à elle comme un isthme, la rendant plus semblable, voire complice, que différente – aussi paradoxal que cela puisse paraître.

Il me vient à l'esprit plusieurs façons d'interpréter un phénomène aussi curieux ; toutes mettent en cause notre éducation machiste.

La première est que nous avons été élevées dans une telle soumission à la figure masculine qu'il nous est presque impossible de nous affronter à elle. C'est ce qui explique que la femme au foyer traditionnelle se crêpe volontiers le chignon avec sa rivale, mais obtempère devant son mari, dont elle dépend pour subsister – et quasiment pour exister.

La deuxième, c'est qu'on a toujours cru qu'il était dans la nature de l'homme d'être infidèle et coureur, tandis que la femme se devait non seulement d'être chaste, mais encore de le paraître. D'où la tolérance de la société à l'égard des « coups de canif » masculins, alors qu'une femme dont on apprend qu'elle a une relation en dehors des liens sacrés du mariage demeure, dans l'imaginaire collectif, une traînée.

La troisième, c'est le fameux esprit de rivalité féminine dans lequel nous sommes élevées : à force d'entendre à longueur de journée qu'une femme n'est vraiment femme que si elle a un homme à ses côtés pour lui donner sa légitimité, nous considérons toute autre femme comme une rivale en puissance, une cible à abattre. Il nous est impossible d'accepter la défaite, de perdre avec élégance, voire soulagement, puisque nous avons été programmées pour nous comporter comme des petites filles de quatre ans qui se crêpent le chignon au square pour un jouet. Un jouet qui, soit dit en passant, n'en mérite pas tant. (Mon amie Esther me suggère un autre exemple, cinématographique celui-là, de femme qui aspire à se réaliser à travers un homme : *Officier et gentleman*, un des films les plus machistes de l'histoire du cinéma, dans lequel Richard Gere sort la pauvre héroïne de l'usine où elle travaille, puis, après l'avoir prise dans ses bras sur une balade de Joe Cocker, la conduit à son nouveau *home, sweet home*… où elle devra sans nul doute nettoyer par terre, car elle n'a donné aucun signe, pendant les cent vingt-cinq minutes que dure le film, de savoir ou de vouloir faire autre chose de mieux.)

Oui, je sais que beaucoup de lectrices me rétorqueront qu'elles, elles n'ont pas été élevées de cette façon, et patati et patata. Je veux bien le croire pour celles de moins de vingt-cinq ans, et encore sous toutes réserves, si l'on considère que l'éducation reçue à la maison ou à l'école ne peut pas grand-chose contre le bombardement médiatique qui continue à véhiculer les mêmes stéréotypes. Regardez plutôt *Loft Story* et autres émissions de ce style – *Star Academy*, etc. – et comptez le nombre de fois où l'on y voit deux nanas se disputer les faveurs d'un abruti et le nombre de fois où c'est l'inverse.

Je terminerai par une autre anecdote piquante. Savez-vous comment j'ai fait la connaissance d'une de mes meilleures amies ? Oui, vous avez bien deviné… Quand j'ai appris son existence, « il était trop tard pour revenir en arrière », car quelque chose s'était déjà passé entre son compagnon, qui était aussi beau que fieffé menteur, et moi. (En fait, il n'était pas si beau que ça.) C'est qu'à force d'être banales, les histoires deviennent répétitives. Il se trouve que sa femme a pris les choses avec beaucoup d'humour : elle avait perdu un mec, mais gagné une amie. Une fin pleine d'espoir, qui prouve qu'avec un peu de hauteur de vues on peut passer outre son éducation et ses conditionnements, et éviter au passage de se faire du mauvais sang, d'attraper un ulcère ou de dépenser tout son argent en valériane ou en anxiolytiques.

Si tu n'es pas heureuse en couple, c'est probablement que tu ne fais pas les bons choix, que tu reproduis inconsciemment les schémas marqués au fer
rouge dans ton subconscient, et dont tu dois apprendre à te défaire si tu ne tiens pas à passer ta vie à
souffrir.

Cela dit, l'explication par les schémas familiaux ne
saute pas toujours aux yeux d'entrée de jeu. Dans mon
roman *Un miracle en équilibre,* je racontais l'histoire
d'une certaine Nenuca qui traînait derrière elle un
long passé de relations catastrophiques, dans lesquelles elle endossait toujours le rôle de dominée, et sa
partenaire celui de dominatrice. Nenuca assurait, ou
peut-être ne faisait-elle que s'en persuader, avoir
eu une enfance merveilleuse. À première vue, rien à
redire en effet : ses parents, qui l'adoraient, étaient
riches et lui passaient tous ses caprices. Mais, comme
ils travaillaient tous deux, ils l'avaient confiée, depuis
toute petite, à une succession de gouvernantes qui ne
restaient jamais plus d'un an, et n'avaient jamais su,
par conséquent, nouer avec elle un lien affectif stable
et solide. Même lorsque la cage est dorée et conforta-
ble, l'abandon est toujours une forme de maltraitance.
Nenuca avait complètement effacé de sa mémoire les
angoisses de son enfance, et ne les a redécouvertes
qu'en suivant une psychanalyse. Elle n'avait gardé
que le souvenir d'une enfance heureuse, avec piscine
et parties de tennis. Une enfance qui avait certes
existé, mais qui n'était qu'une partie d'un paysage
plus vaste, que son subconscient, par un mécanisme
de défense, avait habilement éliminé. Je veux dire par

là qu'il est parfois difficile de savoir exactement ce que l'on recherche dans une relation de couple, quel traumatisme ancien l'on tente de régler.

Mais il n'y a pas le moindre doute sur ceci :

SI TU N'ES PAS HEUREUSE DANS UNE RELATION, C'EST QUE CETTE RELATION N'EST PAS FAITE POUR TOI.

Un point c'est tout.

3

LES SÛRS D'EUX, LES ÉVITANTS
ET LES ANXIEUX

L'être humain passe sa vie à nouer de nouvelles relations, amoureuses ou non. Chacune de ces relations donne naissance à une nouvelle histoire, à une expérience personnelle qui conditionnera, dans une mesure variable, les autres relations à venir. Ayant eu, pour ma part, une mauvaise expérience avec un Galicien, je suis au regret de vous dire que depuis lors, bien que je sois consciente d'obéir par mon comportement à un préjugé absurde, je n'ai plus voulu entendre parler des Galiciens – dans ma vie amoureuse, bien sûr.

Le premier maillon de cette chaîne de relations qui conditionnent les suivantes n'est autre que le premier lien de notre enfance, l'union affective avec nos parents ou nos figures d'attachement, qui déterminera de façon significative notre personnalité et le type de relations que nous aurons par la suite avec autrui.

Le premier à avoir développé la théorie de l'attachement est John Bowlby. Cette théorie date de 1969 et a été réactualisée en 1973, puis en 1980. Elle a contribué à une meilleure compréhension de la construction de la personnalité, car la distinction entre trois types d'attachement chez l'enfant a permis d'établir une corrélation avec des variables importantes à l'âge adulte, comme les traits de notre personnalité, notre façon de nouer des relations interpersonnelles, ou les mécanismes de nos processus cognitifs et émotionnels.

La découverte des trois types d'attachement pourrait à elle seule faire l'objet d'un roman. Après la Seconde Guerre mondiale, au Royaume-Uni, de très nombreux orphelins de guerre s'étaient retrouvés sous la tutelle de l'État. À cette époque, l'idée était largement répandue parmi les travailleurs sociaux que, du moment qu'un enfant était nourri et soigné, peu importait par combien de personnes. On ne trouvait donc rien à redire au fait de séparer un enfant de sa mère lorsque celle-ci était très pauvre, car il revenait moins cher de placer l'enfant dans une institution que de verser une allocation à la mère. Étudiant le développement ultérieur de ces enfants, le psychanalyste et ethnologue John Bowlby n'en a pas moins observé que la plupart, à l'âge adulte, étaient dénués de sentiments, se montraient colériques et asociaux, et étaient incapables de tisser des liens profonds ou de faire preuve d'affection.

L'affirmation de Bowlby, aujourd'hui universellement admise, selon laquelle le lien mère-enfant est irremplaçable, a été reçue à l'époque avec hostilité et scepticisme par le monde universitaire et les institutions sociales. Les psychiatres et psychologues d'alors, freudiens pour la plupart, avaient la conviction que les problèmes de ces enfants résultaient de conflits internes non résolus – ce que l'on appelle l'intrahistoire – et non d'expériences négatives vécues dans le monde réel. Les institutions, quant à elles, trouvaient plus simple, plus pratique et moins onéreux de veiller aux seuls besoins physiologiques des enfants à leur charge.

En ce temps-là, on ne permettait aux parents de voir leurs enfants hospitalisés ou placés en institution qu'une heure par mois au maximum. Bowlby, en filmant quelques-unes de ces visites, est parvenu à la conclusion que l'enfant placé en institution passait par trois phases distinctes :

a) *la phase de protestation* : l'enfant crie, pleure, donne des coups dans la porte, secoue son lit pendant des heures, voire des journées entières ;

b) *la phase de désespoir* : l'enfant gémit et reste apathique ;

c) *la phase de détachement* : l'enfant commence à se socialiser au contact des éducateurs et des autres enfants, mais si sa mère lui rend visite, il ne manifeste aucune joie de la revoir.

J'ai pu observer un comportement analogue chez ma fille, qui n'est pourtant ni placée en institution ni hospitalisée. Quand je m'en vais, elle se met à pleurer à chaudes larmes et à marteler la porte, dans un désespoir tragique mêlé de fureur (sauf si son père est là, auquel cas c'est tout juste si elle ne me pousse pas dehors). Si je reviens au bout d'une demi-heure, elle m'accueille comme le Messie et se jette à mon cou en gazouillant d'émotion. Mais gare à moi si j'ai le malheur de partir un ou deux jours pour donner une conférence ! Au retour, je la retrouve jouant avec ses poupées et feignant de ne pas remarquer ma présence : je n'ai même pas droit à un regard, et je dois recourir à toutes mes techniques de séduction pour me faire pardonner. Ceux qui ont des chats ont dû observer ce même comportement, typique des félins.

Mary Ainsworth, chercheuse en psychologie infantile à l'université John-Hopkins, a vérifié en laboratoire les observations de Bowlby. Elle a procédé à une expérience, au cours de laquelle plusieurs enfants jouaient dans une pièce sous la surveillance de leur mère, assise tranquillement dans un coin. À plusieurs reprises, la mère sortait de la pièce et un inconnu prenait sa place. Ces séparations se répétaient plusieurs fois.

L'expérience a démontré que les enfants se comportaient selon trois schémas nettement différenciés :

a) Les enfants *sûrs d'eux* : quand leur mère est dans la pièce, ils explorent les lieux et jouent avec tous les jouets, lui adressent de temps à autre un regard et un sourire, et viennent lui montrer leurs découvertes. Quand elle s'en va, ils cessent de jouer, mais se montrent aimables avec l'inconnu et se remettent même à jouer si on réussit à les en persuader. Quand la mère revient, ils s'accrochent d'abord à elle, avant de se remettre à nouveau à jouer.

b) Les enfants *évitants* : quand leur mère est dans la pièce, ils explorent les lieux et jouent avec tous leurs jouets, mais sans lui adresser ni regard ni sourire, et sans lui montrer leurs jouets. Lorsqu'elle s'en va, ils continuent de jouer, ne montrent aucune tristesse, ne sont pas plus distants avec l'inconnu qu'avec elle, et sont parfois même plus réceptifs et plus aimables. Quand la mère revient, ils ne vont pas à sa rencontre.

c) Les enfants *anxieux* : quand leur mère est dans la pièce, ils ne l'explorent pas, et s'accrochent à elle. Lorsqu'elle quitte les lieux, ils piquent une énorme

141

colère, se montrent peu aimables avec l'inconnu, et il n'y a pas moyen de les persuader de continuer à jouer. Au retour de la mère, ils s'agrippent désespérément à elle, puis se mettent à pleurer ou piquent une colère.

En 1987, deux chercheurs de l'université Cornell, Cindy Hazan et Phillip Shaver, ont publié une étude intitulée *Romantic love conceptualized as an attachment process*, dans laquelle ils expliquaient que le premier schéma que Bowlby et Ainsworth avaient étudié chez les enfants tendait à se reproduire à l'âge adulte, au moment d'éprouver le sentiment amoureux, configurant de la sorte un certain modèle de personnalité. C'est le mode de relation avec la mère ou avec sa figure de substitution qui conditionne, à la fin de l'enfance, les relations avec les frères et sœurs et les amis proches, puis, à l'adolescence, les premiers flirts, et enfin, à l'âge adulte, l'amour romantique et la vie de couple.

Le modèle de fonctionnement propre à chaque individu n'est pas rigide, et peut être influencé par des expériences positives et négatives selon les étapes de la vie. Trois types d'attitude de base devant l'amour ont toutefois pu être répertoriées. Et chaque individu tend à se conformer à l'un de ces trois modèles.

LE SÛR DE LUI

Le fait de dépendre d'autrui ou qu'autrui dépende de lui ne pose pas de problème au sûr de lui. Le risque de l'abandon ne l'inquiète pas outre mesure. Il n'envisage pas d'être quitté par l'autre, dès lors que ce dernier ne lui envoie pas de signaux en ce sens. Il n'a donc aucune raison d'être jaloux.

Il est à l'aise dans sa relation de couple, lui attache du prix, et la vit de façon intime tout en préservant une certaine autonomie. Il ne redoute pas l'intimité, et a donc toutes les chances d'être heureux et en confiance dans cette relation. Il ne craint pas d'être rejeté ou de se retrouver seul, et n'est guère angoissé par la perspective d'une rupture, ni par celle de la dépendance à laquelle peut conduire toute relation intime. Il sollicite, davantage qu'une personne peu sûre d'elle, le soutien de son partenaire quand il en a besoin, et est aussi plus prompt à lui apporter le sien si nécessaire. Il exprime ouvertement ses griefs et ne recourt pas à des stratégies défensives ou destructrices pour résoudre les problèmes ou les conflits, mais recherche plutôt le compromis. Après une dispute, le regard qu'il porte sur son partenaire est plus positif que celui que porte sur le sien une personne peu sûre d'elle, si bien que les problèmes de couple sont pour lui, pour peu qu'on sache les dépasser, une chance de renforcer la confiance mutuelle au sein du couple. Lorsqu'il subit une contrariété, il reconnaît ouvertement sa déconvenue et en profite pour tirer de façon constructive les leçons de l'expérience. Il a foi en sa capacité de séduction et est ouvert aux autres. Il croit en l'amour romantique. Ses relations sont généralement plus durables, et reposent sur une confiance et un engagement mutuels plus grands que celles des personnes manquant d'assurance.

Il peut se passer de la vie en couple, même s'il aspire à celle-ci. Étant moins pressé par la nécessité, il a de fortes chances de mieux choisir le partenaire qui lui convient. S'il ne rencontre personne qui lui convienne, il est capable de vivre seul et de mettre à profit de façon positive cette période de solitude. Quand il trouve enfin la personne qui lui correspond, il n'a aucun mal à s'engager, à partager son intimité et à s'épanouir dans la relation. Il vit pleinement celle-ci tant qu'elle dure et ne nourrit jamais de craintes infondées. Il n'est pas possessif. L'idée qu'il se fait de l'amour est positive et réaliste : il ne croit ni qu'un prince charmant va venir le délivrer, ni que l'amour soit pure invention des poètes et des romanciers. Lorsqu'il estime avoir une raison valable de rompre, il n'hésite pas à le faire, sans éluder la confrontation avec l'autre. Il sait faire le deuil de la relation et envisager de refaire sa vie.

L'adulte sûr de lui a eu des parents disponibles, chaleureux et affectueux, il est doté d'une curiosité sans bornes, et ses structures cognitives sont flexibles. En d'autres termes, il est réceptif aux idées nouvelles, même quand cela signifie renoncer aux siennes. Il sait en effet maîtriser l'angoisse de voir ses convictions ébranlées, et il est capable de réviser ses schémas mentaux. S'il a été, par exemple, élevé dans le respect de la monarchie, il pourra devenir républicain sans angoisse ni culpabilité, pour peu que les éléments d'information auxquels il a accès l'aient convaincu de la supériorité de ce régime. Une telle aptitude permet à cette catégorie de gens de s'adapter sans peine aux changements, dans la mesure où ils ne visent que des objectifs réalistes sans se laisser troubler par des croyances irrationnelles.

L'ÉVITANT

L'évitant est mal à l'aise dans ses relations d'amitié ou d'intimité. Il n'accorde pas facilement sa confiance, et déteste l'idée de dépendre de quelqu'un, aussi bien émotionnellement que financièrement.

L'évitant redoute la proximité, se méfie des autres, et vit mal la relation intime et le lien de dépendance. Il se plaint souvent que son partenaire désire une relation plus intime que celle à laquelle il est prêt. Il ne se livre pas facilement. Il a la conviction que l'amour romantique n'est pas durable et que la probabilité de tomber sur quelqu'un dont on puisse être amoureux est infime. L'indépendance et l'auto-suffisance sont pour lui primordiales. Dans les moments de stress ou d'angoisse, plus le niveau de ce stress ou de cette angoisse est élevé, et moins il a tendance à rechercher le soutien de son partenaire, même s'il se sent rassuré lorsque ce dernier le lui apporte. Inversement, plus son partenaire va mal, et moins il sera enclin à le soutenir. Toutefois, le fait qu'il donne peu, qu'il demande peu et qu'il fuie l'intimité ne signifie pas qu'il ne désire pas ce qu'il évite. Il ne s'agit que de stratégies défensives, inspirées par la conviction profonde que, tôt ou tard, il sera rejeté.

L'évitant a tendance à écarter de son esprit ou à minimiser tout ce qui a trait à sa relation de couple. Il semble aimer la solitude, mais cette autonomie n'est que défensive et apparente, car il a beau rechercher la solitude, il la vit mal. L'intimité affective, les effusions, le contact physique le mettent mal à l'aise. Les relations formelles et distantes lui conviennent mieux, car il peut s'y montrer aimable et courtois, du fait même qu'il est capable de se maîtriser et de dissimuler sa colère ou sa contrariété. Il ne s'épanche pas, même lorsqu'il a des ennuis, et ne supporte pas non plus de voir pleurer ou crier son partenaire. Lorsqu'il juge avoir une bonne raison de rompre, il le fait de façon abrupte, du jour au lendemain.

L'évitant possède des structures cognitives rigides. Même un char d'assaut ne le ferait pas changer d'avis. Il est insensible aux informations qui contredisent ses idées. Et s'il a lu toute sa vie *La Razón*, jamais il ne lui viendra à l'esprit, même ivre mort, de feuilleter *El País* (et inversement), et il n'est pas davantage disposé à ce qu'un éditorial vienne remettre en cause ses certitudes ou ses préjugés. Il se méfie des autres et n'est pas à l'aise dans l'intimité et la dépendance. Il évite le contact physique, les baisers et les caresses le gênent. Il a du mal à soutenir le regard des autres et à exprimer ses sentiments. Son partenaire lui réclame une relation plus intime que ce dont il est capable.

L'évitant type a coutume de dire que l'autre est excessif ou trop sensible, et minimise l'importance de ses réactions ou de ses manifestations émotionnelles. Si, par exemple, il arrive très en retard à un rendez-vous et que sa compagne pique une colère noire parce qu'ils vont rater la séance de ciné qu'elle a attendue toute la semaine, il ne s'excusera pas et la traitera même d'hystérique (je n'ai pas fini de citer cet exemple, ainsi que vous allez vous en rendre compte). Dans les moments difficiles, de stress ou de tension, il s'isole et ne recherche pas le soutien de son partenaire. Il fuit l'engagement, non qu'il ne le désire pas, mais parce qu'au fond il a une peur panique d'être rejeté ou abandonné. Pour autant, il ne reste pas célibataire toute sa vie : beaucoup d'évitants se marient ou vivent en couple, mais jamais ils ne se livrent totalement ; au contraire, ils érigent des barrières émotionnelles très difficilement franchissables, s'investissant à fond dans leur travail ou dans quelque vice ou passion.

Voici quelques exemples de ces barrières émotionnelles :

La colère
Les réactions de l'évitant peuvent être à ce point disproportionnées que l'autre en arrive à ne plus lui poser de questions dérangeantes, à ne plus le contredire. Exemple : M. Évitant a rendez-vous avec Mme Sûre d'Elle pour aller au cinéma. Il arrive en retard, et elle en est, bien entendu, très contrariée, car ils vont rater le film qu'elle rêve de voir depuis une semaine. Non seulement il ne s'excuse pas, mais il se met à lui hurler dessus, il l'accuse de le faire devenir chèvre à force de lui en demander trop. Si Mme Sûre d'Elle est vraiment sûre d'elle, il n'est pas près de la revoir. Mais s'il recourt à la même tactique avec Mme Anxieuse, nous pouvons être certains qu'elle n'osera rien dire la prochaine fois qu'il arrivera en retard.

Le silence
Il s'agit de répondre à toute requête par le mutisme le plus profond. Exemple : M. Évitant a rendez-vous avec Mme Sûre d'Elle pour aller au cinéma. Il arrive en retard, et elle en est, bien entendu, très contrariée, car ils vont rater le film qu'elle rêve de voir depuis une semaine. Il ne s'excuse pas et ne pipe mot, ce qui

ne manque pas d'exaspérer Mme Sûre d'Elle, dont la fureur ne fait que croître. Si elle se met à lui crier dessus, ou décide même carrément de repartir chez elle, il n'hésite pas à lui dire combien elle est excessive : « Ce n'est pas une raison pour te mettre dans un état pareil… »

La fausse maturité

Il s'agit d'opposer une carapace de calme et d'amabilité à toute demande affective de l'autre, de façon à le faire apparaître, par contraste, immature, excessif ou trop exigeant. Exemple : M. Évitant a rendez-vous avec Mme Sûre d'Elle pour aller au cinéma. Il arrive en retard, et elle en est, bien entendu, très contrariée, car ils vont rater le film qu'elle rêve de voir depuis une semaine. Il ne s'excuse pas, garde son calme et, avec une amabilité extrême, la persuade que sa réaction est excessive, ce qui est évidemment faux. Il fait passer Mme Sûre d'Elle pour une petite fille qui pique sa crise parce que son jouet est cassé et, en fin de compte, il l'humilie. Même si c'est poliment.

Les distractions

Il s'agit de toujours être occupé quand on est avec l'autre. L'évitant aura, par exemple, la télé ou la chaîne hi-fi allumée en permanence, ou sera en train de lire, de réparer quelque chose ou de jardiner. Exemple : M. Évitant a rendez-vous avec Mme Sûre d'Elle pour aller au cinéma. Il arrive en retard, et elle en est, bien entendu, très contrariée, car ils vont rater le film qu'elle rêve de voir depuis une semaine. Non seulement il ne s'excuse pas, mais il se met à envoyer des SMS sur son portable, ostensiblement indifférent à sa colère.

L'infidélité

George Herbert justifiait l'adultère en affirmant que l'âme se contente de peu alors que le corps est exigeant. Mais il peut arriver que le corps soit en manque parce que l'âme est elle aussi en manque. Une relation extraconjugale peut donner à l'évitant l'impression rassurante de ne pas dépendre entièrement de sa relation officielle. Même s'il la considère comme une liaison sans importance, elle n'en est pas pour autant une passade. L'évitant infidèle voit en effet « l'autre personne » avec une certaine fréquence, mais il ne fait aucun doute pour lui que c'est son couple officiel qui compte, et il ne garde une tierce personne sur le banc des remplaçant(e)s que pour le cas où le joueur sélectionné se blesserait sur le terrain de jeu.

Dans certains cas, l'infidélité apparaît après des années de loyauté irréprochable, lorsque l'évitant s'aperçoit tout à coup qu'il dépend trop de sa moitié. Ainsi, un évitant qui perd son meilleur ami, ou bien son travail, ou encore un membre très cher de sa famille, peut se sentir soudain prisonnier au sein de son couple, et va voir ailleurs pour échapper à cette angoisse née de son sentiment de vulnérabilité.

« Vous les jugerez d'après leurs actes », disait le Christ. C'est donc à ses actes qu'on reconnaît l'évitant. Ainsi, si tu découvres que ton partenaire t'est infidèle, demande-toi et demande-lui ce qui sous-tend son comportement. S'il te semble qu'il peut s'agir d'une peur de la dépendance, tu as deux options : soit le quitter, parce que lui ne te quittera jamais ; soit lui conseiller de consulter un thérapeute, car un tel problème ne se résout pas du jour au lendemain, quels que soient la patience, le temps et le dialogue que tu y consacreras. Il est vrai que certaines personnes ont plus d'endurance ou de sang-froid que d'autres, et sont mieux à même, pour diverses raisons (question de tempérament ou d'intérêt), de fermer les yeux sur une liaison secondaire qui ne menace pas vraiment leur couple. Sans oublier ce que disait Dumas : « Le mariage est une chaîne si lourde à porter qu'il faut être deux pour y arriver, souvent trois. »

Ces tactiques, mes chers lecteurs et lectrices, je les ai toutes expérimentées, une à une, avec un évitant que j'ai fréquenté dix années durant : quelqu'un que je tenais pour un de mes meilleurs amis, jusqu'au jour où ma patience a eu des limites face à ses retards systématiques (quand il arrivait…), non seulement au cinéma, mais encore à tous nos rendez-vous. Il s'appelait Juanjo, vous savez, celui qui était apprenti acteur et serveur dans une des boîtes les plus célèbres de la capitale, et ce n'est pas un hasard s'il sortait (et sort toujours) avec une anxieuse, la seule à pouvoir le supporter – et que, bien entendu, il trompait.

L'évitant craint l'intimité parce qu'il a été maltraité dans son enfance (l'abandon ou la distance émotionnelle sont des formes de maltraitance) et qu'elle est pour lui synonyme de douleur. C'est d'ailleurs plus pour soigner son âme que pour assouvir des besoins physiques qu'il est infidèle : ce qu'il redoute par-dessus tout, c'est de devenir dépendant à l'excès de la personne qu'il aime. Petit, il a été physiquement ou psychologiquement abandonné par un être cher, ou a constamment craint qu'on l'abandonne. Il a dû subir la mauvaise humeur d'un père irascible et/ou

machiste, ou les sautes d'humeur d'une mère névro-
sée et/ou frustrée, ou se laisser reléguer au second
plan à l'arrivée d'un frère ou d'une sœur. Aussi a-
t-il dans son subconscient, marquée au fer rouge, la
certitude que dépendre émotionnellement de quelqu'un
est dangereux. Il s'agit pour lui, en quelque sorte,
de ne pas « mettre tous ses œufs dans le même
panier ». S'il craint à ce point l'intimité physique et
émotionnelle, c'est qu'il la voit comme une menace,
mais comme il redoute également l'abandon, il a
besoin de quelqu'un qui soit proche et distant à la
fois. Si la personne qui partage sa vie est évitante
comme lui, mais qu'elle est légitimée par le mariage
ou la vie de couple, il le vivra bien. Si ce n'est pas le
cas et que son partenaire se lasse de cette distance, il
le harcèlera dès qu'il aura la crainte d'être abandonné. Si ce partenaire est un sûr de lui, il ne par-
viendra pas à le retenir, mais s'il s'agit d'un anxieux,
on entre dans un cercle vicieux dont il sera question
plus loin.

Les adultes évitants disent avoir eu des parents
froids, qui avaient tendance à les rejeter et n'étaient
jamais disponibles.

LES DEUX TYPES D'ÉVITANTS :
LE CRAINTIF ET LE DÉNIGREUR

Deux catégories d'évitants ont été répertoriées,
correspondant aux deux principales stratégies d'évite-
ment observées, étant entendu que, dans les deux cas,
c'est par crainte d'être abandonnées que ces personnes tentent d'échapper à trop d'intimité.

Le craintif

L'évitant craintif vit la relation dans la hantise que l'autre le fasse souffrir. C'est en vain qu'il tente de refouler ce sentiment. Il a, en règle générale, une image dévalorisée de ses parents. Il s'enferme dans sa carapace et ne se confiera que très peu à son partenaire, de peur que celui-ci ne se serve de ces éléments contre lui. Je connais, par exemple, un homme dont l'épouse n'a appris qu'au bout de dix ans de mariage qu'il avait déjà été marié et avait deux enfants.

Le dénigreur

L'évitant dénigreur est celui qui a le moins de mal à refouler les pensées et sentiments perturbateurs. Grâce à sa capacité à oublier les moments désagréables de son existence passée, il tend à idéaliser ses parents, qu'il décrit comme merveilleux mais sans pouvoir apporter de souvenirs particuliers à l'appui de cette assertion. Il se conforme à ce modèle afin de rester autosuffisant et indépendant, et présente un faible niveau d'anxiété. Le dénigreur, comme son nom l'indique, dénigre son partenaire, l'accusant sans cesse d'être indiscrète, excessive, hystérique, etc. L'exemple de l'évitant qui arrive en retard au cinéma en est une bonne illustration.

L'ANXIEUX

En d'autres termes, le dépendant émotionnel par excellence. L'anxieux ne peut s'empêcher de se demander si son partenaire l'aime vraiment et vit dans la crainte permanente qu'il lui annonce un jour qu'il a trouvé mieux ailleurs. Il l'effraye souvent, au demeurant, par la pression qu'il lui fait subir. Sa crainte de l'abandon est telle qu'il finit par le provoquer, accomplissant lui-même sa propre prédiction à force de rechercher avec tant d'insistance la fusion avec l'être aimé.

Il manifeste ses émotions, aussi bien positives que négatives, de manière exacerbée : il est jaloux, passionné, et aspire à une relation intime et fusionnelle. Il éprouve de l'anxiété à l'idée d'essuyer un refus. Il a conscience de ce que l'intensité de son sentiment est de nature à effrayer autrui.

L'anxieux ne se livre pas facilement et doute de lui-même. Il estime que, s'il est facile de tomber amoureux, rares sont ceux qui sont prêts à s'engager autant que lui. Il est enclin à considérer que sa relation de couple fait une place insuffisante à l'amour, à l'engagement et au respect mutuel. Après une dispute, sa rage et son agressivité envers son partenaire sont plus intenses. Quand il subit une contrariété, il exprime sa colère et sa douleur de façon exacerbée.

Les adultes anxieux disent avoir eu des parents injustes, versatiles, névrosés, des mères qui un jour les couvraient de baisers et le lendemain leur criaient dessus pour un oui ou pour un non, des pères qui étaient absents plusieurs jours de suite et revenaient chargés de cadeaux. Ils n'ont qu'une idée confuse de l'impact qu'ont eu sur eux, dans leur enfance, ces modèles affectifs, et la relation qu'ils entretiennent avec leurs parents se caractérise soit par une colère latente, soit par des efforts constants pour leur complaire. Ils restent prisonniers des problèmes résultant des rapports qu'ils avaient avec eux dans l'enfance.

Leurs souvenirs de cette époque sont contradictoires, et le simple fait de les évoquer les met dans tous leurs états.

La plupart des anxieux sont ambivalents. Ils aspirent à un lien fusionnel avec leur partenaire, mais font inconsciemment tout pour ruiner cette relation qu'ils désirent si ardemment.

L'anxieux ambivalent se raccroche à son couple et aspire à s'y dissoudre, comme s'il craignait à tout moment de voir l'autre lui échapper. Il est resté, au fond de lui-même, cet enfant qui se retournait sans cesse pour voir si sa mère était toujours là et qui n'osait pas s'éloigner d'elle. C'est le genre de personne qui, en amour, se donne à fond (trop, peut-être), mais qui demande beaucoup en retour et réclame davantage l'attention de l'autre que ne le ferait une personne sûre d'elle. Il a un besoin constant d'être rassuré sur l'amour que lui porte l'autre et sera prompt à voir leur relation menacée, d'où des crises de jalousie et des scènes incessantes.

Du fait de cette propension aux explosions émotionnelles qui caractérise l'anxieux, il faut s'attendre de sa part à de fréquentes crises de jalousie et d'agressivité. (Elles peuvent toutefois survenir aussi chez l'évitant, à cause des émotions qu'il refoule jusqu'à ce qu'il craque.) Aussi, si tu en rencontres un, prends bien garde de ne pas tomber dans un piège dont tu aurais bien du mal à sortir : tu te retrouverais avec quelqu'un qui, certes, t'aimerait profondément et sincèrement, mais qui te ferait souffrir du fait de son manque d'assurance et de son besoin irrépressible de t'avoir à ses côtés. Cet amour et cette dépendance risquent de t'attirer et de t'enfoncer dans une relation destructrice. Si tel est le cas, n'hésite pas à rompre.

Cela dit, il existe des particularités individuelles qui font qu'il n'en sera pas nécessairement ainsi.

L'anxieux ambivalent rejette tout ce qui pourrait semer la confusion dans son esprit. Souvent élevé dans un milieu catholique très conservateur, il refuse de changer de schémas de pensée, y compris lorsque sa propre vie est en flagrante contradiction avec ses vieilles croyances. Combien connaissez-vous d'homos qui sont de fervents catholiques au point d'avoir installé chez eux un autel à la Vierge de la Macarena ? Moi, j'en connais deux. Mais, contrairement à l'évitant, l'anxieux ambivalent ne fuit pas le contact avec la nouveauté : il entre en conflit avec elle.

L'anxieux est prêt à tout accepter pour ne pas être abandonné, et aspire à nouer une relation solide. Le problème, c'est qu'il en est incapable, car du fait qu'il a été élevé, enfant, par une personne ambivalente, il désire l'intimité autant qu'il la redoute, et ne sait pas instaurer une relation à la fois intime et saine. **Aussi, lorsque la relation atteint un certain degré d'intimité, la torpille-t-il inconsciemment** par ses accès de jalousie et sa surenchère d'exigences. Cette peur qu'il a d'une trop grande intimité fait qu'il est souvent attiré, involontairement, par les évitants.

Prenons maintenant un exemple. Imagine que tu as un(e) petit(e) ami(e) et que tu lui annonces que tu as décidé de te rendre ce week-end à un enterrement de vie de jeune fille à Cordoue où il (ou elle) ne peut t'accompagner, car tu y vas avec de vieilles camarades de classe et la future mariée a bien spécifié que seules les anciennes de la cour de récréation étaient invitées. La réaction de l'autre t'aidera à te faire une idée de son degré d'assurance.

Un conjoint *sûr de lui* t'aidera à faire ta valise et te dira au revoir en t'embrassant et en te souhaitant un bon week-end, malgré une pointe de tristesse car tu vas lui manquer.

Un *évitant craintif* ou un *anxieux ambivalent* sera, quant à lui, inquiet à la perspective de cette séparation, mais réagira différemment. Le premier ne montrera rien de ses craintes et n'exprimera pas les sentiments que lui inspire ton départ. Et toi, loin de deviner ce qui se passe dans sa tête, tu penseras qu'il n'y a pas de problème et tu seras donc toute surprise, à ton retour, d'essuyer une réaction de rejet que tu n'avais pas vue venir, et qui prendra soit la forme d'un mutisme complet, soit celle d'un dénigrement constant de sa part.

Quant à l'anxieux ambivalent, il essaiera par tous les moyens de t'empêcher de partir et te fera peut-être même une scène. Attends-toi à des pleurs et à des reproches à l'aller comme au retour.

L'ATTACHEMENT ET LES VARIABLES DE LA PERSONNALITÉ

Les différents types d'attachement dépendent de variables personnelles. Les gens sûrs d'eux sont moins névrosés, plus extravertis et plus philosophes, ceux qui manquent d'assurance sont plus revêches, plus indécis et plus anxieux. Les adultes au type d'attachement sécure ont généralement une plus haute estime d'eux-mêmes, sont socialement plus actifs et affrontent mieux la solitude que les individus dont l'attachement est insécure. Ils estiment davantage leur famille, celle où ils sont nés comme celle qu'ils ont fondée, ils sont plus positifs, plus sociables, plus maîtres d'eux-mêmes, ont davantage d'empathie, une personnalité plus structurée, et se sentent plus forts face aux difficultés de la vie. Bref, les modèles affectifs hérités de l'enfance déterminent notre évolution à l'âge adulte et même jusqu'à la vieillesse.

Ces classifications, toutefois, ne sont pas aussi strictes qu'on pourrait le penser. Si elles fixent un cadre de référence, elles ne déterminent en rien un comportement particulier, et il est donc hasardeux de formuler des prédictions. **La théorie** de l'attachement accorde une très grande importance au milieu dans lequel grandit l'enfant et à la façon dont il est élevé, et minimise l'importance des autres facteurs susceptibles d'influencer la personnalité. Elle **a donc ses limites, et je l'utiliserai comme outil de travail, mais sans jamais perdre de vue que personne n'est à 100 % sûr de lui, évitant ou anxieux,** qu'il y a des gens qui sont sûrs d'eux dans leurs relations professionnelles mais pas dans leurs relations personnelles (ou l'inverse), et que vivre en couple au quotidien peut transformer un anxieux en une personne sûre d'elle, ou une personne sûre d'elle en personne évitante.

Par ailleurs, les problèmes psychologiques et les conflits familiaux ou conjugaux sont plus fréquents chez les individus qui établissent des liens affectifs insécures. Les anxieux ont tendance à être plus violents à cause de leur sentiment permanent de frustration, dû à l'impression que l'autre ne leur donne pas tout l'amour dont ils ont besoin. Timorés en amour, ils vivent plus négativement les conflits, se noient dans un verre d'eau et sont plus enclins à se mettre en colère. Ils ont souvent des relations altérées avec leurs enfants, deviennent parfois même (consciemment ou non) des parents maltraitants. Parmi les hommes qui maltraitent leurs compagnes, on trouve également, d'ailleurs, un grand nombre d'anxieux et d'évitants.

LES TYPES DE COUPLES ET LES RELATIONS QU'ILS SONT SUSCEPTIBLES DE CONSTRUIRE

Sûr de lui + Sûr de lui

Le couple idéal. Tous deux se soutiennent mutuellement et à tour de rôle selon les circonstances. Chacun sait respecter les idées et les sentiments de l'autre sans projeter les siens sur lui, chacun est à même d'exprimer ses besoins et de reconnaître ceux de l'autre.

Sûr de lui + Évitant/Sûr de lui + Anxieux

Avec le temps, les deux membres du couple se sentent de moins en moins préoccupés par les questions relatives à l'amour, si bien qu'ils ressentent moins d'anxiété à propos de leur relation. Ils finissent par se ressembler, par rapprocher leurs attentes vis-à-vis de leur relation mutuelle, et réussissent à faire évoluer, à travers leurs expériences différentes, les modèles hérités de l'enfance. Par exemple, si une personne qui entame une nouvelle relation sur un mode sécure a un partenaire qui ne la soutient pas assez, dont elle n'obtient pas le degré d'intimité dont elle a besoin, ou même qui la rejette, elle peut perdre peu à peu confiance en sa relation. Inversement, si une personne ayant connu dans son enfance une relation placée sous le signe de l'anxiété se lie avec quelqu'un qui lui donne de l'assurance, qui adopte envers elle une attitude stable et qui lui prouve qu'il y a des gens pour l'aider en cas de besoin, elle peut évoluer vers un style d'attachement plus sécure. De fait, on peut observer même chez les tout-petits un changement de modèle d'attachement, pour peu que la mère modifie notablement et durablement – et non pas juste occasionnellement – son comportement.

Lorsqu'ils se trouvent dans des situations ambiguës, les anxieux tendent à interpréter de façon plus négative le comportement de leur partenaire que les sûrs d'eux. Ainsi, un anxieux pourra se dire que, si l'autre s'est perdu dans un aéroport et a mis une heure pour le retrouver, c'est qu'il l'a fait exprès. À la longue, la confiance mutuelle peut s'en ressentir. Quelqu'un qui attend d'une nouvelle relation une certaine sécurité sera plus disposé à rechercher le soutien de son partenaire et aura plus de chances d'obtenir de lui ce qu'il désire, tandis qu'une personne qui s'attend à être rejetée se montrera si évitante qu'elle finira effectivement par être rejetée, de sorte qu'elle ne remettra pas en cause ses certitudes, ni n'apprendra de nouvelles façons d'aimer, de nouveaux styles de comportement, etc. Pour certaines personnes, il est plus commode de rechercher une réalité conforme à leurs fantasmes inconscients que de changer de croyances pour s'adapter à une nouvelle réalité, même plus séduisante. C'est ainsi que l'on voit beaucoup de gens rechercher une relation compatible avec leurs croyances, alors même qu'au fond d'eux-mêmes ils préféreraient, comme tout le monde, tomber amoureux d'une personne chaleureuse et attentive qui sache répondre à leurs besoins.

Évitant + Évitant

Il existe des couples constitués de deux *workaholics*, et qui tiennent plus par nécessité sociale que par réel attachement. Car, naturellement, deux évitants ne pourront jamais construire une relation fondée sur le soutien mutuel ou la connaissance profonde de l'autre.

Je connais ainsi un couple qui a monté une maison de production. Amenée, voici quelques années, à travailler avec le mari, je me suis vite aperçue que c'était l'évitant type : il détestait le contact physique au point d'écarter instinctivement le visage lorsque quelqu'un voulait lui faire la bise pour le saluer, ne parlait que boulot sans jamais évoquer sa vie personnelle, et si d'aventure la conversation venait sur l'amour, il disait toujours que celui-ci était un miroir aux alouettes à l'usage des poètes et des rêveurs, et n'existait que dans les romans. (Il n'avait pas tout à fait tort.) Et sa femme, que j'ai moins connue, donnait la même impression. Mais il ne faisait aucun doute que le tandem fonctionnait à merveille sur le plan professionnel. Chacun des deux avait bien clairement délimité son champ d'intervention (il coordonnait les projets tandis qu'elle recherchait les financements), et aucun des deux ne s'immisçait dans le domaine de compétences de l'autre.

Une de mes amies de jeunesse, devenue écrivain, a formé aussi un couple d'évitants. Ce n'est pas ce qu'on appellerait une jolie fille, elle est plutôt ronde et a un visage quelconque. Pourtant, elle a toujours eu un succès incroyable auprès des hommes – sans doute parce qu'elle ne s'engageait jamais. J'ai connu certains de ses flirts, de très beaux mecs pour la plupart. Dès que l'autre commençait à parler de vivre ensemble ou même de formaliser davantage leur relation, elle y mettait fin. Et un jour, à la surprise générale, elle s'est mariée avec un type assez quelconque, plutôt laid, qui de prime abord ne semblait pas à la hauteur de ses anciennes conquêtes. Mais il était le seul qui n'ait pas cherché à obtenir d'elle plus que ce qu'elle était disposée à donner. Tout simplement parce qu'il était et qu'il est toujours, lui aussi, un évitant. Depuis que je le connais, il passe ses week-ends à la maison, à lire des livres, regarder des films et écouter de la musique, et la laisse sortir et rentrer comme et quand ça lui chante, sans lui demander d'explications ni exiger d'être associé à ses projets. Nul doute qu'entre eux deux, c'est pour la vie.

Anxieux + Anxieux

Chacun des deux s'estime incompris de l'autre, est en quête et en demande continuelle de contact affectif, mais n'en tire qu'insatisfaction et frustration. Il existe entre eux un haut degré de désaccord et de conflit, étant donné que chacun demande à l'autre d'assouvir son besoin de dépendance tout en rejetant comme inappropriée toute esquisse de réponse. Ils se disputent l'un à l'autre le statut du membre dépendant au sein du couple.

J'ai connu, dans mon entourage proche, un cas qui s'est révélé angoissant non seulement pour les deux partenaires, mais aussi pour leurs connaissances. C'était un couple de filles, toutes les deux issues de familles aux liens altérés, toutes les deux très anxieuses, toutes les deux extrêmement dépendantes. J'étais amie de l'une d'elles – appelons-la Anxieuse, et l'autre Ambivalente. Eh bien, dès qu'Anxieuse a rencontré Ambivalente, il est devenu quasiment impossible de bavarder ou de prendre un café en tête à tête avec elle, car Ambivalente l'accompagnait toujours où qu'elle aille, sans comprendre que je puisse avoir envie de voir son amie seule à seule et que je me sente gênée en sa présence – car lorsque j'avais besoin de confier mes histoires intimes, c'est à mon amie de toujours que je voulais le faire et non à une quasi-inconnue. Lorsque Anxieuse parvenait malgré tout à me voir sans escorte, Ambivalente l'appelait toutes les cinq minutes sur son portable, et c'était comme si elle était présente, car cela empêchait toute conversation entre nous. Le jour où Anxieuse a accepté de venir passer un week-end à la plage avec des amies, Ambivalente l'a appelée toutes les dix minutes (je n'exagère pas) et a fini par trouver je ne sais quel prétexte pour que, dès le samedi, Anxieuse prenne le car et rentre à Madrid.

Et quand mes amies ou moi voyions les deux ensemble, c'était presque pire, car elles n'arrêtaient pas de se disputer, le plus souvent à grands cris, pour les motifs les plus saugrenus, au point que c'en était insupportable. J'ai fini, bien malgré moi, par ne plus voir Anxieuse, car je ne supportais plus cette situation, et ses autres amies d'avant ont peu à peu fait de même. Ambivalente n'a pas rencontré ce genre de problème, ayant enchaîné les relations exclusives et fusionnelles qui l'ont empêchée de cultiver ses amitiés.

Aujourd'hui, Anxieuse et Ambivalente vivent dans une maison à la campagne, aux environs de Madrid, et voient peu de monde. Une amie commune leur a rendu visite récemment et m'a raconté qu'elles avaient passé tout le week-end à se chamailler, mais que, quand elle a pris Anxieuse à part et lui a demandé pourquoi elles ne se séparaient pas, elle s'est entendu répondre : « Je n'y pense même pas, je ne pourrais pas le supporter. »

Une preuve supplémentaire de la rigidité des schémas cognitifs des anxieux ambivalents est le fait que, malgré la condamnation virulente de son mode de vie par l'Église, Ambivalente soit restée très catho, simplement parce qu'elle a été élevée comme cela et que ni l'angoisse ni le sentiment de culpabilité ne la feront renoncer à ses croyances.

Évitant + Anxieux

D'après une amie psychologue spécialisée dans les problèmes conjugaux, c'est le type de couple qu'elle reçoit le plus dans son cabinet. Un évitant et un anxieux s'embarquent dès le départ dans une relation cyclothymique, en dents de scie, que certains appellent « passionnelle » et que j'appellerai plutôt un enfer. Chacun des deux membres du couple se sent à la fois attiré et repoussé par l'autre. Le paradoxe est vieux comme le monde. Martial n'a-t-il pas écrit, un siècle avant Jésus-Christ : *Nec tecum possum vivire, nec*

sine te (« Je ne peux vivre ni avec toi, ni sans toi ») ?
L'idée a été reprise par Ovide dans *L'Art d'aimer* et
réinterprétée par Catulle à la même époque : *Odi et
amo, quare id faciam, fortasse requiris. Nescio, sed
fieri sentio et excrucior* (« Je hais et j'aime, peut-être
te demandes-tu pourquoi. Je l'ignore, mais je me sens
torturé et transformé. ») Et de nos jours, avec « With
or Without You », Bono ne nous dit pas autre chose :
« Je ne peux vivre ni avec toi, ni sans toi. » Rien de
nouveau sous le soleil, donc. On peut en déduire que
Catulle était un anxieux et Lesbie, sa maîtresse, une
évitante, et que le conflit d'intérêts entre ces deux
types de personnalité est éternel.

Un évitant a tôt fait d'être attiré par un anxieux,
car la rencontre d'une personnalité dépendante et en
demande d'affection lui donne une grande sensation
de pouvoir. En revanche, une personne capable de
penser par elle-même, d'exprimer ouvertement ses
pensées, de résoudre ses propres problèmes, de prendre en main sa propre vie – autrement dit, une personne sûre d'elle – ne l'intéresse pas le moins du
monde. L'homme évitant trouve qu'une femme sûre
d'elle « manque de féminité » tandis que la femme
évitante considère qu'un homme sûr de lui n'est pas
assez gentleman. Tous deux reprochent à l'autre de
ne pas être à leurs pieds : la femme sûre d'elle sor-
tira toute seule quand ça lui chantera, tandis que
l'homme sûr de lui ne prendra pas la peine d'ouvrir
la portière à sa compagne ni de lui offrir des bouquets de roses.

Dès qu'un évitant a repéré un anxieux, il se fait
séducteur, grand seigneur, se met en quatre pour
lui. L'anxieux, toujours en quête d'affection, ne
tarde pas à tomber dans ses filets. Mais une fois

qu'il a retrouvé sa nature d'anxieux, qu'il se met à appeler à longueur de journée et à proposer des rendez-vous tous les jours, l'autre se sent étouffer et se replie sur lui-même, ce qui conduit l'anxieux à le harceler encore plus, jusqu'au jour où il comprend que l'objet de son désir ne sera jamais à son entière disposition. Et c'est à ce moment précis que l'évitant retourne vers l'anxieux, dont il redoute le harcèlement mais dont l'admiration sans bornes lui est nécessaire. Et c'est ainsi, dans un ballet incessant de persécutions et de fuites, que la relation peut s'installer dans la durée. Car, comme nous l'avons déjà dit dans le chapitre « À la recherche du père perdu », nous sommes généralement attirés par ce qui nous est familier, et nombre d'anxieux le sont devenus parce qu'ils n'ont pas reçu dans l'enfance tout l'amour et l'affection dont un enfant a besoin. C'est pourquoi ils sont inconsciemment attirés à l'âge adulte par des personnes qui n'ont pas l'intention de s'attacher à eux.

Pour expliquer cet étrange chassé-croisé auquel se livrent l'évitant et l'anxieux, il faut préciser deux choses. L'évitant semble redouter l'intimité dans la relation, alors qu'au fond de lui-même il la désire ardemment. Et l'anxieux, au contraire, semble la désirer alors qu'il la redoute. L'évitant se plaint d'étouffer, réclame de l'espace, prétend que la vie à deux détruit le couple et qu'il veut vivre seul, mais c'est lui qui poursuit l'anxieux dès qu'il le sent s'éloigner de lui. L'anxieux, inversement, est celui a le plus envie de s'engager, de vivre à deux, de former un couple exclusif et replié sur lui-même, mais une fois qu'il y est parvenu, il est le premier à le détruire par son attitude hystérique, ses exigences excessives, son intérêt émoussé pour le sexe – ou en endossant à son tour le rôle de l'évitant qui étouffe dans la relation.

Les parents de l'évitant ont généralement été froids et intrusifs. (Exemple de père intrusif : le militaire d'autrefois.) Des parents contrôlant chaque moment de la vie de son enfant, lui imposant une discipline et des règles ultra-rigides. Rien d'étonnant à ce que l'évitant, parvenu à l'âge adulte, fasse tout pour échapper aux intrusions, aux contrôles en tout genre – que pourtant, au fond de lui-même, il désire. Il aime qu'on soit sur son dos. Je dirais même qu'il ne se sent aimé que s'il est harcelé, et qu'il ne répond à ce harcèlement par la fuite que pour s'assurer qu'il va se poursuivre.

De son côté, l'anxieux aime d'autant plus poursuivre l'autre de ses assiduités que la difficulté l'excite. Il cherche à conquérir l'affection inconditionnelle qu'il n'a pas reçue, enfant, de ses parents.

Lorsque l'anxieux cesse son harcèlement, l'évitant change de stratégie, devenant à son tour celui qui harcèle l'autre. Mais dès qu'il tient sa proie, c'est à son tour de se dérober une nouvelle fois. Inversement, lorsque l'évitant cesse de fuir, l'anxieux cesse de le poursuivre.

Exemple : Carolina, la fille du ludopathe, et son mari Ernesto. Ernesto était un évitant qui se servait de son addiction pour faire obstacle à la construction d'une relation stable entre eux. J'ai pu faire la connaissance de sa mère, qui était la femme la plus inquisitrice qu'on puisse imaginer. Carolina redoutait d'ailleurs la période des grandes vacances, car ils passaient le mois d'août à Mijas, chez sa belle-mère, qui contrôlait tous les faits et gestes du couple, ses allées et

venues, leur relation. Ernesto avait en quelque sorte
trouvé en Carolina une seconde mère, quelqu'un qui
était toujours sur son dos, le contrôlait et lui faisait des
scènes. Mais sitôt que Carolina, à bout de nerfs, envi-
sageait la séparation (ils ont plus d'une fois failli aller
jusque devant le juge), c'est Ernesto qui lui téléphonait
quotidiennement, qui lui promettait de changer, quand
bien même il s'était écrié, au cours de leur dernière
dispute, qu'il ne pouvait plus supporter son hystérique
de femme. Carolina, en tout cas, n'a jamais été heureuse dans son couple ni ne s'y est sentie à l'aise, car
Ernesto n'a jamais su se libérer de son addiction.

Je connais un autre cas très semblable, mais
sans qu'il y ait d'addiction qui interfère entre les
deux partenaires. Je les appellerai Ricardo et Josune.
Elle était le prototype de l'anxieuse : pendue en
permanence à son téléphone portable, ayant une
peur pathologique de la solitude, et faisant des crises d'angoisse à longueur de journée. Lorsque j'ai
fait sa connaissance, elle était encore accro à son
ex, qui était son seul et unique sujet de conversation. Puis, quelques jours après, elle a rencontré
Ricardo et le disque a changé : la chanson était la
même, mais le refrain était différent, ce n'était plus
d'Asier, mais de Ricardo qu'il s'agissait désormais. Josune vivait à Bilbao et Ricardo à Madrid,
et donc, sans crier gare, elle s'est trouvé un travail
dans la capitale et s'est installée chez lui. Ricardo
était, lui, l'évitant type : il parlait peu et passait
ses journées enfermé dans sa chambre, à jouer sur
son ordinateur ou à écouter de la musique, ce qui
avait le don d'énerver Josune, qui n'arrêtait pas de
se plaindre du peu d'égards qu'il lui témoignait et
de lui faire des scènes. Il lui est même arrivé, un

jour, de lui jeter un cendrier à la figure, à la suite de quoi il l'a mise dehors. Il a emballé ses effets personnels en quelques secondes et lui a même donné de l'argent pour se payer une chambre d'hôtel. Mais, comme vous pouvez l'imaginer, au bout de quinze jours il l'a rappelée pour lui demander pardon et lui dire de revenir. Et au bout d'un mois, alors que tout semblait être rentré dans l'ordre, Josune s'est remise à dire qu'elle n'était pas heureuse dans cette relation, que Ricardo ne faisait pas assez attention à elle et à menacer de repartir. Il y a deux ans que ça dure. Mais le pire, c'est que, à chaque fois qu'elle se sépare, Josune, l'accro du portable, passe son temps à appeler tous leurs amis communs pour leur raconter ses malheurs, ce dont, comme on s'en douterait, ils finissent par se lasser.

Existe-t-il une solution au problème de Ricardo et de Josune ? Leur relation pourrait certes durer toute la vie, mais ce n'est pas une relation heureuse. Et ils y vont perdre petit à petit tous leurs amis. Seulement voilà : s'ils rompaient, Ricardo rechercherait une femme semblable à Josune, et elle un évitant du même style que lui. L'ex de Ricardo, Silvia, était une grande hystérique, tandis que l'ex de Josune était l'évitant type, un infidèle compulsif. Je me rappelle d'ailleurs que, peu de temps avant de sortir avec Josune, Ricardo avait eu une aventure avec Constanza, une femme sûre d'elle et équilibrée, qui vivait seule depuis des années, n'était pas envahissante, ne lui faisait jamais de scène et ne lui a évidemment jamais jeté d'objet à la figure. Mais il s'ennuyait avec elle.

Ricardo et Josune peuvent-ils changer leurs comportements ? Oui, s'ils apprennent à les identifier. Si leur souffrance atteint un niveau tel que la vie à deux devienne insupportable, et que l'un des deux se mette à réfléchir et décide de changer de stratégie. Mais lorsque j'en ai parlé en tête à tête à chacun des deux, ils s'obstinaient à répéter la rengaine habituelle : « C'est plus fort que moi », « Quand elle n'est pas là, c'est comme si tout se désagrégeait autour de moi », « C'est que je suis très amoureux », « C'est que je suis très amoureuse ».

À ce stade, vous aurez compris sans peine qu'au lieu de dire de quelqu'un : « elle est très amoureuse », c'est plutôt de dépendance émotionnelle qu'il faudrait parler. Et au lieu de qualifier une relation de « passionnelle », mieux vaudrait dire que chacun des deux est emboîté dans la névrose de l'autre comme deux pièces d'un puzzle. Reste, cela dit, le questionnement métaphysique qui a obsédé tant de poètes : qu'est-ce que l'amour ? Mais peut-être devrions-nous commencer par définir ce qu'il N'EST PAS :

Ce n'est pas de l'amour lorsque ton conjoint absorbe la plus grande partie de ta vie et qu'à cause de cela tu t'éloignes de tes amis et de tes proches, que tu fais passer ton épanouissement personnel ou professionnel au second plan ou que tu fuis tes responsabilités.

Ce n'est pas de l'amour lorsque tu souffres de jalousie et d'angoisse, que tu crains à chaque instant d'être privé de quelqu'un qui est devenu la source principale de ta sécurité, de ta tranquillité et de ton bien-être.

Ce n'est pas de l'amour lorsque tu n'arrives pas à maîtriser les émotions intenses que suscite en toi une personne qui n'a objectivement aucune (ou presque aucune) qualité de nature à justifier ce sentiment inconditionnel.

Ce n'est pas de l'amour lorsque tu projettes sur l'autre le film que tu t'es fait dans la tête, ni lorsque tu lui attribues des qualités qu'il n'a pas et refuses de voir ses défauts bien réels.

La possessivité, enfin, **n'est pas de l'amour**.

Un amour sain et constructif n'accepte pas, à plus forte raison n'encourage pas, la vampirisation par l'autre. Il repose sur un partage d'expériences favorisant le développement de la personnalité de chacun. Il ne s'agit pas d'idéaliser la relation ni de l'accepter de façon inconditionnelle, mais de la fonder sur le soutien mutuel et le compromis. Il ne s'agit pas d'attendre passivement, mais d'explorer et de comprendre. L'amour ne doit provoquer ni souffrance ni désarroi, mais joie de vivre. Il ne doit être ni accidentel ni incontrôlable, mais se construire et se perfectionner sans cesse. La relation est faite pour s'intégrer, pas pour se désintégrer.

Quand on aime vraiment, l'autre est important mais ne doit pas devenir indispensable. En d'autres termes, on pourrait vivre sans lui, mais on préfère vivre avec lui.

L'amour, dans un couple, devrait être synergique. Dans la théorie des systèmes, la synergie est ce qui fait que le tout est supérieur à la somme de ses composants : lorsque deux éléments ou plus s'unissent en synergie, ils produisent un résultat qui renforce et optimise les qualités de chacun d'eux. On pourrait en quelque sorte résumer la chose par la formule : $2 + 2 = 5$, voire plus. Autrement dit, il y a synergie lorsque le résultat ou l'objectif atteint par le tout est supérieur à la somme des apports de chacune des parties.

L'anthropologue Ruth Benedict a introduit le concept de synergie dans la sphère sociale en 1941, après avoir étudié de façon comparative différentes sociétés primitives. Elle a ainsi distingué les sociétés à haut degré de synergie de celles à bas degré de synergie. Dans les premières, les institutions font en sorte de maximiser le bénéfice des actions entreprises par le groupe ; dans les secondes, le bénéfice des uns s'obtient au détriment des autres, à charge pour eux de s'adapter comme ils le peuvent.

La vie quotidienne nous offre de multiples exemples de synergie : la qualité de la prestation d'un corps de ballet est souvent supérieure à la qualité intrinsèque de l'ensemble des danseurs qui le composent, et l'on peut dire la même chose d'un orchestre ou d'une équipe de football. Il existe également une synergie du physique : elle surgit d'un échange de regards, d'un mouvement de la tête, de gestes, d'attitudes, de tous ces éléments non verbaux du langage ; elle se manifeste dès lors que nous pouvons la voir influer sur les réactions des gens.

La synergie suppose l'idée de fusion, d'interpénétration de forces et d'énergies. Le concept peut aussi s'appliquer, au niveau individuel, à la nature des relations interpersonnelles. La synergie est, selon Abraham Maslow, « une définition parfaite de la relation amoureuse ».

On a défini l'amour de diverses façons, qui font toutes intervenir l'idée d'une certaine symbiose entre les amoureux. On pourrait ainsi dire qu'il y a un degré élevé de synergie entre deux personnes lorsque leur harmonie est telle que ce qu'elles font ensemble

171

apporte un bénéfice supérieur à ce qu'elles feraient séparément (ce peut être le cas, pour prendre un exemple particulièrement évident, d'un couple qui élève un enfant).

Mais il n'est nul besoin d'avoir des enfants pour nouer des relations synergiques. Lorsque quelqu'un sait pouvoir compter sur l'affection, le soutien, les conseils et la présence stable d'une autre personne, il sera plus efficace au travail et osera montrer sans crainte sa vraie personnalité. Mais en aucun cas ce soutien inconditionnel ne peut être exigé. Il se donne et se reçoit librement. **D'où le danger de raisonner en termes de possession.** Si quelqu'un est à nos côtés, ce doit être par choix, non parce qu'on le lui a imposé. On n'appartient à personne, sauf à soi-même – ou à Dieu si l'on est croyant. Nous n'avons donc pas le droit d'exiger de quelqu'un affection et engagement en lui disant simplement « tu es à moi » ou « je t'ai tant donné » ou encore « personne ne pourra t'aimer comme je t'aime ». Le chantage affectif conduit toujours à une impasse. Il angoisse celui qui en est l'objet et rabaisse celui qui s'y livre. Deux personnes qui sont ensemble doivent savoir qu'elles pourraient très bien vivre chacune de son côté, mais qu'elles ont décidé de s'unir parce que leurs efforts conjugués dépassent la somme de leurs efforts individuels. Mais si une personne ne sait pas être seule, elle aura besoin de l'autre, d'où son désir de possession. Et la possession détruit les relations synergiques, car l'esclave n'est pas un partenaire, il ne fait que servir.

Pour illustrer ce propos, voici, reproduit quasiment à l'identique, le tableau synoptique tiré de l'ouvrage du psychiatre Javier De Las Heras, *Connais-toi mieux.*

LES DIFFÉRENCES ENTRE AMOUR ET PASSION

Amour	*Passion*
Volontaire	Involontaire
Rationnel	Irrationnelle
Désir de donner et de partager	Désir de possession.
	Jalousie
Comportement cohérent, affectueux	Ambivalence, entre l'amour et la haine
Profond, durable	Superficielle, éphémère
Sait	Imagine, se projette
Patience	Impatience
Planification	Improvisation
Constant	Inconstante
Mûr	Infantile
Stable	Instable
Objectif	Subjectif
Importance de la communication et de la spiritualité	Importance de la dimension physique et sexuelle

Si tu veux vivre le véritable amour, tu dois retenir deux choses :

1. On ne peut vivre en couple que si on est capable de vivre seul.

2. L'amour ne doit JAMAIS être synonyme de souffrance, malgré toutes les sottises que racontent les boléros et les tangos.

4

LA MALTRAITANCE PSYCHOLOGIQUE

Il est une histoire et une tradition que connaissent bien les écrivains en général, mais qui est peu connue hors de Catalogne. Il était une fois un royaume où avait élu domicile un dragon qui terrorisait ses habitants. Si l'on voulait qu'il se tienne tranquille et ne détruise pas les récoltes en crachant du feu, il fallait acquitter un impôt révolutionnaire bien particulier : lui offrir chaque année une jeune fille en sacrifice. Les années s'écoulèrent et le royaume perdit ses vierges une à une, jusqu'à ce qu'il n'en reste plus qu'une, qui n'était autre que la princesse. Le roi fit alors appeler saint Georges, qui combattit le dragon et le tua, libérant ainsi le royaume. Et voici pourquoi, tous les 23 avril, les Catalans célèbrent la *Sant Jordi* en offrant un livre, une rose ou un épi.

La figure allégorique du dragon est universelle. Présente dans presque toutes les cultures, elle est née de la combinaison de plusieurs animaux, parmi les plus puissants et les plus redoutables : serpents, crocodiles, lions, aigles, dinosaures. Le dragon représente la quintessence de l'animalité et, comme le diable du tarot, il symbolise le désir, les passions honteuses, la luxure, la débauche, la concupiscence… bref, l'instinct animal qui reste tapi en nous. Toujours comme la carte du diable, la figure du dragon crachant du feu intègre les quatre éléments : buste et serres d'aigle (feu), ailes de chauve-souris (air), gueule de lion (terre), corps de serpent (eau). Le dragon est vert (dans la tradition chinoise, il peut être blanc ou rouge, et dans la tradition aztèque, bleu) en raison de son corps de serpent, mais aussi parce que cette couleur symbolise la force créatrice de la terre, de la nature et la luxuriance de sa végétation. Il joue un rôle d'intermédiaire entre les puissances cosmiques, entre ciel et terre, ce qui non seulement lui confère force et vitesse, mais révèle également son lien avec la nature. La chair et l'instinct, en somme, face à l'âme.

L'histoire du héros qui vainc le dragon est vieille comme le monde. Bien avant saint Michel ou saint Georges, Apollon, Cadmos, Persée et Siegfried s'étaient déjà mesurés à lui. Cet éternel affrontement symbolise la lutte sempiternelle entre le bien et le mal. Lorsque le dragon se rend après avoir été vaincu par saint Georges, on est au comble de la perversion. La jeune princesse est en effet demeurée vierge et intacte.

Une interprétation moderne de cette légende ne peut faire abstraction de l'aspect de classe qui la sous-tend. Ce n'est en effet que lorsque le tour est venu de sacrifier la fille du roi que celui-ci recourt au saint exterminateur, alors que, jusque-là, le dragon se repaissait tranquillement de jeunes filles du peuple. Autant dire que la virginité des femmes de la plèbe qui, tôt ou tard, finissaient violées par quelque mercenaire, ou bien déflorées par le seigneur (autrement dit, le père de la princesse) au nom du droit de cuissage, importait peu.

La version moderne du conte exige une princesse plus active (le film *Shrek* nous gratifie d'un nouveau type de princesse déterminée), s'opposant à l'idéal féminin de la demoiselle statique et soumise qui s'est perpétué dans la tradition occidentale depuis le Moyen Âge jusqu'à une époque toute récente. Et puis, il se peut que la princesse moderne n'ait même pas envie d'être sauvée. Jugez plutôt : Philippe Junot, play-boy superficiel et noceur, premier mari de Caroline de Monaco ; Daniel Ducruet, garde du corps costaud, vedette malgré lui d'un film porno amateur, aujourd'hui divorcé de la princesse Stéphanie ; Dodi Al-Fayed, consommateur avéré de drogues en tout genre et trafiquant d'armes présumé, dernier de la longue liste de conquêtes et amants de la princesse Diana, ou encore le nouveau fiancé de Madeleine de Suède, déjà condamné pour agression et conduite en état d'ivresse (à en croire une couverture de *Pronto*) ; autant de preuves vivantes, s'il en était besoin, que les princesses modernes préfèrent les dragons aux saints. La femme moderne est curieusement attirée par la canaille.

En consultant, il y a quelques mois, un *chat* organisé par le quotidien *El Mundo* sur la violence conjugale, j'ai été intriguée de découvrir que nombre de femmes ignoraient si elles vivaient avec un manipulateur ou non. Participaient au *chat* une avocate et un psychologue qui réagissaient, en temps réel, à des témoignages du genre :

« Mon conjoint a deux visages. L'un, égoïste et irrespectueux de mes sentiments, quand nous sommes en tête à tête : il est cruel avec moi, me critique sans arrêt, ne me regarde pas dans les yeux quand je lui parle. Il dénigre mon travail et minimise ma maladie (j'ai une tumeur bénigne). Et cet autre visage qu'il arbore en présence d'amis ou de tiers : il devient alors un mari fidèle et aimant, qui ne peut vivre sans moi, qui supporte toutes mes provocations et mes réponses cassantes, et qui pleure quand je lui dis de me laisser tranquille. Mais, comprenez-moi, je craque quand il me fait son petit numéro devant tout le monde et fait en sorte que je me fasse remarquer, alors qu'en privé, je le souligne, il n'a que mépris pour moi et ma famille. Résultat : c'est moi qui lui crie dessus devant les autres, qui me plains constamment de lui et qui l'humilie en public.

« Quand un mari ne parle plus à sa femme, ou seulement très rarement, par nécessité, et mal qui plus est, quand il l'ignore et passe à côté d'elle sans même la regarder ni lui parler alors qu'ils vivent sous le même toit, est-ce de la maltraitance psychologique, voire les signes avant-coureurs d'une future agression physique ? Ou rien de tout cela ? »

L'envie d'intervenir me démangeait : « Bien sûr qu'il s'agit de violence perverse, mais vous faut-il vraiment une autorisation pour voir l'évidence et, surtout, pour quitter votre conjoint ? Ne vous fiez-vous donc pas à votre jugement personnel, à votre propre volonté ? N'avez-vous pas droit au bonheur comme tout un chacun ? Pourquoi devriez-vous supporter quelqu'un qui vous détruit à coups de remarques désobligeantes ? » Mais je ne me suis pas résolue à le faire, car quelqu'un d'accoutumé à ce point à accepter l'autorité d'autrui est incapable de se séparer de son conjoint sans l'aval d'un psychologue, de sortir tout seul de la prison mentale qu'il s'est lui-même construite. Je connaissais bien le problème, pour avoir moi-même perdu un jour tout contrôle sur ma vie et, au passage, beaucoup de mes amis, ainsi que certaines valeurs que je croyais immuables, comme la dignité, l'estime de soi et presque le goût de la vie – à tel point que la mort m'est apparue à un certain moment comme une possibilité plus douce que l'oubli. Je ne m'en suis jamais remise et je ne crois pas m'en remettre un jour, car si les blessures guérissent, les cicatrices demeurent. J'ai vécu, en résumé, deux ou trois mois de bonheur relatif et plus de vingt ans de chaos absolu, une expérience d'autant plus destructrice qu'elle était inextricable. Je ne comprenais rien à la situation, mon partenaire m'accusait de choses dont je n'étais pas responsable, me refusait tout à coup quelque chose dont il m'avait supplié cinq minutes plus tôt (envisager la possibilité de vivre en couple, d'être en couple), j'ignorais pourquoi j'étais devenue la cible de toutes ses colères, de son aigreur, de son hostilité, ce que j'avais fait pour mériter cela et, pire encore, pourquoi je le tolérais. Devais-je incriminer ce que l'on appelait autrefois le manque d'orgueil, ou ce que les psychiatres appellent des tendances masochistes ? Toujours est-il que je considérais cela comme un défaut de mon caractère, comme quelque chose dont je ne devais tirer aucune gloire. À la douleur que je ressentais s'ajoutait ainsi une souffrance supplémentaire : la dose de culpabilité que je m'inoculais à la pensée que l'on devait me prendre pour une idiote – ce que j'étais bel et bien.

Dans un couple, lorsqu'un des deux profite du pouvoir que lui confère ce lien pour faire souffrir l'autre en le menaçant de le quitter ou en exerçant sur lui un chantage affectif, ce n'est plus d'amour qu'il s'agit. Et lorsqu'il n'y a plus ni affection, ni stimulation ni soutien mutuels, il n'y a même plus lieu de parler de couple. L'amour dans le couple devrait être fondé sur la tendresse, l'engagement, la loyauté, la générosité, sur un projet commun, et aussi sur la capacité des deux partenaires à ne pas mettre en péril leur relation par des disputes inutiles, à reconnaître que l'autre a raison quand c'est le cas. Lorsque l'un des deux désavoue l'autre, l'insulte, l'humilie, se moque de lui, il n'est plus question de générosité, ni de loyauté, ni de projet commun. C'est souvent le fait d'un individu médiocre, conscient de ses limites et de son manque total d'aspirations, jaloux d'un conjoint qu'il sait ou devine supérieur à lui. Il cherche à vaincre ce complexe d'infériorité, cette insatisfaction occultée mais profonde, en prenant le dessus sur lui, à le dominer, à le manipuler.

Une récente étude de l'université de Caroline du Sud montre que la maltraitance psychologique qu'un mari fait subir à sa femme peut être aussi destructrice que la violence physique. Pour parvenir à cette conclusion, les chercheurs ont interrogé, pendant deux ans (l'étude s'est achevée en janvier 1999), 1 152 femmes internées ou soignées dans différents hôpitaux. Ils ont découvert que 54 % d'entre elles avaient subi, à un moment donné, une violence physique ou psychologique de la part de leur conjoint, et qu'elles étaient 14 % à avoir subi une maltraitance psychologique sans violence physique. En évoquant leurs problèmes de santé, ces femmes ont fait montre d'une estime de soi aussi faible que celles qui avaient été victimes de violence physique. Il a été établi, en outre, que les femmes victimes de maltraitance psychologique avaient deux fois plus de chances de souffrir de douleurs chroniques, telles que migraines, ulcères, spasmes du côlon ou infections sexuellement transmissibles, que celles vivant une relation de couple harmonieuse.

La nouvelle législation pénale espagnole d'avril 1999 assimile la maltraitance psychologique à un délit dans les cas de violence conjugale. Mais il est difficile de prouver en justice l'existence d'une maltraitance et ses effets sur la santé de la femme maltraitée, dans la mesure où le maltraitant psychologique ne fait pas usage de la force, ne frappe pas sa femme avec un objet, n'abuse pas sexuellement d'elle. Pourtant, sa violence poursuit le même but – anéantir et dominer sa victime –, mais par des moyens différents. Profitant de son accès à la sphère intime (puisque la victime vit sous le même toit et a même construit à son intention un espace symbolique dans sa propre tête), ce type de maltraitant recourt à un ensemble de tactiques s'inscrivant dans une stratégie générale de destruction progressive de l'identité de la victime. La maltraitance psychologique se caractérise par un dénigrement permanent, des menaces voilées, des attitudes visant à restreindre la liberté de la femme, etc., le tout dissimulé derrière des conduites affectives qui visent à désorienter l'autre sur le plan émotionnel : comment te méfierais-tu de celui qui te traite de grosse du matin au soir, mais qui, l'instant d'après, t'assure qu'il ne peut vivre sans toi et que, s'il se moque de toi, ce n'est qu'une taquinerie sans importance, ajoutant au passage que « tu prends toujours mal les choses, *ma chérie*, tu es vraiment trop susceptible » ? C'est ainsi qu'il instaure, de façon très subtile, un isolement progressif qui réduit les possibilités qu'a la victime de s'échapper, et qui l'expose de façon traumatisante à un environnement déshumanisé la poussant à cesser de voir peu à peu ses amis et sa famille.

L'autre procédé habituel pour isoler l'autre de son entourage consiste à lui faire croire que ses « prétendus » amis le débinent derrière son dos. Je peux en parler en connaissance de cause : j'avais une amie intime depuis l'adolescence, et un compagnon qui avait l'air de bien s'entendre avec elle. Cette amie était quelque peu jalouse de ma célébrité toute nouvelle. Il ne s'agissait pas d'une jalousie maladive, mais de la gêne légitime de quelqu'un qui sent bien qu'elle ne pourra plus voir autant qu'elle le voudra une amie qui, du jour au lendemain, s'est mise à voyager sans arrêt. Eh bien, sachez que mon compagnon s'est évertué à exagérer les propos de mon amie. Il est ainsi arrivé que mon amie raconte à des inconnus, à un dîner où il était présent, mais sans mauvaises arrière-pensées, des détails de ma vie privée, et que mon copain s'en est donné à cœur joie pour déformer ce qui s'était réellement dit et passé lorsque je l'ai interrogé sur les circonstances de cet incident. À l'entendre, il y avait dix convives et non pas quatre, ce n'étaient pas d'anciens camarades de lycée mais des journalistes (mensonge loin d'être innocent quand on sait la vitesse à laquelle ils font circuler l'information), ce n'était pas au moment du dessert, quand elle était soûle et que l'indiscrétion était sinon excusable du moins entourée de circonstances atténuantes, mais bien plus tôt, quand elle avait encore les idées très claires… En revanche, il n'a pas eu à mentir pour décrire le lieu où cela s'était passé, le cadre agréable, la qualité de la nourriture et du service, si bien que son langage non verbal, le plus important car le plus susceptible de trahir quelqu'un qui ment, paraissait cohérent et vrai. En l'écoutant et en l'observant tandis qu'il me racontait tout cela « pour que je sache qui je côtoyais », pas une seconde je n'ai soupçonné son subtil mensonge.

Cette imbrication du vrai et du faux a pour effet de fragiliser le sentiment d'identité de la victime, en la dépossédant de ses références et en minant subrepticement sa capacité à s'épanouir dans son propre environnement familial. L'intégrité psychologique de la femme manipulée se fissure. Elle se sent peu à peu perdre pied, devenir insignifiante, nulle, minable.

L'indifférence est l'une des autres formes habituelles de maltraitance. Dans ce cas de figure, le maltraitant est souvent un homme qui a un complexe de supériorité vis-à-vis de sa femme et refuse qu'elle soit son égale. Sitôt qu'elle tente de dialoguer, de pactiser avec lui ou de gérer les affaires du foyer, il se sent envahi et trouve en son for intérieur qu'elle veut tout régenter. Pour maintenir le mythe de la supériorité masculine, il dresse entre elle et lui une barrière infranchissable, n'écoutant que ce qui l'arrange – et surtout pas les requêtes de sa femme –, cherchant refuge dans son ordinateur, dans le foot à la télé, dans les soirées entre copains, en un mot dans un monde clos et viril où il ne saurait admettre l'intrusion de sa femme. Il n'ouvre pas la bouche, revient sur ses engagements, et sa femme ne peut s'empêcher de se dire : « Notre couple bat de l'aile, mais je ne sais pas pourquoi, je devrais sans doute mieux communiquer », de vouloir lui parler pour clarifier les choses. Mais justement, il a choisi de la punir par le silence.

Il est important de souligner que **la maltraitance psychologique n'a pas de sexe : les femmes peuvent également l'exercer.** Reste que, dans un couple, c'est le plus souvent l'homme qui est violent, tandis que la femme s'en prend plus facilement à ses enfants ou à ses subordonnés. Le maltraitant ne peut en effet s'attaquer qu'à quelqu'un qui dépend de lui sur le plan émotionnel et psychologique, qui perçoit son agresseur comme supérieur à lui et qui s'enferme dans une prison mentale dont les barreaux invisibles sont la peur et l'intimidation. Or, dans notre société, c'est encore le mari qui gagne l'argent du ménage, ou du moins qui gagne le plus, à quoi s'ajoute le fait que les médias ne cessent de délivrer des messages subliminaux étayant l'idée de la supériorité masculine.

« La femme commence par les sentiments puis en vient au sexe, tandis que l'homme commence par le sexe puis en vient aux sentiments. Si tout va bien, ils finissent par se rencontrer et se fracasser en chemin », écrit le psychologue argentin Walter Riso, qui ajoute : « Les femmes, de par leur différence culturelle, sont moins assertives que les hommes. C'est un héritage de leurs grand-mères. Une femme trop assertive est en effet perçue par ses congénères comme masculine. [...] La femme doit faire une seconde révolution féministe. Celle des sentiments, celle de son indépendance affective. Au début, le manifeste de cette révolution poursuivait un combat idéologique, pour la maîtrise des moyens de production, pour la justice sociale, mais les femmes, elles, n'ont pas obtenu ce dont elles avaient besoin, et c'est pourquoi leur nouveau combat ressemble à celui des hommes. L'homme doit se libérer de sa dépendance sexuelle, car nous autres hommes sommes accro au sexe, trop même, alors que les femmes sont accro à l'affect. La femme envisage le sexe autrement que l'homme. Elle a besoin de tendresse. Et si nombre de femmes acceptent d'avoir des rapports sexuels avec leur conjoint, c'est parce qu'elles savent qu'à ce moment-là, en se déshabillant, celui-ci se met aussi à nu sentimentalement ; c'est le seul moment où elles peuvent ressentir la tendresse de l'homme, lorsqu'il est nu et qu'il lui fait l'amour. Ensuite, il se rhabille et redevient le mâle. Nous autres hommes sommes très ignorants en matière sexuelle, c'est nous qui aurions le plus besoin d'éducation sexuelle, tandis que les femmes sont très ignorantes en matière affective, il faut qu'elles comprennent qu'elles ne devraient pas s'attacher comme elles le font. […] Par définition, une personne affectivement dépendante n'est pas sûre d'elle. Ce qu'elle recherche, c'est la présence à ses côtés de quelqu'un de plus fort qu'elle, qui la prenne en charge affectivement. Elle s'occupe alors de son seigneur et maître, et c'est pour le satisfaire qu'elle tombe dans la soumission, la fascination, l'humiliation. Une personne qui s'attache se pervertit, et finit par dire oui quand elle veut dire non. »

De son expérience de thérapeute, Riso conclut que les femmes sans autonomie sont bien plus exposées à la maltraitance et, ce qui est plus grave, enclines à trouver mille excuses à leur agresseur. « Il m'aime sans s'en rendre compte », « ses pro-

blèmes psychologiques l'empêchent de m'aimer »,
« c'est sa façon à lui de m'aimer », « il y a des couples qui vont bien plus mal », « ce n'est pas si
grave », « nous faisons toujours l'amour », « il
finira bien par se rendre compte de mes qualités »,
« je le guérirai par mon amour et ma compréhension ». C'est sans doute ce qui a amené Marie-
France Hirigoyen, psychiatre et psychanalyste, à
affirmer dans *Le Harcèlement moral : la violence
perverse au quotidien* : « N'importe quelle femme
peut être victime de violence perverse. »

Cette catégorie de maltraitants ne fait pas la une
des journaux télévisés, car ils pratiquent une violence qui ne laisse pas de marques ni d'hémorra-
gies visibles à l'œil nu : « Elle est dangereuse, précisément parce qu'elle agit de façon souterraine,
sans traces tangibles. La victime n'est même pas
sûre que tout cela soit réel », écrit Marie-France
Hirigoyen. C'est une violence pourtant bien réelle
et quotidienne, implacable et permanente, qui
laisse des séquelles physiques : la destruction psychologique de la victime. « Il est possible de détruire
quelqu'un juste avec des mots, des regards, des
sous-entendus : cela se nomme violence perverse
ou harcèlement moral », peut-on lire dans le même
ouvrage.

Le maltraitant nie l'agression, enrobe ses paroles
d'humour ou d'ironie, fait des remarques apparemment anodines mais qui visent directement les points
faibles de la femme de façon à l'enfoncer davantage.
Si la victime se plaint, elle a droit à des petites phrases plus insidieuses encore : « Mais je plaisante, ne
le prends pas ainsi », qui laissent entendre qu'elle est
maladivement susceptible, ou idiote et dénuée du

moindre humour. L'agresseur niant l'agression, le problème vient de la victime. « Ce déni, de la part des témoins aussi, est une agression supplémentaire : la victime n'est pas entendue », souligne Marie-France Hirigoyen.

L'auteure définit ces agressions comme une « violence perverse », comme « la destruction psychologique d'un individu par des procédés indirects, gestes ou mots de mépris, humiliation ou dénigrement, de façon récurrente et durant un temps prolongé. [...] Le ou les agresseurs peuvent ainsi se grandir en rabaissant les autres, et aussi s'éviter tout conflit intérieur ou tout état d'âme, en faisant porter à l'autre la responsabilité de ce qui ne va pas ».

La relation de couple telle que la caractérise Marie-France Hirigoyen fait frémir : « Il n'y a pas vraiment de combat, mais pas non plus de réconciliation possible. Lui n'élève jamais le ton, il manifeste seulement une hostilité froide, qu'il nie si on lui en fait la remarque, explique-t-elle. La cause du problème n'est pas évidente, l'agresseur laisse planer la suspicion sur tout, mais refuse de parler de ce qui ne va pas ; ce déni paralyse la victime et l'empêche de trouver une solution. Tout ce qu'elle dit est déformé ; aussi est-elle toujours fautive : elle est méprisée et humiliée. Lui se moque d'elle, mais subtilement, de sorte que les témoins possibles ne perçoivent qu'une plaisanterie sans importance. »

Mais la perversité ne s'arrête pas là, car le manipulateur parvient à installer dans le couple des codes destructeurs : « L'agresseur domine et sait donc mieux que personne ce qui est bon pour l'autre, et c'est pourquoi il se présente comme une violence exercée pour une bonne cause, le mal se fait pour son bien à elle. »

Que fait donc l'entourage de la victime ? « Cette violence est habituellement exercée par un type d'hommes, le "pervers narcissique" : grands séducteurs, très intelligents et qui, par-dessus tout, valorisent le pouvoir », poursuit-elle. Des hommes qui camouflent leur violence grâce à la bonne image qu'ils donnent d'eux-mêmes : leurs agressions sont considérées par les autres comme des actes ou des commentaires anodins, normaux, et elles ne sont en effet que des mots ou des regards. Des gestes qui, pris isolément, sont faciles à assumer par une personne saine, « sauf si cette hostilité est permanente ou répétitive ; l'effet d'accumulation étant ce qui vraiment détruit. [...] Les témoins, soit pour se protéger ou pour se mettre du côté du plus fort, cherchent souvent des excuses à l'agresseur ; en arrivent même à soupçonner que c'est la victime qui a provoqué l'agression ».

Dans la plupart des cas, les victimes n'arrivent même pas à identifier cette situation comme de la violence. Le manipulateur cherche en effet à ce que l'autre doute de ses sens, de son raisonnement et même de la réalité des faits. Il est facile de persuader une personne que sa perception de la réalité, des événements et des relations personnelles est erronée. Il suffit de nier que ces faits aient eu lieu ou qu'elle y ait assisté ; de la convaincre d'avoir fait ou dit ce qu'elle n'a pas fait ni dit ; de l'accuser d'avoir oublié ce qui s'est réellement passé, de s'inventer des problèmes, d'interpréter mal les choses malgré elle, de déformer les mots et les intentions, d'avoir toujours tort, d'imaginer des ennemis et des fantômes inexistants, de mentir constamment – *malgré elle, la pauvre, cela va de soi.* Pour qui est assez habile et persuasif, il s'agit d'une méthode très efficace pour manipuler quelqu'un à sa guise et annihiler sa volonté en vue d'en faire son esclave émotionnelle. La victime se rend difficilement compte qu'elle subit une violence psychologique, car elle développe des mécanismes psychiques visant à nier la réalité lorsque celle-ci est trop désagréable.

Nos mécanismes de défense nous servent à nous prémunir de l'angoisse. Or, devoir admettre que l'on est victime de violence perverse de la part de quelqu'un que l'on estime est une grande source d'angoisse. Aussi notre inconscient nous offre-t-il une multitude de mécanismes (« psychodynamismes » en langage technique) afin de nous libérer de l'angoisse en niant la situation dans laquelle nous nous trouvons. C'est ainsi que nous apprenons à nier et à intellectualiser la violence subie. Nous tentons de justifier l'attitude de l'agresseur, nous cherchons des cas analogues dans notre entourage afin de nous convaincre qu'il s'agit là d'une situation courante, nullement anormale, et qu'il y a bien plus mal loti que nous.

D'autres fois, la victime recourt à un mécanisme beaucoup plus insidieux que le déni ou l'intellectualisation : le sentiment de culpabilité, qui consiste à rechercher dans ses attitudes passées et présentes le motif de la maltraitance. Elle déroule le film de son histoire d'amour en se remémorant ses propres mots, gestes, actions, pour identifier la cause de la violence dont elle croit être à l'origine. Alors même que l'agresseur nie les coups, elle tente de leur trouver une explication, voire une justification. Il est difficile, en effet, de supporter que quelqu'un qu'on aime et qui est censé vous aimer vous fasse subir une telle violence sans raison. Mais comme la victime ne parvient pas à justifier cette violence, elle perd de son assurance, devient irritable et agressive : c'est un cercle vicieux, car ce n'est pas le manipulateur qu'elle rend responsable de son angoisse, mais sa propre sensibilité, sa susceptibilité excessive. « L'agresseur nourrit ce doute et se libère de sa responsabilité en la faisant passer pour folle, dépressive, hystérique ou paranoïaque. L'agression perverse consiste à embrouiller l'autre, à lui faire perdre ses points de repère, ne plus savoir ce qui est normal de ce qui ne l'est pas. » C'est pourquoi ces situations sont si difficiles à déceler et à dénoncer.

Mais il y a une autre raison à cette occultation : « Les victimes ont honte, tout d'abord, d'être traitées de la sorte, ensuite, se sentent coupables de ce qui leur arrive, comme le leur fait croire l'agresseur », souligne Marie-France Hirigoyen.

Dans ce type de violence, comme dans toutes celles qui se déroulent au sein d'un foyer, la solution est à rechercher à l'extérieur : « Il est important que ces femmes reçoivent une aide psychologique ; elles ont besoin de se reconstruire et d'affronter la séparation en position de force », recommande la psychiatre. La séparation ? « Oui, il n'y a pas moyen de reconstruire une relation avec des pervers narcissiques : la solution est d'en sortir. À la différence des scènes de ménage classiques, il n'y a pas vraiment de combat, mais pas non plus de réconciliation. »

Comment éviter d'être pris au piège de ce type de relation ? Selon Walter Riso, le vaccin contre la dépendance affective réside dans l'exploration. La spontanéité, les voyages, les amis, la curiosité ou le développement de ses dons personnels sont les meilleurs alliés pour conquérir son autonomie. À cet égard, apprendre à être seul et à aimer la solitude représente l'enjeu à venir de l'éducation des individus.

Les psychologues disent généralement, et je suis, par expérience, tout à fait d'accord avec eux, qu'il est ardu d'identifier avant qu'il ne passe à l'acte un conjoint manipulateur ou violent, qu'il n'y a pas de schéma préétabli, ni de classe sociale plus concernée que d'autres, et que, dans la plupart des cas, la maltraitance commence lorsque l'agresseur a l'assurance que l'autre dépend de lui – soit parce qu'ils ont en commun des enfants (ou un crédit immobilier), soit parce que la victime est déjà psychologiquement hors d'état de rompre avec son agresseur. La maltraitance est très fréquente chez les femmes qui vivent isolées parce que leur mari ne les laisse avoir de relations avec personne. Il est le père de leurs enfants, il est leur univers entier, et elles restent persuadées de l'aimer. Une sorte de syndrome de Stockholm, qui leur fait justifier et pardonner les agressions et les brimades incessantes de leur agresseur.

Il y a également des gays et des lesbiennes maltraités, même si ce problème est très rarement évoqué. L'exemple que j'ai cité dans le chapitre précédent, celui d'Anxieuse et d'Ambivalente, est un cas typique de maltraitance entre lesbiennes. Lorsque Anxieuse se mettait à parler avec une fille dans un bar, Ambivalente l'attrapait par le bras et la ramenait chez elle. Ambivalente, qui passait son temps à dénigrer ou à humilier Anxieuse, de préférence devant des amies (j'en ai été témoin), a fini par l'éloigner de ses amis, et la traitait de folle chaque fois qu'elle se plaignait de sa solitude.

Anxieuse n'a pas su ou n'a pas voulu identifier cette violence perverse. Moi, si.

Il y a quelques mois, le magazine gay *Advocate* a réalisé une enquête sur la communauté gay et lesbienne. La question posée était la suivante : « Avez-vous déjà été victime de violence de la part de votre partenaire ? » Contre toute attente (mais peut-être pas tant que cela), les deux tiers des personnes interrogées ont répondu non, et un tiers seulement a répondu oui. Ce dernier chiffre peut paraître élevé, mais il faut savoir que nombre de gays et de lesbiennes ont du mal à assumer et même à reconnaître cette violence que leur fait subir leur partenaire, ce qui laisse supposer que le phénomène est plus fréquent encore. Les professionnels spécialisés dans la prévention de ce type de violence soulignent la difficulté de l'entreprise, car il n'est pas rare que les victimes elles-mêmes ne veuillent rien savoir. C'est une violence si invisible qu'elles pensent qu'elle ne peut concerner personne d'autre qu'elles. La honte qu'elles éprouvent vient aussi de ce que cette violence est le fait d'une personne qui est leur semblable (contrairement au couple hétérosexuel). En outre, il leur est difficile d'identifier la situation comme une violence conjugale, en raison du préjugé tenace que cette violence ne peut exister qu'entre un homme et une femme.

On n'envisage jamais non plus qu'un homme puisse être maltraité, et pourtant cela arrive. Mais, étant donné que l'homme est généralement plus fort physiquement que la femme, il est logique que **la maltraitance féminine la plus courante soit la violence psychologique.**

La violence dans le couple, *aussi bien homosexuel qu'hétérosexuel*, englobe toute situation de violence verbale (insultes, dénigrement, etc.), psychologique (culpabilisation permanente de l'autre), financière (l'agresseur profite de l'argent, des biens ou du travail de la victime), sexuelle (viols ou imposition de pratiques particulières), ainsi que les menaces en tout genre et, d'une façon générale, tout ce qui implique le contrôle, la domination ou l'humiliation de l'autre.

COMMENT AGIT LE MALTRAITANT PSYCHOLOGIQUE

Voici les trois caractéristiques qui, selon Marie-France Hirigoyen, font de ce type de violence l'une des stratégies les plus sûres pour détruire l'autre :

Des techniques hostiles
La victime (on utilisera le féminin par commodité, mais sans oublier qu'il peut aussi, même si c'est plus rare, s'agir d'un homme) est docile, soumise, acculée, en situation d'infériorité, et subit des traitements hostiles ou dégradants, jusqu'à ce qu'elle finisse par craquer et tomber malade.

Une relation de pouvoir
« Il s'agit d'une violence asymétrique : l'un domine l'autre, généralement la femme, qui se trouve démunie pour se défendre, car elle est traitée comme une "chose" qui n'a pas le droit de s'exprimer face à quelqu'un qui lui sait le faire. » Pour lui, l'agression est une façon d'obtenir la seule chose qu'il désire : l'emprise sur sa victime.

Une violence froide
Les agressions ne surviennent pas seulement dans les moments de crise ou de dispute. La violence est

là, latente, du matin au soir et pendant des années, elle s'incruste par petites touches. Il n'y a pas de moments de trêve ni de réconciliation, ce qui empêche la victime de se ressaisir ou de prendre du recul pour apprécier clairement la situation.

POURQUOI LE TOLÈRE-T-ON ?

Parce que ceux qui ont été longtemps victimes de maltraitance psychologique finissent dans un état dit de « vulnérabilité apprise » – expression créée par le psychologue Martin Seligman après une expérience menée sur son chien. On laissait à ce dernier, enfermé dans une cage spacieuse, une écuelle de nourriture dans un coin de la cage, et lorsqu'il s'approchait pour manger, il recevait une décharge électrique. Puis on plaçait une autre écuelle dans un angle différent, mais sans administrer de décharge électrique. Au fil des jours, les écuelles apparaissaient au hasard dans chacun des quatre angles de la cage, avec ou sans décharge électrique. Le chien a cessé de manger, et n'a pas non plus voulu sortir lorsqu'on lui a ouvert la cage. Il était paralysé par sa propre terreur. (Je tiens à dire que je trouve cruel de se livrer à ce type d'expérimentations sur les animaux, et qu'on aurait pu arriver aux mêmes conclusions en observant et en interrogeant des victimes humaines sans s'en prendre à ce pauvre toutou.)

C'est le même processus qui est à l'œuvre chez les victimes de maltraitance psychologique. Dans leur cas aussi, la violence est infligée de façon aléatoire : un jour, ce ne sont qu'insultes et accusations, et le lendemain le manipulateur se montre à nouveau prévenant et raisonnable. Le caractère imprévisible des agressions finit par miner les mécanismes de défense de la victime, incapable d'appréhender sa situation et d'y échapper.

L'autre expérience effectuée dans le monde animal, et qui est devenue la métaphore parfaite du processus de la violence psychologique, est celle de la grenouille. Imaginons une grenouille qui vit dans un récipient d'eau à température ambiante. Si on la met dans un bocal d'eau très chaude, elle saute pour s'échapper et éviter ainsi de se brûler. Mais si l'on élève imperceptiblement la température de l'eau, à raison d'un dixième de degré chaque jour, la grenouille finit par mourir brûlée, car elle s'est habituée peu à peu à la chaleur et a perdu sa capacité de réaction. De la même façon, la violence psychologique s'exerce de façon si subtile et progressive qu'elle est difficilement décelable : elle commence par des remarques ironiques, puis ce sont des critiques véhémentes, jusqu'à en arriver aux insultes, mais l'évolution est si graduelle que la victime est incapable de réagir.

POUR SAVOIR SI TU ES VICTIME
DE VIOLENCE PSYCHOLOGIQUE

Si tu te perds en conjectures sur une situation personnelle qui est pour toi source de souffrance ou de mal être.

Si tu souffres en silence, si tu attends que les choses se règlent d'elles-mêmes, que ton agresseur change spontanément de comportement ou que quelqu'un se rende compte de ce qui se passe et te vienne en aide.

Si tu te surprends à faire contre ton gré quelque chose qui te répugne ou qui va contre tes principes, et que tu le fais *par amour*.

Si tu te surprends à faire contre ton gré quelque chose que tu as été incapable de refuser, en cherchant de mille manières à justifier ta soumission.

Si tu te surprends à faire contre ton gré quelque chose et que tu ne peux pas t'en empêcher, parce que la seule idée de te dédire t'est insupportable.

Si tu es parvenue à la conclusion que la situation douloureuse que tu vis est sans issue, que tu la mérites, que tu l'as bien cherchée, que c'est comme ça et qu'il n'y a rien à faire.

Si une certaine personne te met mal à l'aise, t'inspire de la crainte, de l'inquiétude, une émotion, une affection ou un attachement irraisonné, une tendresse qui n'est pas justifiée par les qualités intrinsèques de cette personne, si tu te sens nul(le), minable ou ridicule devant elle…

Alors oui, tu as identifié ton agresseur.

5

DIX SIGNES POUR IDENTIFIER
LE OU LA PARTENAIRE
QUI NE TE CONVIENT PAS

(Comme tu l'auras remarqué, cher lecteur, j'ai choisi de te tutoyer. J'espère que tu ne t'en formaliseras pas, maintenant que tu connais des détails intimes de ma vie privée et amoureuse... Je me suis dit également que, dans une conversation à bâtons rompus avec quelqu'un que l'on respecte, il n'est pas rare de passer inconsciemment du vous au tu à mesure que l'échange devient moins formel et plus amical. Mais revenons à notre sujet...)

Si tu ne veux pas risquer d'être victime de violence psychologique, pose-toi ces dix questions avant de t'engager dans une relation sérieuse avec quelqu'un susceptible de devenir ton compagnon :

1. Est-il capable de partager ses sentiments ?
Si ton prétendant est dépourvu de ce que les psychologues appellent « générosité émotionnelle », cela signifie qu'il n'est pas prêt à s'engager dans une

relation intime. Autrement dit, s'il n'aime pas te tenir la main en public et qu'il répugne aux effusions et aux marques d'affection en général, s'il ne te dit jamais « je t'aime », si, après avoir fait l'amour, il se retourne et s'endort… Non, ce n'est pas à un timide que tu as affaire, mais à un avare émotionnel, qui ne sera jamais à tes côtés quand tu en auras besoin.

2. Est-il digne de ta confiance ?

La sincérité et l'intégrité sont essentielles dans une relation. Ainsi, si quelqu'un n'est pas sincère et intègre avec les autres, il y a de fortes chances pour qu'il ne le soit pas non plus avec toi. Si, après avoir taillé un costard à un collègue en son absence, il le salue chaleureusement quand il le croise, s'il n'arrête pas d'emprunter du fric à ses copains, s'il est arriviste, s'il ment comme un arracheur de dents pour parvenir à ses fins, s'il sacrifie ses croyances et ses idéaux dès qu'il y a un chèque ou une faveur en jeu… Oui, la réussite sociale sera au rendez-vous, mais ce sera un piètre compagnon.

Il en est de même des individus qui aiment les jeux de pouvoir. Ceux qui disent blanc un jour, et noir le lendemain. Ceux qui ne t'appellent pas alors qu'ils avaient promis de le faire, non que la batterie de leur portable les ait lâchés, mais parce qu'ils jouissent à l'idée de te savoir angoissée et pendue à ton téléphone.

Ne pas pouvoir faire confiance à l'autre détruit l'estime de soi et oblige à vivre dans un sentiment permanent d'insécurité, car sera suspendue au-dessus de toi, telle l'épée de Damoclès, la crainte d'être abandonnée. Au lieu d'être heureuse, satisfaite et reconnaissante, tu seras désorientée, tendue et pleine de ressentiment.

3. S'assume-t-il ?

Si son appartement est un capharnaüm, si on lui coupe l'électricité parce qu'il a oublié de payer la facture, s'il arrive en retard à ses rendez-vous parce qu'il a perdu son agenda, s'il s'est fait licencier parce qu'il ne rendait pas ses projets à temps, s'il collectionne les PV comme d'autres les papillons... Bref, s'il ne sait ni se prendre en main ni respecter les autres (car les deux sont liés), il attendra que tu t'occupes de lui et que tu sois sa mère et sa protectrice. Or, une relation où l'un est à la remorque de l'autre ne peut être une relation d'égalité, et n'est donc pas viable.

4. A-t-il un niveau suffisant d'estime de soi ?

S'il ne s'aime pas lui-même, il ne risque pas de t'aimer. C'est aussi simple que cela. Une personne qui ne s'aime pas est incapable d'aimer les autres (on connaît la fameuse phrase de Groucho Marx : « Jamais je n'adhérerais à un club qui m'accepterait comme membre »). Celui qui a une faible estime de soi ne conçoit pas qu'on puisse l'aimer ; ainsi, lorsqu'une autre personne lui témoigne de l'affection, soit il la méprise ou la maltraite, soit il exige constamment d'elle des preuves d'amour. Il est facile de reconnaître une femme qui a une faible estime de soi : c'est celle qui n'arrête pas de dire « je me trouve grosse, moche, bonne à rien... » C'est plus difficile pour les hommes, car la plupart dissimulent leur complexe d'infériorité sous un complexe de supériorité. Eh oui, le frimeur, le macho, le roquet souffrent également d'une faible estime de soi. Sache qu'une personne qui ne prend pas soin d'elle, qui ne protège pas son milieu familial, qui maltraite son corps en faisant systématiquement tout ce que le médecin lui a interdit, qui adopte toutes sortes de conduites autodestructrices – qu'il soit accro au travail ou qu'il fume deux paquets par jour – a indubitablement un problème d'estime de soi.

5. Est-il optimiste ?

Le monde se divise en deux catégories de gens : ceux qui voient le verre à moitié plein et ceux qui le voient à moitié vide. La différence entre eux réside dans l'interprétation personnelle qu'ils font des événements extérieurs : les premiers affrontent les difficultés avec persévérance et courage, voient toujours le bon côté des gens et des choses, ont confiance dans les capacités de leurs semblables et dans la solidarité humaine, tandis que les seconds trouvent toujours à redire à tout et finissent par sombrer dans l'apathie et le découragement. Il semble que les personnes optimistes soient plus persévérantes, plus chanceuses, de meilleure humeur et en meilleure santé. Certaines études montrent d'ailleurs que les personnes qui possèdent un fort capital d'optimisme sortent souvent renforcées de situations éprouvantes ou traumatisantes.

Si ton prétendant est de ceux qui sortent avec un parapluie par grand soleil, qui voient toujours le problème et jamais sa solution, qui vivent dans la crainte permanente de perdre leur travail, s'il est hypocondriaque, envieux, cynique, s'il se croit la victime d'une grande conspiration visant à lui rendre la vie impossible… Alors, enfuis-toi à toutes jambes. Le pessimisme est plus contagieux que la variole, et je veux croire que, si tu lis ce livre, c'est que tu aspires à une vie raisonnablement heureuse.

6. Comment réagit-il au stress ?

Si ton prétendant, quand on le dépasse sur l'autoroute, se met à hurler au conducteur de l'autre véhicule une bordée d'injures à faire honte au capitaine Haddock, s'il engueule avec véhémence une femme qui resquille dans la queue du supermarché, s'il est désagréable avec ses employés ou sa femme de ménage, s'il se met en colère parce que tu es en retard au cinéma et que c'est de ta faute s'il n'a pas trouvé de place pour se garer, s'il monte sur ses grands chevaux parce que le garçon de café tarde à apporter les consommations, s'il fracasse le cendrier par terre et claque la porte violemment après une dispute, s'il te raccroche au nez au milieu d'une phrase, s'il sort brusquement de la pièce ou quitte subitement le restaurant en te laissant sans un sou et avec l'addition à payer, ce n'est pas simplement qu'il a un fort tempérament : c'est qu'il est colérique.

Vivre avec une personne colérique, c'est vivre avec une bombe à retardement : on ne sait jamais quand elle va exploser, mais elle finit toujours par exploser. Ce peut être pour le motif le plus insignifiant, étant donné que ce ne sont pas les événements externes qui provoquent sa colère et que celle-ci n'est au fond qu'une façon de détourner la colère qu'il a contre lui-même. C'est un symptôme, non un but. Il s'agit bien souvent de personnes qui ont été maltraitées ou abandonnées dans leur enfance et qui, depuis, ont emmagasiné une rage intérieure qu'elles laissent échapper à l'âge adulte, lorsqu'elles se sentent protégées. Et la seule façon pour elles de s'en empêcher, ce n'est pas d'avoir des serveurs plus rapides, des employés plus efficaces ou des femmes de ménage plus travailleuses : ce serait de suivre une thérapie. Et le pire, dans tout cela, c'est que ceux qui vivent avec un colérique finissent par s'habituer, par s'adapter, par se fondre dans son univers. À force de laisser passer les orages sans se plaindre ni protester, ils développent un sentiment d'insécurité qui mine leur humeur et leur estime de soi, ce qui débouche généralement sur une dépression. Et il me semble que si tu avais envie d'être déprimée, tu ne serais pas en train de lire ce livre.

7. Veut-il exercer un contrôle sur toi ?

S'il t'appelle sur ton portable du matin au soir, s'il veut savoir en permanence où et avec qui tu es, ce n'est pas qu'il s'inquiète pour toi : c'est qu'il veut te contrôler. S'il a son mot à dire jusque sur ta façon de parler, de t'habiller ou de te coiffer, plus tard il voudra savoir à quoi tu dépenses ton argent, pourquoi tu parles si longtemps au téléphone avec ta mère, pourquoi tu lis les livres de cet auteur si peu digne d'intérêt, pourquoi tu regardes la série *Aquí no hay quien viva* que lui n'aime pas, ou pourquoi tu vas voir le cycle russe à la cinémathèque alors que lui déteste les films sous-titrés. Il voudra lire ton courrier électronique et ouvrira tes relevés de compte. Et il sera un père (ou une mère) tyrannique et hyper-critique, qui rendra vos enfants malheureux.

Un couple n'est pas une addition de sous-ensembles, mais une intersection. Chacun des deux doit garder une sphère privée, qui fait de lui un individu à part entière, et qu'il n'est pas obligé de partager. Si l'autre tente d'y pénétrer, ce n'est pas par amour, mais par volonté de domination. Fuis tant qu'il est encore temps, car après, il sera trop tard.

8. Est-il trop gentil ?

Tu as déjà entendu la belle histoire de Roméo qui, dès qu'il posa son regard sur Juliette, sut qu'il n'y aurait jamais d'autre femme dans sa vie. Mais n'oublie pas que tous deux ont mal fini et que, dans la réalité, si tout d'un coup un inconnu t'offre des fleurs, c'est peut-être plus que de l'impulsivité : cela peut relever de la psychopathie. S'il affirme que, depuis qu'il t'a vue, il n'a d'yeux que pour toi, et qu'il te harcèle de coups de fil, de mails et de bouquets de fleurs, tu as affaire à un dépendant émotionnel, voire à un pervers narcissique. Dans le premier cas, tu sais qu'il finira par t'étouffer et que ce n'est pas toi qu'il aime, mais l'idée qu'il se fait de l'Amour (avec un grand A), qu'il a projetée sur toi comme sur un écran. Dans le second, tu représentes quelque chose qu'il veut obtenir, car ce qui l'attire, c'est ta beauté, ta réussite sociale, ton rayonnement, ton appartenance à une famille unie ou de haut lignage – toutes vertus auxquelles tu accordes peu d'importance, contrairement à lui… Mais dès qu'il se sera rendu compte qu'elles ne sont pas contagieuses, qu'on ne devient pas beau, sympathique, brillant ni aristocratique en étant simplement ton compagnon, il se mettra à te manipuler.

9. A-t-il une addiction ?

Plus d'un froncera les sourcils en lisant ces mots sous ma plume, et se dira : avec tout ce par quoi elle est passée, comment cette nana ose-t-elle poser la question ? Eh bien, c'est justement parce que, dans ma jeunesse, j'ai goûté à tout et que j'ai vécu avec des gens qui sont allés encore plus loin que moi, que je peux affirmer en toute connaissance de cause et de façon catégorique : « Si on te propose de la drogue, refuse. » Si ton prétendant boit tous les week-ends ou a besoin, quand il sort, d'alcool, de coke ou de comprimés pour s'éclater, s'il n'est pas un simple consommateur occasionnel de haschisch et de marijuana et s'il y a des activités (comme dormir, faire l'amour, dessiner ou regarder la télé) auxquelles il n'imagine pas se livrer sans être shooté, écoute-moi et fuis. Il y a une très grande différence entre boire un verre ou fumer un joint de temps en temps et en avoir besoin. Je sais de quoi je parle. Quand tu dis à un toxicomane qu'il est dépendant de sa drogue, il te répond aussitôt que tu exagères, que c'est toi qui es folle et lui qui est normal, que tout le monde fait pareil. Évidemment, puisque dans son milieu tout le monde se shoote. Et une des caractéristiques des gens accros à quelque chose n'est-elle pas de se lier à des gens aussi accros qu'eux ?

Il faut s'attendre à ce qu'une personne en proie à une addiction ait toujours son compte dans le rouge, qu'elle ne rembourse pas ses dettes, qu'elle soit incapable de garder un emploi, qu'elle s'emporte pour un rien, qu'elle arrive toujours en retard aux rendez-vous (ou qu'elle n'arrive jamais), qu'elle oublie d'aller chercher le linge au pressing ou son enfant à l'école, qu'elle laisse le chien attaché à la porte du vidéoclub en partant et ne s'en rende pas compte avant plusieurs heures, ou qu'elle t'agresse physiquement et t'accuse le lendemain d'avoir tout inventé parce qu'elle ne s'en souvient même pas. Je connais bien le problème, pour avoir eu des amants et des amis qui pour rien au monde n'auraient reconnu leur addiction, et qui s'entouraient, pour tout arranger, de gens qui excusaient leur comportement, y compris les agressions, en se disant que je devais *sûrement exagérer*.

L'addiction confère un grand pouvoir de séduction. D'abord, parce que sa victime affiche en général une bonne humeur communicative. Ensuite, parce que nous vivons dans une société qui tolère, voire encourage les addictions (il suffit de voir la quantité de publicités pour les boissons alcooliques dont on nous bombarde) et qui a tendance à voir dans l'alcoolique quelqu'un de *festif*, dans le fumeur de joints quelqu'un de *cool*, dans le cocaïnomane quelqu'un de *branché*. Enfin, parce que la plupart des victimes d'addictions sont aussi des dépendants émotionnels, souvent conscients d'avoir besoin de quelqu'un à leurs côtés pour les aider à gérer leur existence, vu leur incapacité à faire face aux problèmes pratiques de la vie quotidienne. Le polytoxicomane t'emmènera à des fêtes étourdissantes et tu t'éclateras au lit avec lui (car le sexe pratiqué sous l'effet de certaines substances est toujours merveilleux… au début), l'alcoolique te charmera par son entrain, la conversation du fumeur de joints te paraîtra profonde et brillante à la fois. Mais n'oublie pas que tout ce qui te fait monter au ciel te fait ensuite redescendre, et que toute substance chimique possède son « côté obscur de la Force », pour citer encore le Jedi. On estime que l'alcool est responsable de trois cas de violence conjugale sur quatre en Espagne, et que la consommation de psychotropes dans le couple est également un facteur de risque important. Il est bien connu par ailleurs que la cocaïne rend agressif, au point que beaucoup d'armées en distribuent, ainsi que des amphétamines, à leurs soldats lors des conflits pour stimuler leur combativité. La consommation prolongée d'alcool provoque des accès de jalousie délirante (« tu n'es qu'une traînée, tu me fais cocu, je vais te tuer »), la prise de cocaïne entraîne des délires de persécution (« tu me persécutes, tu veux me tuer, mais je te tuerai avant »).

Le terme « dépendant » englobe également les ludopathes, ainsi qu'une catégorie très particulière de gens qui, s'ils sont très bien considérés par la société, n'en sont pas moins de piètres compagnons : je veux parler des *workaholics*, des drogués du travail.

Vivre avec un *addict*, c'est entrer dans un triangle amoureux : toi, lui/elle et… l'alcool (ou la drogue, ou le travail, ou le jeu, ou la console de jeux, ou Internet). Son addiction sera ta pire rivale : elle accaparera tout son temps et toute son attention, et jamais il ne voudra y renoncer. Mais toi, tu mérites mieux, et tu n'as pas à jouer le rôle de rédempteur ou de rédemptrice de qui que ce soit.

10. Est-il sexiste ?

Un macho peut détruire la vie de n'importe quelle femme, sauf peut-être celle d'une masochiste caractérisée. Mais un homo ou une femme (qu'elle soit lesbienne ou hétéro) peut très bien être sexiste aussi. Si ta compagne est une *butch* qui ne te permet de poser ton regard sur personne d'autre, mais qui, pendant ce temps-là, salive à la vue d'une *lipstick lesbian* en minijupe se déhanchant dans une boîte à la mode, ce n'est pas avec une lesbienne que tu vis, mais avec un macho prisonnier d'un corps de femme. Si le craquant petit choupinou que tu as pour compagnon te surveille, te demande des comptes, t'agonit de reproches, te crie dessus et te fait cocu à la première occasion, il se conduit avec toi exactement comme son père se conduisait avec sa mère, c'est-à-dire comme un macho pur et simple. Et toi, homme hétéro, si ta bien-aimée insiste pour que ce soit toujours toi qui paies l'addition au café et au restaurant, et tient pour acquis que tu l'entretiendras du jour où vous serez mariés, elle ne fait qu'imiter sa mère qui faisait tout pour complaire à son très machiste père. Et tant qu'elle ne s'en rendra pas compte, jamais elle n'apprendra à se comporter en adulte autonome et responsable.

Bref, si ton partenaire, qu'il soit homme ou femme, et quelle que soit son orientation sexuelle ou les airs (masculins ou féminins) qu'il se donne, est de ceux qui refusent d'admettre que tu puisses réussir dans quelque domaine que ce soit (politique, professionnel ou privé) ; s'il est l'un de ces homos qui désignent l'autre sexe sous un terme générique et méprisant à connotation génitale, ou qui accablent de leurs sarcasmes leurs congénères passifs ou efféminés (puisqu'il est bien entendu que la virilité consiste à prendre du plaisir et la féminité à en donner) ; si elle est l'une de ces femmes qui, à force de critiquer les autres femmes à longueur de journée, n'ont plus guère d'amies quand ce n'est pas aucune ; ou l'une de ces lesbiennes qui estiment qu'une goudou digne de ce nom se doit d'être plus macho qu'un homme et de tenir sa copine en laisse : eh bien, je crois qu'il est temps que tu comprennes que Dieu ne t'a pas mise au monde pour que tu souffres. Dépêche-toi de rompre, qu'est-ce que tu attends ?

6

DIX COMMANDEMENTS
POUR UNE RELATION
(À PEU PRÈS) HEUREUSE

1. Tombe amoureux de quelqu'un qui t'aime aussi

C'est la règle d'or. Si tu la suis, 95 % des problèmes susceptibles de survenir dans une relation te seront épargnés. Ne poursuis l'objet de ton désir que dans la mesure où il est à ta portée. Ôte-toi de l'esprit l'idée que l'autre finira bien par t'aimer, surtout s'il (ou si elle) est marié(e) ou épris(e) d'un(e) autre. Cette obstination à poursuivre sans relâche quelqu'un à qui tu es indifférent peut avoir deux causes principales : soit un problème non résolu de dépendance émotionnelle, et dans ce cas, si j'ai un conseil à te donner, c'est de trouver un bon thérapeute ; soit l'ennui existentiel et la recherche de sensations fortes, et dans ce cas mieux vaut changer de job, ou louer le DVD du *Projet Blair Witch*, ou bien t'inscrire à un stage de saut en parachute, ou encore apprendre une nouvelle langue.

2. Recherche quelqu'un avec qui tu aies des affinités

Les contraires s'attirent, dit-on ; pourtant, l'incompatibilité intellectuelle ou émotionnelle qui en découle réduit généralement les chances que le couple reste ensemble. Si vous provenez de milieux très différents, si vos idées politiques sont diamétralement opposées, s'il préfère la techno et toi les sévillanes de María del Monte, s'il ne jure que par Jean-Claude Van Damme et toi par Tarkovski, avoue-toi la vérité : ce que tu veux, c'est tirer un coup de temps en temps, pas construire une relation. Celle-ci a plus de chances d'être harmonieuse quand les divergences de fond sont minimes.

3. Connais l'autre, ne l'imagine pas

Nombreux sont ceux qui croient, au bout de trois mois, connaître l'homme ou la femme qu'ils ont choisi(e). Mais comment affirmer une chose pareille, quand on sait le temps qu'il faut pour connaître vraiment quelqu'un ? Nous avons tous tendance, en fait, quand nous tombons amoureux, à idéaliser l'autre, à lui attribuer des qualités qu'il ne possède pas mais que nous voudrions qu'il ait. S'il passe tout un après-midi à prêter l'oreille à tes chagrins, tu en concluras hâtivement qu'il est compréhensif et patient, alors qu'il ne l'a peut-être fait que dans l'idée de baiser avec toi, ou pour ne pas te donner d'emblée une trop mauvaise image de lui. Si tu le vois donner dix euros à un mendiant, tu te diras qu'il est très généreux, mais si ça se trouve, il n'a fait ça que pour t'épater, et tu t'apercevras par la suite que, en réalité, il est radin comme pas deux. Ainsi, j'avais pris un de mes amoureux pour quelqu'un de très cultivé parce qu'il n'arrêtait pas de parler de Stockhausen et de Stravinski, jusqu'à ce que je découvre, des années plus tard, que sa culture se limitait à la musique classique et qu'il confondait Naomi Wolf et Naomi Campbell. Ne te crée pas de faux espoirs, ne te fais pas de films.

4. Ne t'ennuie pas

L'ennui est la mort du couple. Bien des gens (dont je fais partie), parce qu'ils ont souffert terriblement dans des relations antérieures, s'imaginent que l'absence de disputes est un gage de bonne entente. Mais si le prix à payer est de passer ses dimanches après-midi à regarder la télé ou à faire des mots croisés sans échanger un mot, ça ne peut pas marcher.

5. Fixe les règles avant de jouer

Si ce que tu cherches, c'est t'engager, ne t'embarque pas dans une relation qui ne t'offre que du sexe de temps en temps. Et vice versa. Si tu veux un compagnon qui t'aide dans les tâches ménagères, n'hésite pas, dès le premier dîner chez toi, à lui demander de t'aider à faire la vaisselle. Si tu détestes la corrida, ou porter une minijupe, dis-lui dès le départ que tu es membre fondatrice du CRAC (Comité radicalement anti-corrida), ou que tu ne mets que des pantalons. Nombreux sont ceux qui, au début, mentent ou dissimulent la vérité dans le but d'impressionner l'autre ou de donner une bonne image d'eux-mêmes. Grossière erreur : il faut que, d'entrée de jeu, tu exprimes clairement tes attentes. Ainsi, tu ne seras pas déçue, et lui n'attendra pas de toi ce que tu ne peux pas lui offrir.

6. Ce qu'il a fait à la précédente, il peut te le faire à toi aussi

Une personne aux antécédents amoureux peu avouables peut représenter un risque sérieux pour toi.

Peut-être pas dès le départ, ni au même degré que pour sa partenaire précédente, mais tu ferais bien de te renseigner sur ses liaisons passées, de même que sur la façon dont il est perçu par ses amis, hommes ou femmes. Tu disposeras ainsi des données nécessaires pour réagir en conséquence le jour où son comportement te déplaira. Et n'oublie pas que, s'il a quitté quelqu'un pour toi, il est capable de te quitter à ton tour pour quelqu'un d'autre – surtout s'il l'a fait de manière abrupte et peu élégante.

7. Fais un pacte. Ne sacrifie rien

Ne renonce jamais à quelque chose d'important pour toi dans le seul but de gagner son affection. N'accepte en aucun cas de quitter ton travail ou de t'éloigner de tes amis ou de tes proches, car ce genre de demande est le signe avant-coureur d'une relation de maltraitance. Ne renie pas non plus tes croyances ou tes idées politiques. Si tu n'aimes pas regarder le foot avec ses amis, ne le fais pas. S'il insiste, propose-lui un pacte : d'accord, mais à condition qu'il t'accompagne quand tu promènes ton rottweiler. En tout état de cause, ne cède jamais de terrain en échange d'affection, car tout ce que tu y gagnerais, c'est qu'il t'en demande de plus en plus sans rien te donner en retour. Si votre relation suppose que tu renonces à une part de toi-même, de ta personnalité, de ce qui fait ton identité, ce n'est pas une relation : c'est un kidnapping.

8. Pense que c'est *parce que tu le vaux bien*

Lorsque Jésus disait : « Tu aimeras ton prochain comme toi-même », il jetait les bases d'une relation saine. Ne construis jamais une relation fondée sur la soumission ou l'admiration aveugle. L'autre ne t'est pas supérieur. Ni personne, d'ailleurs. Nous sommes tous égaux devant la loi et devant Dieu, et même si certains d'entre nous sont plus doués que d'autres dans tel ou tel domaine, cela ne leur donne pas plus de droits. Si tu commences à te monter le bourrichon avec des bêtises du style « Je ne le/la mérite pas » ou « Il/elle est trop bien pour moi », c'est mal parti. C'est que tu commences à être dépendant(e). Dis-toi que, si personne n'est parfait à tous égards, inversement tout le monde a des qualités à faire valoir et qu'il y aura toujours quelqu'un pour apprécier les tiennes. De la même façon, si l'autre te traite comme si tu ne méritais pas d'être avec lui, romps avant qu'il ne soit trop tard. Une relation doit être égalitaire. Ou ne pas être.

9. N'aie pas de secrets

Rien ne sert de faire l'amour dans le noir pour cacher ta cellulite. Ou de déclarer que tu gagnes beaucoup plus que ce que tu gagnes en vrai. Ou d'avoir honte d'avouer que tu es fan de Manolo Escobar ou de la série *Aquí no hay quien viva*. Ne dis pas que tu adores les enfants si tu ne désires pas en avoir, et vice versa. Ne mens pas sur tes antécédents sexuels pour faire croire à l'autre que tu as eu plus ou moins d'amants que tu n'en as eu réellement. S'il ne t'accepte pas telle que tu es, c'est qu'il ne t'accepte pas, un point c'est tout. Tu dois trouver un partenaire fiable et qui te soutienne. Parvenir à une vraie intimité n'est pas sans risques, mais procure aussi de grandes satisfactions et de grandes émotions. La confiance et le soutien mutuels sont le gage le plus éclatant du bonheur à deux.

10. Tu mérites d'être heureuse. Si tu ne l'es pas, cherche, compare et trouve mieux

Ne crois surtout pas les foutaises du genre : « Tu me fais tourner la tête », ou : « Ma vie sans toi n'aurait pas de sens. » Une relation ne doit jamais être synonyme de souffrance ou de dépendance, et j'espère t'avoir au moins, à ce stade, convaincue de cela. Si tu es du genre masochiste, tu feras mieux de t'inscrire dans un club SM et de consacrer ton temps libre à ce hobby, plutôt que d'être esclave toute ta vie.

Au cas où tu te croirais différente et inapte au bonheur, dis-toi que tout le monde a droit au bonheur, sauf peut-être les néonazis, les skinheads et les spéculateurs immobiliers. Mais ces gens-là ne lisent pas, et encore moins de livres comme celui-ci.

II

COMMENT RENFORCER
L'ESTIME DE SOI

TU AIMERAS L'AUTRE COMME TOI-MÊME

Je te rappelle les deux règles d'or pour apprendre à vivre en couple, règles que tu devrais maintenant savoir par cœur :

1. On ne peut vivre en couple que si l'on est capable de vivre seul.
2. On ne peut vivre seul que si l'on s'aime soi-même.

Suis à la lettre le précepte du Christ : « Tu aimeras ton prochain comme toi-même. » L'amour n'est pas seulement dirigé vers une personne en particulier ; c'est une attitude, une orientation du caractère, qui détermine le type de relation qu'on entretient avec le monde entier. Comme l'écrit Erich Fromm, « si une personne aime seulement une autre personne, mais est indifférente au reste de ses semblables, son amour n'est pas de l'amour, mais une relation symbiotique ou un égotisme accentué ». Pourtant, la plupart des gens croient que c'est l'objet et non le sentiment qui détermine l'amour. Ils croient que plus l'amour est exclusif, plus il est intense.

Hélas, notre éducation judéo-chrétienne nous a appris qu'aimer les autres est une vertu, mais que s'aimer soi-même est un péché. Nous nous figurons donc que celui qui s'aime soi-même ne peut pas aimer les autres, que l'amour de soi est synonyme d'égoïsme. Or, non seulement il n'y a pas de contradiction entre les deux, mais l'amour pour les autres se nourrit de l'amour de soi. Si je m'aime, je n'ai pas *besoin* des autres (si, bien sûr, j'en ai besoin dans la mesure où l'homme est un animal grégaire qui a besoin du contact avec ses semblables, mais je n'ai pas besoin de quelqu'un d'autre pour m'affirmer et recevoir de lui l'estime que je ne m'accorde pas moi-même), de sorte que je me lie à eux dans le respect et la liberté, non dans un but intrusif ou de possession. Le respect, l'amour et la compréhension de soi sont indissociables du respect, de l'amour et de la compréhension de l'autre.

Si tu ne veux plus souffrir par amour, tu dois commencer par te convaincre que tu as de l'importance, que tu vaux quelque chose. Quand tu en seras convaincue, que tu seras sûre de toi et de tes opinions, tu n'éprouveras pas le besoin d'être à tout prix comme les autres. D'abord, parce que tu es unique. Ensuite, parce que cela priverait les autres de leur singularité. Or, c'est justement ce que tu aimes en eux.

Si tu parviens à t'aimer toi-même, tu seras capable d'aimer les autres et tu n'auras plus besoin de recourir au chantage affectif, de rechercher l'intrusion, la dépendance ou la possession. Tu pourras aimer, tout simplement, et en éprouver du plaisir sans attendre d'amour en retour.

Par la force des choses, si tu ne t'aimes pas, si tu te sens minable, tu ne seras pas en mesure de donner quoi que ce soit à quiconque : quelle valeur aurait l'amour d'un(e) minable ? Or, qui ne donne pas d'amour n'en reçoit pas non plus. L'état amoureux, la capacité à donner et à recevoir, requièrent au départ, j'insiste, la capacité à s'aimer soi-même pleinement.

Erich Fromm l'explique à merveille :

« La personne *égoïste* ne se préoccupe que d'elle-même, accapare tout à son profit, ne trouve aucun plaisir à donner, mais uniquement à prendre. Elle envisage le monde extérieur sous l'angle exclusif de ce qu'elle peut en tirer, indifférente aux besoins des autres, sans respect pour leur dignité et intégrité. N'ayant qu'elle-même en vue, elle juge de chacun et de chaque chose en fonction de leur utilité. En somme, elle se montre fondamentalement incapable d'aimer. N'est-ce pas la preuve que le souci des autres et le souci de soi-même constituent une alternative inévitable ? Il en serait ainsi si l'égoïsme et l'amour de soi étaient identiques. Mais admettre ce présupposé, c'est en revenir au sophisme dont nous avons dénoncé tout à l'heure les conclusions aberrantes. *Loin d'être identiques, l'égoïsme et l'amour de soi sont en fait des phénomènes contraires.* La personne égoïste, plutôt que de trop s'aimer, s'aime trop peu ; disons-le, elle se hait. Ce manque d'affection et de sollicitude pour elle-même, qui n'est au fond qu'une expression parmi d'autres de son manque de productivité, la laisse vide et frustrée. Nécessairement malheureuse, elle se montre avide d'arracher à la vie les satisfactions qu'elle pourrait obtenir si elle n'y faisait elle-même obstacle. L'attention excessive qu'elle semble se porter ne représente en fin de compte qu'une vaine tentative pour dissimuler et compenser son échec à prendre soin de son soi réel.

[…] Pour mieux saisir ce qu'est l'égoïsme, nous pouvons le comparer à la sollicitude envahissante dont fait preuve, par exemple, une mère surprotectrice. Alors que consciemment elle se figure avoir une affection particulière pour son enfant, elle nourrit en fait une hostilité profondément refoulée envers l'objet de ses soins. Sa tendance à surprotéger ne découle pas d'un excès d'amour pour l'enfant, mais de l'obligation de compenser son impuissance à l'aimer.

« Cette théorie de la nature de l'égoïsme est confirmée par ce que nous apprend l'expérience psychanalytique sur le "désintéressement" névrotique. […] La personne "désintéressée" ne désire rien pour elle-même ; elle "vit seulement pour les autres" et tire de la fierté à ne se donner aucune importance. Qu'en dépit de son désintéressement elle se sente malheureuse, insatisfaite dans ses relations les plus intimes, la déconcerte au plus haut point. En fait, le travail psychanalytique révèle que son désintéressement ne peut être isolé des autres symptômes, mais constitue l'un d'entre eux, et souvent même le plus important : elle apparaît paralysée dans sa capacité d'amour et de jouissance, animée d'une sourde hostilité envers la vie, et dissimulant sous les apparences du désintéressement une concentration sur soi qui, pour être subtile, n'en est pas moins intense. »

Vous serez nombreux, je le sais, à m'objecter : « Oui, tout ça, c'est bien beau, ce sont de belles paroles, mais c'est plus facile à dire qu'à faire, on ne se lève pas un beau matin en se trouvant soudain formidable. » C'est vrai, et je me rappelle d'ailleurs avoir dit exactement la même chose à une de mes thérapeutes. Je vous accorde, mes chers et sceptiques lecteurs, que la perception que l'on a de soi-même ne peut changer radicalement du jour au lendemain, mais il existe des moyens de la corriger subtilement.

C'est ici qu'intervient la symbolique du miroir. J'ai pu lire, dans un livre de sorcellerie, que le premier exercice d'une apprentie sorcière consiste à se regarder chaque matin dans la glace et à se répéter sept fois : « *You are lovable, you are beautiful, you are a beautiful creature of the universe* » (oui, le livre est écrit en anglais). Ce n'est pas un hasard si la marâtre de Blanche-Neige, tributaire de son miroir magique, a le sentiment de perdre son pouvoir le jour où il lui révèle que Blanche-Neige est plus belle qu'elle. Ce n'est pas non plus un hasard si le message d'accueil de mon portable est, justement : *You are lovable*. De nombreux psychologues se livrent à cette même exhortation dans leurs cabinets, sauf qu'ils lui donnent un autre nom : thérapie. Une première séance de thérapie n'est jamais facile, justement en raison de cette faible estime de soi qui fait que l'on se sent gêné aux entournures chaque fois que l'on s'engage dans quelque chose de nouveau – et sans forcément recevoir, de surcroît, l'approbation de l'entourage, qui peut même juger l'initiative stupide. Ainsi, mes frères diraient tous que l'histoire du miroir est une fumisterie sans nom. Ils peuvent raconter ce qu'ils veulent ; moi, ça m'a été utile, et ça peut l'être également à certains lecteurs.

Un autre truc : apprends à accepter les compliments. En ce qui me concerne, chaque fois que j'avais de bonnes notes à l'école (autrement dit, à chaque contrôle) et que quelqu'un me félicitait, je lui répondais illico : « Oh non, en fait ce n'est pas que je sois intelligente, c'est seulement que j'ai de la chance… », tellement j'étais paniquée à l'idée que l'on puisse me trouver orgueilleuse ou bûcheuse. Je me suis donc employée à refuser tous les éloges jusqu'à près de quarante ans. Si un type me disait que j'étais belle, je pensais aussitôt qu'il voulait me sauter. Si c'était un homo, je ne pouvais éviter de me dire qu'il se foutait de moi. Et si une lectrice me disait qu'elle avait adoré mes romans, je songeais aussitôt qu'elle n'avait pas dû lire grand-chose d'autre… Et ainsi de suite.

De la même façon, essaie de ne pas chercher d'excuses pour diminuer tes mérites. Moi, par exemple, j'ai une peau magnifique que je tiens de ma mère et qui me vaut l'admiration de beaucoup de gens. Eh bien, il n'y a pas si longtemps encore, chaque fois que quelqu'un me disait : « Quelle belle peau tu as ! », je répondais : « Oh non, en fait je n'ai pas une belle peau, si tu voyais celle de ma mère… » Grave erreur, car c'est à la fois se renier et se déprécier. Enrique, un de mes amis, ne veut pas reconnaître qu'il a de beaux yeux. Ils sont d'un vert si profond que tout le monde en est béat d'admiration et le lui dit. Mais il répond toujours quelque chose comme : « Non, c'est ma chemise rouge qui les fait mieux ressortir », ou même : « Eh bien, moi, je ne les aime pas, je préférerais les avoir marron, comme Lucía. »

Dans le même ordre d'idées, très nombreux sont les gens qui se dévalorisent eux-mêmes et attribuent à d'autres le mérite de leurs propres réussites. Si celle qui possède une faible estime de soi est radieuse et qu'on lui en fait la remarque, elle en attribuera le mérite à sa coiffeuse ou à sa couturière. Si celui qui manque de confiance en lui a les meilleures notes de la classe, il dira que c'est grâce à son ami Untel, qui lui a prêté ses cours. J'ai une amie qui est si peu sûre d'elle que, le jour où elle est allée inscrire au registre de la propriété intellectuelle un scénario qu'elle avait écrit, elle l'a déposé sous deux noms : le sien, et celui d'une actrice de troisième plan qui lui avait fourni deux ou trois idées tout à fait accessoires.

Une autre façon de donner prise aux autres sur sa propre vie consiste à invoquer ou solliciter sans cesse leur aval, à multiplier les phrases du genre : « Mon mari pense que… », « Ma mère trouve que… », « Mon patron me dit toujours que… » Je connais un musicien qui avait eu une liaison avec une actrice célèbre et qui avait toujours besoin de se référer à elle pour justifier la moindre chose qu'il disait. C'est ainsi que, lorsqu'une des chanteuses de la comédie musicale qu'il dirigeait se plaignait du rythme excessif des répétitions, il lui rétorquait que « P. tournait quatorze heures par jour et ne se plaignait jamais ». Et lorsqu'il a exigé de cette même chanteuse qu'elle entre sur scène habillée de rose (couleur qu'elle trouvait ringarde au possible), son argument suprême était que « P. disait toujours que le rose donne de l'éclat au visage ».

Si tu veux commencer à te revaloriser, procède par petites touches : commence par accepter les compliments, reconnaître tes mérites, valoriser tes réussites et exprimer tes propres opinions. Puis, étape suivante, offre-toi (par exemple) des fleurs, sans attendre qu'un bel inconnu surgisse et s'en charge. Et essaye de faire chaque jour des choses qui te plaisent. Quel génie, d'ailleurs, que le publicitaire qui a imaginé ce slogan pour une firme de cosmétiques qui incite les femmes à se teindre les cheveux en brun ou en blond : non pas pour avoir plus de succès, mais « parce qu'[elles] le [valent] bien ». Je m'inspirerais volontiers de ce slogan pour le chocolat : achète-t-en *parce que tu le mérites*, c'est tout.

Voilà pour les moyens de renforcer l'estime de soi. Il nous reste à passer en revue les façons les plus courantes de se pourrir la vie et les moyens d'y remédier.

2

TON CORPS T'APPARTIENT :
AIME-LE, NE LE TORTURE PAS

Il y a quelques mois, j'ai accompagné un ami à un défilé de mode à Cibeles. Sans doute avez-vous déjà vu à la télé certains de ces défilés – sans savoir, car vous n'êtes pas réalisateurs, que la caméra grossit les gens de dix kilos. Imaginez donc toutes ces sylphides avec dix kilos de moins. Que verrait-on ? La peau et les os. Elles étaient si maigres que – je n'exagère pas – elles n'avaient même plus d'ombre. Dans le *back-stage*, j'ai rencontré mon ami Guillermo, rédacteur en chef de *Vanidad*. Nous nous sommes lancés dans une discussion endiablée sur cette manie de faire appel, pour présenter les collections de haute couture, à des mannequins ressemblant davantage à des Giacometti qu'à des femmes de chair et d'os – que dis-je ! d'os seulement.

Guillermo a entrepris de m'en expliquer les raisons : « Acheter n'est pas seulement une activité économique. C'est aussi une activité sociale, car on achète en fonction de l'image que l'on souhaite donner de soi. Il ne s'agit pas simplement de refléter ce que l'on est, mais ce que l'on voudrait être. Le nouveau consommateur est celui qui veut, par sa consommation, devenir différent de ce qu'il est. C'est pourquoi l'industrie de la mode recourt, non à des femmes réelles, mais à des chimères. Les défilés de mode, les magazines nous montrent ce que nous désirons être. Or, nous désirons tous être jeunes et minces, d'autant que les médias, c'est un cercle vicieux diabolique, nous en ont convaincus sans même que nous ayons eu le temps d'y réfléchir ou d'élaborer nos propres désirs. »

Je t'invite vivement, ô lecteur, à lire *The Beauty Myth*, livre écrit il y a quelques années par Naomi Wolf. Pour se libérer du mythe de la beauté, encore faut-il en effet commencer par le démonter en analysant la société capitaliste qui l'a créé, et dans laquelle l'acte d'achat a cessé d'être un simple troc pour se convertir en activité sociale. Selon Naomi Wolf, le système capitaliste repose sur la consommation de produits superflus, car pour que quelqu'un soit pris de fièvre consommatrice, il doit se sentir frustré. S'il est bien dans sa peau, il n'achètera que le strict minimum, un kilo de patates ou une veste légère de demi-saison. Par conséquent, si le système veut faire de nous des consommateurs compulsifs et, partant, frustrés, ce qu'il lui faut, c'est créer un modèle de beauté inaccessible, auquel nous aspirons mais que nous n'atteignons jamais. Et qu'y a-t-il de plus inaccessible que l'éternelle jeunesse ? Il s'ensuit que, si l'on nous fait croire qu'il est possible d'avoir un corps d'adolescente à trente-cinq ans, tous nos efforts, mentaux comme physiques, tendront vers ce but. Nous dépenserons notre argent en crèmes, vêtements, bijoux, séances de coiffeur, abonnements à un club de gym, vernis à ongles, shampooings, maquillage, lingerie fine, liposuccions,

Botox, cigarettes (car le tabac fait maigrir et apaise l'angoisse), chewing-gums antitabac (car le tabac donne des rides au visage), boissons protéinées, comprimés de spiruline, ainsi qu'en magazines glamour (comme le sont presque tous les magazines féminins).

Cher lecteur, j'ignore quel âge tu as et si tu es en mesure de saisir ce que signifie, pour une femme, approcher de la quarantaine. Eh bien, cela signifie renoncer aux fiestas de sa jeunesse car elle est déjà bien éméchée au bout de deux verres (et ne parlons même pas de la drogue). Cela signifie devenir, du jour au lendemain, invisible pour le jeunot qui, il n'y a encore pas si longtemps, venait l'importuner au comptoir, telle la mouche attirée par le miel. (Avant, il te fallait le rembarrer grossièrement pour qu'il te laisse tranquille, maintenant il faut compter sur la chance pour qu'il daigne s'approcher de toi et te demander du feu, et s'il s'y résout, c'est parce qu'il a vraiment perdu son briquet.) Cela signifie avoir de la cellulite, des bourrelets, des cheveux blancs et des poches sous les yeux, sans aucun espoir que la gym ou une crème miracle puisse arranger ça – à la rigueur la chirurgie esthétique, et encore ! Et cela signifie vivre dans un perpétuel *déjà vu* : depuis qu'on nous a infligé le retour des *eighties*, je n'arrive pas à m'enlever de la tête la sensation angoissante d'avoir déjà dansé sur tel ou tel rythme, d'avoir eu moi aussi cette coupe de cheveux, d'avoir porté les mêmes leggings, les mêmes bracelets, les mêmes ceintures – mais il y a vingt ans de cela.

Je vais avoir trente-neuf ans dans deux mois, et je fais mon âge. J'ai un travail plutôt stable, un appartement dont je suis propriétaire, une assurance-vie, et une petite fille à jour dans ses vaccinations. Je n'utilise pas le *messenger*, et la sonnerie de mon portable n'est ni polyphonique ni même moderne. (Pour en rajouter dans la ringardise, j'ai conservé la sonnerie standard de Nokia, celle de la pub, je me demande même parfois s'il ne s'agit pas de l'hymne national finlandais.) Mais une part de moi refuse de grandir, telle une Peter Pan au féminin, et c'est pourquoi je me tiens au courant des dernières nouveautés en matière de musiques électroniques, quand bien même je me sens envahie par cette désagréable impression de les avoir déjà entendues. Dans le même ordre d'idées, j'ai tendance à me sentir attirée par des personnes qui ont dix ans de moins que moi et à sortir dans des bars où je peux confirmer à mes propres yeux ma récente invisibilité, car si draguer est déjà difficile en soi dans une grande métropole, c'est encore plus vrai quand il saute aux yeux que l'amie qui m'accompagne et moi sommes les deux clientes les plus âgées de l'établissement. Et le jour où agents et éditeurs, sans penser à mal, ont commencé à m'emmener dans des endroits aux lumières tamisées, où personne ne dansait et où des hommes de mon âge, ou d'un âge plus avancé encore, discutaient entre eux du Dow Jones et de l'opportunité de souscrire ou non à tel fonds de pension – autrement dit, quand je me suis mise à fréquenter les mêmes bars que mes contemporains –, je me suis ennuyée comme une sœur clarisse, y compris les rares fois où j'ai senti posés sur moi des regards non plus dédaigneux, mais potentiellement séducteurs. Je veux dire par là que, comme tant d'autres, je suis tombée dans le piège de ce système qui fait de la jeunesse la valeur suprême. Et le pire, c'est que je suis tout de même assez lucide pour me rendre compte de mon ridicule, et pour en souffrir doublement. D'abord, parce que je n'ai plus vingt-cinq ans. Ensuite, parce que je trouve stupide de se laisser tourmenter à ce point par la nostalgie de ma jeunesse perdue, qui n'est en fait que la nostalgie de la beauté perdue – laquelle beauté, selon les canons actuels, est exclusivement associée à la jeunesse.

Toujours Naomi Wolf : « De nos jours, un nombre considérable de femmes possède plus de moyens économiques, d'opportunités et de droits légaux que jamais, mais pour ce qui est du degré de satisfaction de leur propre corps, peut-être se sentent-elles bien pires que leurs grand-mères, qui n'étaient pourtant pas encore émancipées. »

Nos grand-mères étaient en effet bien loin de ces préoccupations. À leur époque, et jusqu'à une date récente, la séduction physique de la grande majorité des femmes prenait fin au moment du mariage et de la maternité ; celle des plus chanceuses, avec la ménopause. Aujourd'hui, la perception que les femmes ont de leur corps a heureusement et sensiblement changé. Le mariage, la maternité, la ménopause ne sont plus, comme autrefois, des barrières à la séduction. Les femmes n'ont jamais eu le degré de bien-être dont elles jouissent aujourd'hui. Mais ce bien-être a son revers : si l'on ne considère plus qu'à la ménopause une femme cesse d'être disponible ni que sa séduction disparaît, on exige d'elle, en retour, qu'elle soit éternellement disponible et séduisante.

Nous vivons, comme jamais auparavant, dans une culture de l'apparence, avec toutes les répercussions que cela peut avoir sur nos vies. Alors que les féministes, il y a vingt ans, se battaient pour que la société accorde moins d'importance à l'apparence extérieure en général, le culte qui est aujourd'hui célébré est celui de l'apparence physique. Le triomphe socioculturel de la minceur a pénétré avec une telle force la population féminine, jeune ou adolescente, des pays occidentaux, qu'il meurt désormais plus de femmes du fait de problèmes liés à des troubles alimentaires que du fait du sida (même si les causes de décès ne sont pas toujours claires : lorsqu'une femme meurt d'une œsophagite, d'une déshydratation, d'une crise cardiaque ou d'un choc thermique provoqués par une anorexie ou une boulimie, l'acte de décès ne mentionne pas la cause profonde, mais le fait ponctuel qui a entraîné la mort). L'insatisfaction ressentie face à son propre corps touche 85 % des femmes jeunes et 40 % des hommes. Certes, les femmes ont toujours eu envie d'être belles, mais le problème est que cette préoccupation, qui autrefois ne concernait que la jeunesse, est aujourd'hui devenue une obsession de toute la vie. Une chose est de prendre soin de son corps, autre chose est de laisser ce souci tourner à l'obsession collective.

De nos jours, les femmes sont bombardées de messages qui leur ordonnent de devenir des *superwomen*. Non contentes d'avoir un corps parfait, elles doivent réussir dans leur profession, former avec leur partenaire un couple idéal, être des mères exemplaires et des bêtes sexuelles. Et, pendant qu'elles y sont, marcher sur la Lune.

Tandis que les hommes tendent à attribuer leurs échecs à des facteurs extérieurs et leurs réussites à eux-mêmes, les femmes font l'inverse : d'où cette quête d'un corps semblable aux modèles irréels des publicités, et le sentiment de culpabilité qui naît de l'impossibilité d'y parvenir. Avec une telle pression sur leurs épaules, certaines ont le sentiment que leur vie leur échappe, que leur poids corporel est le seul domaine qu'elles peuvent contrôler. Elles s'imaginent que si elles ont un corps parfait, leur travail ou leur couple suivront forcément, car les médias leur ont mis cette idée en tête. Moi-même, à l'adolescence, quand j'ai été plaquée par mon premier petit ami, j'ai commencé un régime draconien pour perdre cinq kilos, persuadée que, si j'y arrivais, il me reviendrait (j'ai bien perdu les cinq kilos, mais inutile de dire que lui n'est jamais revenu).

Le mythe moderne de la beauté présente celle-ci comme objective et non subjective, comme une qualité dépendant plus de facteurs quantifiables, comme le poids et les mensurations, que de facteurs non quantifiables, tels que le rayonnement ou la personnalité. Il associe également l'idée de beauté à la sexualité et à l'amour, et fait croire aux gens qu'on est d'autant plus désirable et susceptible d'être aimé qu'on respecte des proportions standard. Il proclame en outre que ces canons sont intemporels et valent quel que soit l'âge – pourtant, quand on voit Sara Montiel, Marujita Díaz ou Tita Cervera, on est en droit d'en douter : toutes les trois se sont fait lifter encore plus souvent que Michael Jackson ! Et, griotte sur le cake, il nous promet que les femmes qui s'y conforment seront plus heureuses, réussiront mieux leur vie sociale et professionnelle, et même leur vie tout court. Mais si tout cela est vrai, pourquoi Marilyn s'est-elle suicidée ? Pourquoi Naomi Campbell a-t-elle tenté de le faire ? Pourquoi Kate Moss a-t-elle été internée dans une clinique psychiatrique ? Songez aux femmes que vous connaissez et répondez-moi : la plus belle est-elle la plus heureuse ? Pour ma part, j'ai deux amies splendides qui ne cessent pas d'enchaîner les relations sentimentales désastreuses. Et la femme la plus heureuse que j'aie connue à ce jour est une Brésilienne, qui a le sourire aux lèvres en permanence, et qui pèse quatre-vingts kilos.

Avant d'être enceinte, je mettais du 40-42. J'étais très amie d'un styliste renommé qui me prêtait des vêtements pour me rendre aux avant-premières des films ou aux remises de prix. Quand j'ai reçu le prix Planeta, il m'a invitée à passer à son showroom pour prendre ce que je voulais. Mais voilà, la grossesse était passée par là, et je faisais désormais du 44 (qui est la taille 40-42 chez H & M). Eh bien, rien ne m'allait dans la boutique !

Lorsque j'ai demandé à la charmante jeune femme chargée de s'occuper de moi ce qu'elle faisait lorsque se présentaient des clientes de ma corpulence, elle m'a répondu sans ciller : « Les gens savent que nous ne faisons pas ces tailles-là. » Je rencontre les mêmes problèmes dans plusieurs boutiques chic de la capitale : on n'y fait pas ma taille. On ne trouve plus que du 34 ou du 36, alors que tout le monde sait que le 42 et le 44 sont les tailles les plus courantes chez les femmes adultes. J'ai raconté tout à l'heure que j'avais accompagné un ami à un défilé de mode à Cibeles, mais ce que je ne vous ai pas dit encore, c'est que j'ai aussi été invitée au défilé d'une styliste célèbre, au motif que « mon image correspondait à l'esprit » de sa collection, selon les termes même du chargé de relations publiques qui cherchait à me convaincre d'assister à l'événement. J'ai failli m'étrangler de rire : comment pourrais-je incarner une marque qui ne fabrique même pas de vêtements à ma taille ?

Peut-être avez-vous vu une photo récente de moi, ou m'avez-vous aperçue à la télévision ? On ne peut pas dire que je sois mince, mais je ne suis pas non plus difforme au point de ne pas trouver d'habits dans lesquels je puisse entrer ! Et puis, je suis tout de même une femme qu'on siffle encore dans la rue…

C'est vrai, je pourrais maigrir, mais à quoi bon ?

Pour ma santé ? J'ai une santé de fer, je n'ai pas de cholestérol ni rien de ce genre. Je me promène plus d'une heure par jour avec mon chien et je n'ai jamais eu d'anémie, problème qu'ont connu toutes mes amies actrices qui sont perpétuellement au régime.

Pour me sentir mieux ? Justement, les régimes ne me réussissent pas. Chaque fois que j'en ai fait un, j'avais des crises d'angoisse à longueur de journée et je me sentais déprimée. Sans parler de la fatigue. Et en ce moment, j'ai bien d'autres choses auxquelles penser.

Pour me sentir plus belle ? Pour tout dire, je me trouve plutôt pas mal, mais comme je n'aspire ni à devenir top model ni à concourir pour le titre de Miss Espagne, et que, surtout, j'ai toujours souhaité qu'on m'apprécie pour mon cerveau plutôt que pour mon physique, je ne vois pas pourquoi je devrais désirer être plus belle que je ne suis. D'autant que la notion actuelle de beauté correspond à certains standards qui associent la beauté à la minceur, ce avec quoi je suis en total désaccord. Et puis, comme l'a fort bien dit une courtisane française qui était par ailleurs une très belle femme : « La femme qui se vante d'être belle avoue par là ne pas posséder de mérite plus grand. »

La scène se passe dans un bar du quartier de Lavapiés, un jeudi, à deux heures du matin, alors qu'il y a vingt personnes à tout casser. Tout à coup entre un type qui a tout d'un mannequin de pub, de ceux qui vous font sur commande un regard pénétrant, et dont, comme dirait Cernuda, « la seule présence est un

231

cantique ». Le serveur, que l'on devine bisexuel, bat
le rappel, et les grandes folles de service se mettent à
papillonner autour du nouveau venu. Regards de
braise, œillades. En pure perte : l'apollon reste de
marbre. Il ne doit pas *en être*, lance quelqu'un. Une
starlette au corps de liane et beau minois, mannequin
aspirant à devenir actrice, 90-60-90 à coups de régimes, de salles de gym et de silicone, se décide alors à
passer à l'attaque et demande du feu à la gravure de
mode, qui, après lui avoir répondu très poliment qu'il
ne fume pas, l'ignore superbement et se dirige vers le
comptoir, où, non content de tailler une bavette avec
la serveuse, lui demande même à quelle heure elle
finit. Comme elle finit dans une demi-heure, il lui propose d'aller prendre un verre ailleurs après, suffisamment fort pour que la techno ne couvre pas sa voix,
mais assez bas pour que le petit groupe n'entende pas
ce qu'il dit. La starlette n'en croit pas ses yeux et
s'exclame indignée : « QUOI ? Il ne va quand même
pas sortir avec LA GROSSE ? » Les mots s'enfoncent
comme un couteau dans les oreilles de la serveuse.

Deux jours plus tard, la serveuse en question lit,
dans un livre d'entretiens avec une top model, le
paragraphe suivant : « Au petit déjeuner, je prends
généralement des fruits, du thé, un yaourt ou un toast.
Au déjeuner, je mange un yaourt ou une salade. Le
soir, je fais un repas plus complet, à base de légumes
et de poulet grillé. Je ne prends jamais de dessert. »
La serveuse appelle alors son médecin pour lui
demander si elle ne devrait pas, elle aussi, suivre un
régime semblable. « Je voudrais maigrir », lui explique-
t-elle. « Avec votre rythme de vie ? Impossible, vous ne
le supporteriez pas, vous seriez trop fatiguée. Vous
pouvez toujours essayer, mais pas sans surveillance
médicale. » Et cette fille, alors, qui dit qu'elle se

nourrit comme ça, est-ce que ça correspond à son style de vie ? Réponse ironique du médecin : « N'est-ce pas la même qui s'est vantée un jour d'avoir vaincu l'anorexie ? »

Un après-midi, en zappant, elle tombe sur une émission people où l'on parle de ce même top model à propos d'un spot qu'elle vient de tourner. « Elle est su-bli-me », affirme un chroniqueur aussi cabotin que les créatures du bar. Puis on montre la pub en question. « Elle est vraiment squelettique », se dit la serveuse, et elle reprend le livre, où elle tombe sur un autre paragraphe : « Je mesure 1,80 m, et je suis trop charpentée pour être filiforme, même s'il y a des filles taillées comme moi qui sont plus minces. » Plus mince qu'elle ? Impossible, se dit la serveuse : elle ne doit pas savoir se regarder.

Sur le chemin du bar où elle travaille, elle s'arrête devant l'affiche d'un collectif féministe du quartier, qui proclame fièrement : « À bas la poupée Barbie, vive les poignées d'amour ! » Elle se rappelle alors avoir dit à son bel amant qu'elle ne peut pas sortir ce soir avec lui parce qu'elle doit se lever le lendemain à neuf heures pour donner le biberon à sa fille. Le bar s'appelle La Ventura, la serveuse mesure 1,65 m et pèse 66 kilos, elle sert derrière le comptoir bien qu'elle soit propriétaire de la moitié des parts et qu'elle n'ait pas besoin de travailler, ce qu'elle gagne en écrivant des livres lui suffisant largement pour vivre.

Mais il n'y a pas de meilleur endroit qu'un comptoir de bistrot pour apprendre la vie.

La conscience que nous avons de notre propre corps est faite de peur, de retenue, de contrôle et de mal-être. Le corps est devenu un chantier où chaque individu peut intervenir à sa guise, et négocier ainsi sa propre identité à partir de sa corporéité. Chacun est tel qu'il s'affiche, et affiche ce qu'il veut bien montrer. Les sociétés occidentales se caractérisent par un intérêt accru pour l'entretien du corps, auquel on consacre beaucoup de temps et d'argent. Ce n'est plus le médecin ni le partenaire qui l'inspecte et le surveille, mais l'individu lui-même, devenu le contrôleur zélé de sa propre personne. Prendre soin de soi est devenu indispensable, au dire des médias, si l'on veut garder son physique intact. Cela passe forcément, loin de toute considération sociale ou sanitaire, par la consommation : séances de gym, produits diététiques, chirurgie esthétique... Consommer, dépenser, donc, mais aussi produire, car les messages que nous recevons et qui nous disent comment apprivoiser le corps, vaincre l'âge, résister au rhume hivernal, reviennent à nous enjoindre d'être plus productifs, plus efficaces, au travail comme à la maison. Nous nous shootons aux vitamines pour pouvoir faire des heures supplémentaires à outrance, aller chercher nos enfants à l'école à l'autre bout de la ville, et continuer de faire bonne figure aux pots du bureau.

Chacun a certes le droit de se dire qu'il pourrait, avec un petit effort, être plus beau et séduisant, mais cette préoccupation légitime est sans commune mesure avec la véritable obsession dont souffrent certaines personnes, nombreuses si l'on en croit les statistiques, et qui sont prêtes à remodeler leur physique de fond en comble pour satisfaire à l'impératif esthétique dont on nous rebat les oreilles par médias interposés. Qui, en effet, choisit les modèles, les corps, les mannequins qui défilent sur les podiums, passent à la télévision, tournent tel ou tel film ? Qui définit et redéfinit en permanence les normes du corps *correct* ? Les grands intérêts économiques, évidemment.

Jour après jour, notre corps est régulé, uniformisé. Autrefois, l'obscène était la nudité ; aujourd'hui, c'est la corpulence. « Obscène » signifiait d'ailleurs, à l'origine, ce qui est en dehors de la scène, ce que l'on ne voit pas. La nudité, elle, s'affiche partout : au cinéma, à la télé, sur les panneaux publicitaires – mais sans un gramme de graisse superflue.

Le corps n'est plus seulement une présence : il est aussi une information sur la personne et son mode de vie. Normaliser le corps, c'est obliger chacun à faire du 36 et, en dernière instance, à penser et à réagir d'une façon qui soit prévisible pour le marché globalisé. Cette standardisation esthétique nous est dictée par le capitalisme : un message subliminal nous pousse à consommer, à user puis à jeter, à cultiver l'éphémère et à nous défier de l'immuable.

Fais-toi plutôt à l'idée que tu n'auras jamais le corps d'Angelina Jolie ou de Brad Pitt, sans quoi tu risques de voir ton estime de soi chuter fortement, ou de dilapider temps et argent dans la vaine quête de ce Graal moderne, car à la fin des fins, c'est toujours le temps qui gagne la partie.

Certes, il n'y a pas de mal sans remède, mais le danger de contagion est grave et imminent. Si l'on faisait une étude sur les tailles des vêtements vendus dans les boutiques pour jeunes en Espagne, on s'apercevrait sans doute que, pour porter certaines marques, il ne faut pas excéder certaines mensurations. Regardez simplement les vendeuses, et vous comprendrez tout de suite quel est le corps *correct*, la silhouette permise. Les boutiques, dans leur grande majorité, ne font plus les grandes tailles – étant entendu que ce qui est aujourd'hui une grande taille était encore, il y a quelques années, une taille moyenne. On imagine le désespoir d'une adolescente qui ne peut rien s'acheter chez Mango, chaîne qui habille la moitié des Espagnoles, des Françaises, des New-Yorkaises, et même des habitantes de Zagreb (je sais de quoi je parle, j'y étais le mois dernier), faute de correspondre aux canons officiels. Comment s'étonner que, dans cette tranche d'âge, les troubles de l'alimentation tuent davantage que le sida ?

Bien souvent, les disciples de ce culte du corps globalisé disent, pour justifier leur obsession, qu'ils ont envie de se trouver beaux, mais comment réagiraient-ils si, une fois leur objectif atteint, ils échouaient à obtenir l'approbation des autres ? Que se dirait la jeune fille de vingt ans qui se fait siliconer si les hommes étaient indifférents à sa nouvelle poitrine flambant neuve ou à ses lèvres de mulâtre ? Est-ce que, vraiment, cela lui serait égal et elle se contenterait de se trouver belle ? Et l'homme qui se fait faire des implants capillaires, serait-il aussi satisfait du résultat si toutes les filles qui lui plaisent lui disaient qu'il leur est certes très sympathique, mais que, malheureusement, ce qui leur plaît, à elles, c'est un crâne rasé ?

Si tu veux être heureuse, ne tombe pas dans le piège : fais de l'exercice, oui, parce que c'est bon pour la santé, mais n'y passe pas trois heures par jour, et, surtout, essaie de manger équilibré. Ne cours pas après un corps inaccessible, ne te laisse pas mourir de faim ou de fatigue, ne te torture pas en pensant sans arrêt à ce que tu as en trop ou en pas assez. Ton corps, c'est toi, et il faut que tu apprennes à t'aimer.

3

NE TOMBE PAS DANS LE PIÈGE
DE LA RÉUSSITE

Le mythe moderne de la réussite a changé le sens originel du mot latin *exitus*, qui voulait dire « sortie », pour lui donner celui de « résultat heureux ». Si l'on définit le résultat comme étant l'effet ou la conséquence d'une action, et le bonheur comme un état de satisfaction, de bien-être et de plaisir, on est tenté de se dire que la réussite consiste à atteindre le bien-être par la mise en pratique de nos qualités intrinsèques. Mais c'est aller un peu vite en besogne.

Il est révélateur que le mot « réussir » se soit longtemps appliqué exclusivement aux affaires ; quant à la vie, il était seulement question de la vivre. Ce n'est qu'au milieu du XXᵉ siècle que l'on a commencé à employer l'expression « réussir dans la vie », tout droit empruntée à l'américain. Au cours des siècles passés, la reconnaissance sociale était indépendante de ce qu'on appellerait aujourd'hui l'accomplissement personnel (le fait d'être « quelqu'un ») et qui la conditionne désormais – de façon nécessaire, mais pas suffisante, car l'on peut très bien ne jamais l'obtenir. Étant donné que l'identité d'un individu dépend en partie de sa reconnaissance par l'autre, nous assistons à un phénomène qui n'existait pas auparavant : la crise d'identité. Comme si, soudain, la vie devait avoir un résultat. Un résultat qui ne dépend pas de l'objectif qu'un individu se fixe, mais de ce que la société a décidé pour lui. À ce jour, parler de « réussir dans la vie » présuppose un jugement de valeur social et renvoie à la notion de compétition : réussir, dans cette acception, c'est dépasser *les autres*, être estimé par *les autres*.

Dans sa désormais célèbre échelle des besoins (que tout étudiant en marketing connaît par cœur), Abraham Maslow répertorie les priorités de l'être humain : la première est l'assouvissement des besoins physiologiques ; la deuxième, la sécurité ; la troisième, l'acceptation ; la quatrième, l'estime. Il s'agit, précisons-le, de l'acceptation et de l'estime du groupe, non de l'acceptation et de l'estime de soi-même. À cet égard, la surconsommation et la publicité, à travers les stéréotypes qu'elles véhiculent, viennent combler un vide psychologique. Une femme, par exemple, peut se laisser convaincre par une publicité pour des crèmes anticellulite lorsqu'elle se sent peu sûre de sa propre séduction sexuelle. (Ça m'est déjà arrivé, et je peux vous dire que ça ne marche pas.) La publicité pour les produits d'entretien exploite le manque de confiance en elle de la femme au foyer frustrée. (En tant que femme d'intérieur, je peux vous assurer que de l'eau de Javel, du Glassex, du vinaigre et deux chiffons font amplement l'affaire, et que tout le reste est superflu.) La publicité pour les assurances-vie exploite le sentiment d'insécurité économique face à l'avenir. Enfin, la publicité pour les voitures se situe sur le terrain de la reconnaissance sociale. Le comble est atteint lorsque l'on parvient à nous faire consommer de la réussite : « Tu réussiras d'autant mieux dans la vie que tu gagneras beaucoup d'argent et, partant, que tu dépenseras plus. » La réussite se mesure à la taille de ta voiture et à la marque de ta montre. Pour paraphraser Corinne Maier, la seule liberté qui nous reste, dans notre société aliénante, est de consommer *de plus en plus* pour nous démarquer *de plus en plus* d'un voisin qui nous ressemble *de plus en plus*. On peut aussi dire, à l'instar du philosophe Charles-Édouard Leroux, que si la réussite est devenue une fin en soi, c'est parce que la société exige de nous des résultats sans se soucier des moyens ou des principes mis en œuvre pour y parvenir. En d'autres termes, le mythe moderne de la réussite n'a rien d'éthique. Et c'est en outre un jeu de dupes, si l'on considère que ceux qui ont pour seule ambition la réussite économique et sociale finissent par se sentir à la fois très seuls et plus vides que le cerveau de Victoria Beckham. Une dernière citation, que l'on doit à un autre Français célèbre : « C'est le succès qui fait les grands hommes. » C'est de Napoléon. Et on sait comment il a fini, le pauvre.

Imaginons maintenant que meurent la personne que nous admirons le plus sur le plan professionnel et celle que nous admirons le plus sur le plan humain. Laquelle regretterions-nous le plus ? Laquelle, à nos yeux, aurait eu la vie *la meilleure*, aurait le mieux *réussi* sa vie ? En d'autres termes, quelle est la vie qui nous fait envie ? Peut-on considérer que Van Gogh, Modigliani, Kafka ou Marx, qui sont morts dans la misère, ont réussi dans la vie ? Et Paulina Rubio ?

Prenons l'exemple de mon concierge : c'est un homme très travailleur, honnête, adorable, mais qui, à soixante ans, est toujours concierge. C'est quelqu'un qui, autrement dit, ne peut guère se prévaloir de sa réussite sociale. Le premier imbécile venu (et les places sont chères) sera donc tenté de le considérer, socialement parlant, comme un raté. Inversement, nombre de gens qui ont « réussi » et jouissent de l'admiration générale n'ont pas été très regardants, c'est le moins qu'on puisse dire, sur les principes, qu'ils ont allègrement sacrifiés à la rage de réussir.

En vérité, il faut distinguer entre « réussir sa vie » et « réussir dans la vie ». Le possessif est ici important, car il suggère que la vie est un bien précieux, un trésor personnel, dont nous sommes comptables et que nous n'avons pas le droit de dilapider. « Réussir dans la vie » sous-entend, en revanche, que l'on cherche à réussir socialement, non pour soi-même, mais pour la galerie.

Il n'est pas donné à tout le monde de « réussir dans la vie ». C'est souvent une question de chance. On a beau dire et faire, la réussite, qu'elle soit professionnelle, sociale, voire sentimentale, est largement indépendante du mérite et de l'effort. On ne change pas le monde en un jour, et nous savons bien, même s'il n'y a pas de destin tout tracé, qu'il y a des gens dont la réussite sociale est assurée dès leur naissance (Marie-Chantal Miller serait-elle devenue une styliste à succès si son père n'avait pas été une des plus grandes fortunes mondiales ?), et qu'il y a des gens totalement démunis, des immigrés notamment, qui auront le plus grand mal à sortir de leur condition. L'égalité des chances est une belle illusion, qui n'existe pas dans la vie réelle.

Cette distinction entre « réussir sa vie » et « réussir dans la vie » se justifie également dans la mesure où ce que nous propose la société – et ce, même si la chance nous est favorable – n'est pas toujours source d'épanouissement. La réussite professionnelle ou familiale fait aussi des déçus et des frustrés. Elle a pu s'obtenir au prix du sacrifice de nos aspirations intimes, de nos passions les plus profondes. Il y a des gens dont on dit qu'ils avaient tout pour être heureux. S'ils ne le sont pas, c'est qu'il leur a manqué quelque chose : la vie qu'ils ont choisie n'était pas *la leur*.

Pour autant, « réussir sa vie » et « réussir dans la vie » ne sont pas nécessairement antinomiques, pour peu que l'un soit un moyen d'atteindre l'autre. En ce qui me concerne, ma réussite professionnelle est ce qui m'a permis, entre autres, de faire publier un recueil de nouvelles d'auteurs palestiniens, pour lequel je n'ai pas touché un centime – cela m'a même plutôt coûté de l'argent – et dont le retentissement a été faible, pour ne pas dire nul, mais qui m'a apporté une grande satisfaction personnelle. « Réussir dans la vie » devrait signifier réaliser ce que nous désirons. Si la reconnaissance sociale est au rendez-vous, tant mieux, mais l'ordre des facteurs ne doit jamais être inversé. J'ai connu beaucoup d'auteurs qui désiraient moins écrire qu'être publiés, ce qui est très différent. Pour eux, le livre n'avait de sens que s'il était reconnu, avait une visibilité, que ce soit en termes de tirage ou de prestige. Ils ne se rendaient pas compte qu'ils étaient en proie à une profonde crise d'identité, et que la littérature n'était pas pour eux une fin, mais un moyen. Certains auteurs sont toutefois parvenus à réussir *leur* vie tout en réussissant *dans la* vie. Balzac, pour ne citer que lui, était, si l'on en croit les témoignages de ses contemporains, l'un des plus grands arrivistes de son époque et aspirait avant tout à la reconnaissance sociale, mais il n'en a pas moins écrit, mû par le plaisir qu'il devait bien y trouver tout de même aussi, une œuvre considérable. Et ce qui vaut pour l'art vaut pour n'importe quelle activité, si modeste qu'elle soit : cultiver des roses rares, gérer une affaire, exercer honnêtement la médecine, élever ses enfants, autant d'activités créatives dont le succès est, d'abord, une affaire personnelle. Si le résultat est salué par le monde extérieur, tant mieux, mais il ne faut jamais confondre la fin et les moyens.

C'est pourquoi celui qui, au départ, n'a pas toutes les cartes en main pour réussir *dans la* vie peut néanmoins réussir *sa* vie, pour peu qu'il ait une idée très claire de ce qu'il veut et s'affranchisse des critères de réussite communément admis, ce qui suppose une très grande force de caractère pour ne pas être tributaire des autres. Lao Tseu ne dit-il pas que « celui qui conquiert autrui est fort, celui qui se conquiert lui-même est invincible » ?

Je conclurai sur un thème maintes fois abordé dans cet ouvrage : le fait que la société impose aux hommes et aux femmes des critères différents. On apprend aux hommes à rechercher le succès, aux femmes à rechercher les hommes qui ont réussi. De sorte que certains hommes ressemblent à un âne qui a devant lui une carotte suspendue à un bâton, et que les femmes qui leur courent après courent après des ânes. C'est un triste spectacle que celui de ces femmes qui, à trente ans, se plaignent de leur solitude – une solitude dont elles sont largement responsables dans la mesure où leur quête chimérique est celle du surhomme à la réussite éclatante, avec voiture de fonction et salaire à six chiffres. Un surhomme qu'elles n'auront jamais, car le *package* qui va avec la *réussite* de l'intéressé comporte une créature de rêve de vingt ans et guère plus, qui n'a ni cellulite ni conversation, mais une belle paire de nichons défiant les lois de la gravitation universelle : une femme à la carrosserie aussi belle, en somme, que celle de sa voiture, à laquelle elle est assortie.

4

LE LABYRINTHE DU PERFECTIONNISME

La rédactrice en chef de *Marie Claire* m'a demandé d'écrire un article sur les femmes « plus que parfaites » – vous savez, ces femmes qui sont ultra-exigeantes envers elles-mêmes. Je lui ai répondu que la seule que je connaisse, c'était justement elle. Mais je mentais : Joana est exigeante envers elle-même jusqu'à l'excès, c'est vrai, mais pas plus que moi ou que la plupart des femmes que je connais et qui travaillent.

Pourquoi une femme qui travaille finit-elle par se laisser prendre au piège du perfectionnisme ? Parce que, dans tout milieu professionnel, une femme doit faire *très bien* les choses pour qu'on reconnaisse ses mérites. La femme qui a réussi par ses propres moyens (les « filles de » ne m'intéressent pas ici) à devenir associée d'un cabinet d'avocats, rédactrice en chef d'un magazine ou membre d'un conseil d'administration est forcément dix fois plus brillante et plus efficace que ses collègues masculins. Elle a dû redoubler d'efforts jusqu'à l'épuisement, d'abord pour se faire accepter, ensuite pour être reconnue. C'est ce qui fait dire à Naomi Wolf qu'il y a deux métiers seulement dans lesquels, à travail égal, une femme gagne plus qu'un homme : prostituée et mannequin. Encore que je ne sois pas sûre qu'un prostitué gagne moins que sa consœur…

Qui plus est, on juge l'homme à l'aune d'un critère des plus simplistes : il suffit qu'il fasse correctement ce qui lui est demandé pour qu'on reconnaisse ses compétences. Alors que, pour une femme, c'est tout ou rien. Elle doit viser l'excellence tous azimuts : elle doit, par-dessus le marché, être belle, bien habillée, avoir un mari séduisant et des enfants parfaits. C'est pourquoi les femmes politiques sont toujours impeccablement maquillées – surtout celles de droite : le physique de Cristina Almeida[1] fait l'objet de plaisanteries constantes, mais pas celui de politiciens conservateurs comme Jordi Pujol (malgré sa ressemblance avec le Jedi) ou Cristóbal Montoro (un Gollum qui porterait la barbe).

Je sais d'expérience que, dans un couple hétéro où les deux parents travaillent, ce n'est jamais la faute de l'homme si l'appartement est en désordre ou que les enfants s'en vont à l'école le visage barbouillé. Et, comme les femmes elles-mêmes intériorisent ce préjugé, la plupart d'entre elles acceptent que les hommes ne fassent presque rien à la maison, sauf éventuellement cuisiner de temps en temps (parce que c'est amusant) et descendre la poubelle. Elles n'osent pas suggérer (ne parlons même pas d'exiger !) que ce soient eux qui fassent le lit ou qui nettoient les toilettes. Elles se sentent obligées de tout faire, mais ne l'exigent pas des autres.

1. Avocate et femme politique de gauche.

Comme ce modèle est inaccessible, la femme reste toujours très loin du seuil de perfection qu'elle s'est fixé, et elle s'exaspère de constater qu'elle ne peut satisfaire les attentes d'une société dont elle se sent néanmoins partie prenante. Il est naturellement impossible d'exceller dans tous les aspects de l'existence. S'y efforcer ne peut donc qu'exacerber le sentiment de frustration, miner l'estime de soi et la capacité à entretenir des relations stables, renforcer la dépendance vis-à-vis de l'opinion d'autrui, provoquer des crises d'angoisse ou de stress, ainsi que des maladies psychosomatiques en tout genre. Et tout ce que nous avons à gagner à cette quête obsessionnelle de la perfection ou de la réussite, c'est d'oublier ce qui devrait être le moteur principal de notre existence, c'est-à-dire le bonheur, en renonçant à nos passions profondes, auxquelles nous devrions au contraire consacrer la plus grande partie de notre brève existence.

Vous souvenez-vous de cette chanson de The Police qui décrit parfaitement ce que je viens de dire ? *First to fall over when the atmosphere is less than perfect, your sensibilities are shaken by the slightest defect, you live your life like a canary in a coalmine, you live so dizzy even walking in a straight line*[1]. Parfaitement, ma chérie, c'est à toi que je m'adresse, toi qui rentres épuisée du travail et qui, au lieu de prendre le bain moussant que ton corps te réclame à grands cris, te diriges, le manteau à peine enlevé, vers la chambre des enfants pour surveiller leurs devoirs, et à qui il ne viendrait même pas à

1. « Tu es le premier à craquer quand l'ambiance n'est pas ce qu'elle devrait être, tu montes sur tes grands chevaux pour un rien, tu es dans la vie comme un canari dans une mine de charbon, tu as des vertiges même quand tu marches droit. »

l'esprit de demander à ton mari, qui joue devant son ordinateur, de s'y coller, pour changer un peu. Ou à toi, qui n'as pas d'enfants mais qui, après avoir passé douze heures au bureau (soit quatre heures de plus que tu ne devrais, car ta boîte, comme toutes les boîtes, ne paye pas les heures supplémentaires), vas directement à ta salle de gym pour faire des abdominaux jusqu'à épuisement au lieu de sortir boire une bière avec ta vieille copine Pepi, qui a sept kilos de trop mais qui, il faut bien le dire, semble nettement plus heureuse que toi. Je m'adresse à cette sorte de femmes qui, lorsqu'elles ont des invités à dîner le samedi soir, se lèvent à sept heures du matin pour nettoyer, ranger, faire les courses et cuisiner ; qui sont capables d'essayer jusqu'à dix tenues différentes avant de décider celle qu'elles porteront à une soirée (et qui, à vouloir absolument être bien perçues, le seront mal à force d'arriver systématiquement en retard) ; qui consacrent plus de temps et d'énergie à s'aménager un bureau pratique ou un intérieur parfait qu'à leur travail lui-même ou à leur vie de famille proprement dite. Je m'adresse aussi aux femmes que l'obsession d'être belle, mince – surtout mince – et bien habillée plonge dans des abîmes de complications ; à celles qui finissent par attraper une cystite à force de se retenir d'utiliser les toilettes publiques, à celles qui se lavent les mains quinze fois par jour, à celles qui encouragent leurs enfants, ou plutôt les exhortent à avoir toujours les *meilleures* notes, les *meilleures* performances sportives, les *meilleures* manières de table, bref, à être les *meilleurs* enfants, si tant est que cela veuille dire quelque chose. À celles qui culpabilisent à mort quand les choses tournent autrement qu'elles ne l'espéraient ou quand les gens ne les apprécient pas comme ils le devraient, et ne font ainsi qu'ajouter de la souffrance à leur obsession névrotique. À celles qui se sont mis dans la tête qu'elles n'étaient ni de bonnes mères, ni de bonnes épouses, ni de bonnes professionnelles, le jour où elles se sont rendu compte qu'à rechercher l'excellence dans tous les domaines, elles n'avaient pu s'épanouir dans aucun, et qui, pour cette raison, sont devenues irritables et ont le sentiment que personne ne les comprend. À celles qui croient devoir faire passer les désirs et les attentes des autres avant les leurs, sans comprendre que c'est la pire façon qui soit d'obtenir d'eux amour et reconnaissance. À celles qui ont hérité de leur mère le sens du sacrifice et le goût de la perfection, qui ont été élevées à toujours s'occuper des autres et à toujours s'inquiéter pour eux, à toujours rechercher de mauvais compromis plutôt que d'imposer leur avis ou leur volonté. À celles, enfin, qui ont perdu le plaisir à faire des choses, à force de se focaliser sur le résultat plutôt que sur l'activité elle-même.

Pourquoi est-ce que j'écris tout cela au féminin ? Tout simplement parce que les femmes ont tendance à être plus perfectionnistes que les hommes.

J'en prendrai un exemple. Un sondage a été fait auprès d'enseignants des deux sexes sur les traits de caractère de leurs élèves, garçons et filles. L'*agressivité* est perçue par 55 % d'entre eux comme propre aux garçons, par 22 % comme propre aux deux sexes. Le *perfectionnisme* est perçu comme étant une caractéristique féminine par 75 % des enseignants hommes, par 55 % des enseignantes. L'*autonomie* est perçue comme un trait commun aux deux sexes par 44 % des interrogés, comme un trait masculin par

22 % seulement d'entre eux. La *camaraderie* est perçue comme un trait commun aux garçons et aux filles par 55 % des enseignantes et par 83 % des enseignants hommes. L'*obéissance* est le fait des deux sexes selon 75 % de ces derniers, mais par 33 % seulement de leurs collègues femmes, un second tiers estimant qu'elle est surtout le fait des filles et le dernier tiers ne se prononçant pas[1].

Transposons maintenant au masculin certains passages d'un des paragraphes précédents. Pensons, donc, à cet homme qui rentre épuisé du travail et s'installe illico devant son ordinateur pour vérifier s'il a reçu l'accusé de réception du mail qu'il a envoyé à Londres depuis son bureau. Puis qui attrape son sac de sport et file tout droit à son club de gym pour massacrer son copain Chema au squash (le mot « massacrer » est de moi, lui estime que « l'important, c'est de participer »). Qui est plus que pointilleux dans le boulot, mais consacre davantage de temps et d'énergie encore à l'organisation du travail qu'au travail lui-même. Qui n'éprouve plus de plaisir à faire les choses, à force de se focaliser davantage sur le résultat que sur l'activité elle-même. Qui se lave les mains quinze fois par jour. Qui, s'il a une petite amie, la pousse à se montrer toujours sous son *meilleur* jour, à afficher le *meilleur* caractère et, cela va de soi, à être la *meilleure* fiancée qui soit, si tant est que cela veuille dire quelque chose. Qui culpabilise à mort quand les choses tournent autrement qu'il ne l'espérait ou

1. Données tirées de l'étude « El discurso del profesorado ante la transmisión de géneros », par Amando López Valero, Juana María Madrid Izquierdo et Eduardo Encabo Fernández, de l'université de Murcie.

quand les autres ne l'apprécient pas comme ils le devraient, et ne fait ainsi qu'ajouter de la souffrance à son obsession névrotique. Qui s'est mis dans la tête qu'il n'était ni un bon père, ni un bon professionnel, ni même un bon joueur de squash, le jour où il s'est rendu compte qu'à rechercher l'excellence dans tous les domaines il n'avait pu s'épanouir dans aucun, et qui, pour cette raison, est devenu irritable et a le sentiment que personne ne le comprend.

Nous vivons tous, hommes et femmes, dans une culture de l'efficacité, nous y baignons même depuis tout petits à force d'entendre ce message : « Soit tu fais bien ce que tu fais, soit il vaut mieux ne pas le faire. » Nous apprenons depuis notre plus tendre enfance qu'on nous aimera davantage si nous avons de bonnes notes, si notre chambre est bien rangée, si nous sommes bien polis avec les voisins et les grands-parents, si nous sommes bien obéissants et restons bien sagement assis dans un coin à jouer à la dînette sans faire d'esclandre. Autrement dit, que l'on nous aime pour ce que nous faisons ou évitons de faire, non pour ce que nous sommes. Par la suite, nous grandissons avec le sentiment d'avoir à prouver quelque chose au monde entier. Depuis les publicités jusqu'aux séries télévisées, en passant par les émissions people et les magazines sur papier glacé, on nous met continuellement au défi de vivre une vie parfaite. Si nous n'apprenons pas très vite à faire la différence entre la réalité et la fiction, nos exigences resteront floues et nous serons condamnés à mener une vie malheureuse, où l'angoisse, la frustration, l'autodénigrement et la maladie seront notre lot quotidien.

Les gens les plus heureux sont ceux qui sont les plus enclins à juger positifs les événements de leur vie *personnelle*. Chose étrange, nous sommes capables de consacrer toute notre énergie à accepter les autres et à nous adapter à eux, alors que nous sommes souvent incapables de nous accepter nous-mêmes. Nous oublions que l'acceptation *réelle* du monde qui nous entoure suppose que nous commencions par accepter notre propre monde.

Naturellement, il vaut toujours mieux faire les choses correctement, mais aucune loi n'exige de nous que nous excellions dans tous les domaines. L'autocritique permanente détruit l'estime de soi et neutralise la vitalité. Chacun doit s'efforcer de faire son travail, d'éduquer ses enfants (s'il en a) ou de s'entendre avec son partenaire le mieux possible, mais lorsque nous commettons des erreurs ou que nous subissons des échecs, cela ne signifie pas que nous soyons des incapables : cela signifie que nous sommes des êtres humains. Et si quelqu'un se permet de nous le reprocher, mieux vaut que nous l'écartions de notre vie. Acceptons nos limites, revendiquons-les, et n'oublions pas que non seulement nous ne pouvons pas toujours plaire aux autres, mais que nous *ne devons pas* chercher à le faire. Ne nous épuisons pas à montrer à tout prix ce que nous valons : nous savons bien, même si nous avons du mal à l'admettre, que, loin de nous en être reconnaissants, on nous trouvera pénibles.

Nous devons apprendre à nous observer objectivement, honnêtement, pour nous accepter tels que nous sommes, avec nos erreurs, nos fêlures, nos limites. Et, partant de là, appliquer d'autres principes, tels que :

— Tirer les leçons de nos erreurs sans nous sentir accablés à cause d'elles. Ne pas faire une affaire personnelle de l'échec d'un projet qui nous tenait à cœur. Avoir à chaque instant présent à l'esprit qu'une personne ne se définit pas par ce qu'elle fait, mais par ce qu'elle est.

— Éviter les comparaisons et assumer le fait que chacun a ses propres limites et ses spécificités.

— Garder présents à l'esprit ses points de référence personnels et s'y tenir. Ne pas, ne jamais oublier qu'on se définit par ce qu'on est, non par ce qu'on fait. Identifier clairement ce qui fonde sa personnalité et ce qui fait qu'on a plaisir à être soi-même. Rester maîtres de ses goûts et de ses objectifs. Ne pas intérioriser des exigences ou des ambitions dictées par la mode, la télévision ou le système.

— S'attacher davantage au processus qu'au résultat, d'autant que celui-ci est une notion largement subjective. Ce qui, pour les uns, est réussite, peut être échec pour les autres. Il suffit de me regarder.

5

COUCHER N'EST PAS UNE OBLIGATION

Selon une étude intitulée « Les Espagnols et le sexe : vérités, réalités et mythes », 86 % des Espagnols se déclarent « très satisfaits » de leur vie sexuelle, 11 % « plutôt satisfaits » et 3 % « peu ou pas du tout satisfaits ». Ces pourcentages, naturellement, se rapportent aux seules personnes ayant une vie sexuelle active. Or, les autres, celles qui n'ont aucune vie sexuelle, représenteraient entre 15 % et 20 % de la population adulte.

Si j'avouais aujourd'hui à la presse que je n'ai pas eu de relations sexuelles depuis un an, je choquerais assurément davantage que si je disais ne plus compter mes aventures. Le sexe est désormais, après la télévision, le deuxième opium du peuple, et l'abstinence volontaire ne se comprend que dans le cadre de positions extrêmes, comme celles des fondamentalistes chrétiens ou des féministes radicales. L'une de ces dernières, Liz Hodgkinson, a d'ailleurs écrit un livre à ce sujet, intitulé *Sex Is Not Compulsory : Giving Up Sex for Better Health and Greater Happiness*, dont les thèses ont inspiré l'une des BD les plus ironiques et iconoclastes qu'il m'ait été donné de lire : « Coucher n'est pas une obligation », de mon très cher et très admiré Alfredo Álvarez Rabo.

Non seulement coucher n'est pas une obligation, mais l'abstinence peut même se concevoir comme un parti pris politique. L'acte sexuel est à la fois terriblement surestimé et terriblement banalisé, et le corps, dans cette orgie consommatrice où nous sommes immergés, n'est plus qu'un produit de plus, qui doit avoir une bonne présentation, un emballage impeccable et une carrosserie pas trop cabossée. Oui, nous nous orientons de plus en plus vers une sexualité fast-food : rapide, efficace, périssable. On nous a fait croire que le sexe était une nécessité ; on ne nous a appris à exploiter notre corps et celui des autres que pour exacerber davantage notre frustration, bien loin des considérations sur l'instinct ou sur la nécessité de se reproduire. Le sexe a cessé d'être une source d'épanouissement pour devenir un motif supplémentaire de tension et d'anxiété, surtout quand son caractère marchand le dissocie de toute notion de respect ou d'engagement. J'entends par « respect » le fait de considérer l'autre en tant que personne, non en tant qu'objet, et par « engagement » le fait d'être honnête envers lui quant à ses attentes et à ses intentions. Je ne défends en aucune façon le mariage ou la fidélité par obligation ; je n'ai rien contre les relations libres ou les aventures sans lendemain, pourvu que chacun sache où il met les pieds et prenne soin de ne pas jouer avec les sentiments de l'autre.

Le sexe est devenu un ingrédient indispensable des médias, du commerce, de la mode, de l'éducation, et même de nos conversations. Nous en sommes abreuvés de toutes parts, et l'on trouve des images sexuelles plus ou moins explicites dans des films, des magazines, des émissions de télé, des clips, des publicités pour automobiles ou même des esquimaux (comment oublier cette publicité pour Magnum qui était une véritable apologie de la fellation, surtout quand le nom de la marque évoque les attributs sexuels de Rocco Siffredi ?) – car, à n'en pas douter, le sexe fait vendre. Près de 90 % des publicités actuelles font un usage érotique de l'homme et de la femme pour mieux faire passer leurs messages de séduction. Cela peut commencer par un homme qui se met de l'eau de Cologne, du déodorant ou de la crème à raser, sur quoi apparaît, comme irrésistiblement attirée par le mâle, une femme resplendissante au corps sculptural, qui se jette sur lui sans pouvoir se retenir. C'est l'effet Axe. Ce peut être aussi un top model dont on emprunte l'image pour vendre des produits qui n'ont rien à voir avec elle : rappelez-vous Claudia Schiffer descendant les escaliers d'une somptueuse demeure en se dépouillant de ses vêtements pour arriver complètement nue devant sa Citroën !

De nombreuses études ont analysé les effets de cette irruption ininterrompue, sans filtre, médiation ni réflexion, d'images ou de situations sexuelles dans notre vie quotidienne. Il n'est pas douteux que ces stimuli érotiques agissent sur notre comportement humain, car il serait illogique que les annonceurs dépensent des sommes aussi considérables en pure perte.

Pour Freud, le psychisme repose essentiellement sur l'articulation entre le conscient et l'inconscient. Le conscient est constitué de processus mentaux dont nous appréhendons la présence, et nous permet d'analyser, de critiquer, de modifier, d'accepter ou de refuser les messages que nous recevons de l'extérieur. Le subconscient, en revanche, est constitué d'un ensemble dynamique de désirs, de sentiments et de stimuli extérieurs au champ de notre perception consciente ; on peut le comparer à une grande banque de données qui emmagasinerait, pour des périodes variables, la majeure partie de l'information qui s'infiltre en nous. Lorsque nous recevons un message publicitaire, le processus d'assimilation effectué par le cerveau est d'autant plus simple que cette activité concerne les besoins primaires de l'homme, de sorte que nous y consacrons une infime partie de nos capacités mentales : seul 1 % du volume total de la masse cérébrale est sollicité. C'est pourquoi les annonceurs recourent en priorité aux images faisant appel aux instincts sexuels, c'est-à-dire au subconscient, s'ils veulent que le message ne soit pas perdu. La publicité cherche par conséquent à toucher le subconscient, à le programmer au moyen de stimuli sexuels qui provoquent un impact émotionnel.

Le sexe n'est pas répréhensible, bien au contraire : c'est une activité divine. L'ennui, c'est qu'il vient à nous sans que nous n'ayons rien demandé, de diverses façons et à tout moment. Le parallèle avec la nourriture s'impose : manger fait partie de la vie, c'est à la fois un plaisir et un besoin, mais si nous mangions toute la journée, non seulement nous n'y prendrions plus plaisir, mais nous risquerions une indigestion carabinée.

La société tend à collectiviser les instincts et les pulsions de l'homme pour mieux les institutionnaliser ensuite, sous forme de normes socioculturelles variant en fonction des époques, des modes, des influences qu'exercent les pouvoirs de fait. Ces instincts et ces pulsions répondent à un certain type de besoins vitaux que commande notre biologie personnelle, et qui s'entremêlent avec ces autres stimuli que sont le pouvoir, l'égoïsme, la recherche du plaisir, etc., en vue d'obtenir les biens matériels ou nécessaires à l'épanouissement de notre personnalité et à notre vie en société.

Les symboles font partie de ces signes qui restent liés à la conscience collective, à la manière d'un code de communication copiant ou imitant la réalité. On comprend que les médias y recourent tout naturellement. De fait, leurs messages ont un contenu symbolique qui fonctionne au moyen d'associations, explicites ou cryptées, que le spectateur, le lecteur ou le passant ne peut déchiffrer d'emblée, mais qui exercent une forte influence sur lui. Aussi, la prochaine fois qu'il se rendra à la droguerie, achètera-t-il tel déodorant en croyant que c'est parce qu'il est moins cher ou que le conditionnement est plus pratique, alors qu'en réalité il ne l'a choisi que poussé inconsciemment par la publicité : même s'il ne s'en rend pas compte, il associe le déodorant Axe (par exemple) à la possibilité de draguer avec les meilleures chances de succès. Moi-même, je me suis aperçue que j'avais tendance, au supermarché, à choisir machinalement les yaourts Danone en dépit de leur prix plus élevé. Ne suis-je pas influencée, malgré moi, par l'association entre les yaourts Danone et les corps des publicités Danone ?

Dans notre société, ce sont les médias qui articulent le discours social, nous indiquent que penser, que consommer, ce qui est censé nous plaire ou nous déplaire, comment nous devons vivre et quel corps nous devons désirer. À telle enseigne qu'on peut se demander si l'évolution de la sexualité humaine n'est pas tributaire de celle des besoins de l'économie, si le sexe n'est pas un segment du marché parmi d'autres. Ce qui, dans ce phénomène, est intéressant, ce n'est pas seulement l'idée que l'économie profite de la force de séduction de l'érotisme, c'est que cet érotisme est façonné par le message publicitaire ou par le produit lui-même. Car non seulement le sexe sert à vendre, mais celui qui nous vend quelque chose (glace Magnum, déodorant Axe, voiture Citroën ou yaourt Danone) nous vend en même temps une idée prédéterminée de ce qu'est le sexe, de la façon dont nous devons le pratiquer. C'est-à-dire de préférence avec un top model qui ressemble à celui de la pub ou, si l'on est une femme hétéro, en ayant un corps semblable à celui dudit top model, corps qu'il nous faut arborer coûte que coûte, quitte à faire un régime ou à se faire opérer. Il y a là une incessante construction de fantasmes érotiques, qui découle de l'économie, du marché, et qui nous parvient à travers les médias. Je me rappelle que, quand j'étais jeune, l'idéal en vigueur dans ma bande de copains, garçons comme filles, c'était d'avoir les cheveux blonds et les yeux bleus, comme tous les mannequins qu'on voyait dans les pubs de l'époque. En ce moment, ce sont plutôt les métis, mais pas les Haïtiens, dont la peau est trop sombre au goût des annonceurs (vous pourrez demander confirmation à une grande amie à moi, cinéaste de renom et qui, chaque fois qu'elle tourne une pub, se voit refuser des modèles noirs).

Michel Foucault affirmait que le rôle de la pornographie n'était pas de libérer les pulsions, mais d'aider à la construction de l'identité sexuelle. En ce sens, l'industrie sexuelle moderne peut être considérée comme prescriptrice de comportements en la matière. Mais la publicité ne flirte-t-elle pas de plus en plus avec la pornographie ? En effet, bien des images qui, aujourd'hui, ne nous choquent plus, n'auraient pu être montrées il y a encore dix ans, quand la nudité totale n'était pas admise en dehors des films classés X. Le sexe est un aspect important de la vie, et il n'y a pas de raison de l'occulter davantage que, disons, le travail. Mais il faut distinguer entre le sexe et la surconsommation sexuelle, de la même façon que l'on distingue entre le travail et la surexploitation du travail.

Nous sommes passés d'un modèle répressif qui considérait le sexe comme quelque chose de sale (les célibataires devaient rester chastes, et les gens mariés ne devaient copuler que dans un but de reproduction) à un modèle répressif inversé, qui exige de nous un rendement d'étalons, et qui envisage le coït comme un produit et non comme un processus affectif. Nous sommes envahis par une idéologie qui réduit le sexuel au génital, à la quantité et à la performance.

La sexualité ne s'est pas, comme le voulaient les utopistes des années 1960, libérée : elle occupe seulement un espace déterritorialisé. L'érotisme n'est plus circonscrit à l'intimité, mais fait désormais partie intégrante du discours social. La sphère intime est passée dans la sphère publique, sous la pression d'un système médiatique à la fois plus sophistiqué et plus totalitaire. Entre l'enfant élevé dans l'Espagne franquiste, qui croyait que les femmes se servaient du même orifice pour faire pipi et mettre les enfants au monde, et l'enfant des villes de l'Espagne d'aujourd'hui, qui connaît tout sur la pilule et les préservatifs[1], le temps qui s'est inexorablement écoulé a effacé la frontière qui séparait les deux sphères.

1. Je ne résiste pas à la tentation de citer cette blague qui tombe à pic. À la maternelle, un enfant dit à un autre : « Tu sais

Mais revenons à notre propos : ton corps t'appartient. C'est à toi de décider comment et quand, où et avec qui en disposer. Sans oublier, bien sûr, le pourquoi. Personne n'a le droit de te dire que l'abstinence n'est pas naturelle, ni que tu es un pervers parce que tu préfères les grosses, ou une oie blanche si tu as décidé que ton premier amoureux te plaît et que tu ne veux pas en essayer d'autres.

C'est pourquoi il faudrait peut-être, de temps à autre, prendre du recul et se dire : « Maintenant, à ce moment de ma vie, parce que je le veux et sans que personne m'impose rien, j'ai décidé de ne plus avoir de relations sexuelles. Je veux que mon corps s'exprime par lui-même et non par rapport aux autres. Je veux définir ma propre conception de la sexualité et non celle que m'impose la société de consommation. Et cela ne fait pas pour autant de moi une oie blanche, ni une vieille fille, ni une intégriste, ni une frustrée, ni une bonne sœur, ni une grenouille de bénitier, ni une lesbienne refoulée. » Il est même possible, si l'on en croit Freud et sa théorie de la sublimation, que l'abstinence nous rende plus créatifs. Jugez plutôt : sainte Thérèse d'Avila, Isaac Newton, Simone Weil, Gandhi, Spinoza, Gaudí, ou encore, plus près de nous, Morrissey, cette réincarnation *brit pop* d'Oscar Wilde, tous étaient des célibataires endurcis. Par choix.

quoi, j'ai trouvé un préservatif dans le préau. » Et l'autre de lui demander : « C'est quoi, un préau ? »

6

GARDE TON LIBRE ARBITRE, MÉFIE-TOI DU PRINCIPE D'AUTORITÉ

Ne crois pas aveuglément ce qu'on te dit. Vérifie toujours par toi-même. Conserve en toutes circonstances une attitude critique, refuse les idées reçues. Ne prends pas ce qu'on te dit pour argent comptant pour la seule raison que cela émane d'une autorité – que ce soit ton père, ta mère, ton confesseur, ton médecin, le directeur d'un journal, le critique renommé d'un supplément culturel ou l'Académie royale de Suède.

N'oublie pas qu'il y a moins de cinquante ans, on administrait de l'éther aux femmes qui venaient d'accoucher, qu'on prétendait que le biberon était plus sain que le lait maternel, que l'homosexualité était traitée comme une maladie. Et que toutes ces inepties étaient considérées comme des vérités scientifiques irréfutables.

Dans un tout autre ordre d'idées, vous souvenez-vous de Henry Kissinger, qui a fomenté le coup d'État sanglant contre Salvador Allende – il est avéré qu'il a été tenu informé de toutes les atrocités de

Pinochet, ce qui fait de lui le complice direct de crimes contre l'humanité –, et dont plusieurs ONG exigent qu'il soit jugé comme criminel de guerre pour sa responsabilité dans les massacres perpétrés au Vietnam et au Laos ? Eh bien, sachez que cet homme a un jour reçu le prix Nobel de la paix. Et Jacinto Benavente, cet auteur dont personne ne joue plus les pièces, et dont le piètre sens dramatique et les personnages à la psychologie superficielle et schématique ne trouvent plus grâce auprès de la critique littéraire ? Eh bien, lui aussi a eu le prix Nobel ! (Loin de moi l'idée d'affirmer que tous les Nobel sont immérités : j'adore Elfriede Jelinek et je me suis réjouie le jour où elle l'a obtenu.)

Afin que vous vous fassiez une idée du danger qu'il y a à accepter sans discuter, sans l'analyser ni la remettre en question, l'avis d'une autorité, voici un témoignage édifiant :

« Nous étions élevés dans une vision du monde conservatrice et bourgeoise. Malgré la révolution, on continuait à nous inculquer que l'autorité traditionnelle faisait partie d'un ordre établi par Dieu. Les courants de pensée qui, au cours des premières années, agitaient le monde, nous touchaient à peine. Toute critique de l'école, des matières enseignées, des supérieurs était proscrite, et l'on exigeait de nous une foi absolue dans leur autorité indiscutable. À l'école, nous étions soumis à un pouvoir que l'on pourrait qualifier d'absolu, et à aucun moment nous n'avons songé à remettre en question l'ordre établi. Il n'existait pas, de surcroît, de matières comme les sciences sociales, qui auraient pu développer notre sens critique. Dans les cours d'allemand, et ce même la dernière année, les rédactions ne portaient que sur l'histoire de la littérature, ce qui nous interdisait, dans la pratique, toute réflexion sur les problèmes de la société. Il va sans dire que cette inexistence de la politique à l'école ne nous aidait pas à nous forger, dans la cour ou dans la rue, une opinion différente. L'impossibilité de se rendre à l'étranger constituait aussi une grande différence avec aujourd'hui. Il n'existait aucune organisation pour s'occuper des jeunes, alors même que certains avaient les moyens de voyager à l'étranger. Je crois nécessaire de souligner ces différences, qui ont fait que toute une génération s'est trouvée démunie devant le développement rapide des moyens techniques qui pouvaient influencer les masses. »

Ces lignes sont d'Albert Speer, architecte personnel et ministre de l'Armement de Hitler, qui explique ainsi dans ses Mémoires pourquoi lui et nombre de ses concitoyens ont vu en Hitler « un nouvel espoir, un nouvel idéal, une nouvelle compréhension des choses, de nouvelles missions ». Il ne faut pas oublier que Hitler est arrivé au pouvoir à la suite d'élections démocratiques, et qu'il a annexé l'Autriche grâce à un référendum par lequel les citoyens autrichiens ont accepté à une écrasante majorité d'être allemands – ou, plus précisément, allemands et nazis.

On peut analyser une théorie du point de vue de son exactitude, ou en fonction du rôle qu'elle joue dans l'histoire culturelle et sociale. Ces deux angles ne sont pas forcément liés entre eux de façon univoque : il y a de fausses théories qui, malgré les débats auxquels elles ont donné lieu, n'ont eu aucune influence sur la science ; et d'autres qui, indépendamment de leur caractère erroné, continuent de jouer un rôle immense dans la vie culturelle et sociale et ne contribuent qu'à faire reculer l'humanité au lieu de la faire avancer. On qualifie ces théories de réactionnaires. C'est un qualificatif qui se place sur un autre plan que sur celui de la vérité ou de la fausseté, et qui vise d'une part l'absence de correspondance entre la pensée et l'expérience, d'autre part la façon dont cette théorie se situe par rapport à la perspective historique du progrès social.

Un mythe moderne (un de plus) veut que le rôle de l'intellectuel soit de rechercher, faire connaître et défendre la vérité. La vérité étant révolutionnaire, l'intellectuel (conscience morale, moteur du changement, porte-parole de la fraction la plus avancée et progressiste de la société), s'il n'est pas un imposteur, est, par définition, au service de la révolution. Sa mission, sa raison d'être est de dénoncer les mensonges et les manipulations du pouvoir. Mais il est aussi un privilégié. Et lutter contre les pouvoirs établis signifie bien souvent lutter contre ses propres privilèges, à une époque où la domination s'exerce aussi bien par les discours que par les armes. C'est ainsi que beaucoup d'intellectuels prétendument progressistes défendent en fait des idées profondément réactionnaires.

Quiconque a assisté à des colloques dans le domaine des sciences humaines a pu constater que les échanges y confinent souvent à l'absurde et se noient dans des débats stériles. Les communications, généralement opaques et difficiles à interpréter, ne servent qu'à masquer la vacuité du propos des intervenants. L'œuvre de nombre d'intellectuels ou critiques réputés se caractérise par un langage abscons, une esbroufe éhontée, de pseudo-concepts vides de sens, qui ne les ont nullement empêchés (bien au contraire)

264

de faire carrière. Ces pontifes pontifiants, secondés par des disciples hystériques, créent des chapelles qui s'apparentent à des sectes. C'est ainsi que le pouvoir, avec la complicité de ces maîtres à penser, façonne l'imaginaire collectif à son image, encombre les esprits de consignes explicites ou implicites, de promesses qu'il ne tiendra pas, de prétendues menaces extérieures inventées pour la circonstance.

Je prendrai un exemple réel. Il était une fois une ONG progressiste qui militait pour la paix et avait pignon sur rue. Elle dénonçait les injustices de toutes sortes et comptait dans son comité d'honneur nombre d'intellectuels prestigieux. Elle a un jour décidé, par un vote en assemblée générale, qu'un certain projet de loi allait à l'encontre de l'idéologie de justice sociale qu'elle défendait. C'est alors que, vous n'allez pas me croire, la moitié des membres de son comité a démissionné. Le groupe de presse qui les publiait était proche, en effet, du parti qui soutenait le projet de loi – projet qui servait, au demeurant, les intérêts économiques du groupe. Lorsque celui-ci a lancé une pétition, les personnalités les plus diverses l'ont signée : d'anciens auteurs-compositeurs-interprètes reconvertis dans la production musicale, des écrivains responsables de revues littéraires au financement opaque, des romanciers latino-américains venus se consoler de leur déracinement dans les salons européens les mieux fréquentés, tel syndicaliste discrédité et sulfureux, plus les maîtresses et les cousines de tout ce petit monde… Tous avaient en commun de recevoir ou d'avoir reçu, sous forme de médailles, de prébendes ou de subventions, un soutien économique du groupe de presse en question, du parti en question, ou des deux à la fois. Morale de l'histoire : méditons le propos de Carlo Frabetti selon qui « l'intellectuel ruminant » (celui qui avale et régurgite du papier imprimé) est « une espèce apprivoisée qui ne vit que dans les fermes, les zoos et les cirques du pouvoir ».

Tout individu tend à adopter les normes et les valeurs du milieu dans lequel il évolue. C'est pourquoi la pression sociale – qui s'exerce de maintes façons, depuis la mode jusqu'aux suppléments littéraires, en passant par la publicité – est le principal moyen d'influencer les personnes cultivées et d'orienter leur attitude. La seule autorité qui vaille est celle qui tire son origine de considérations éthiques : non pas d'injonctions venues de l'extérieur, mais de valeurs intrinsèques, axiologiques, autonomes et reconnues comme telles.

Un individu peut, jusqu'à un certain point, se laisser influencer par la pression sociale, mais quand il s'agit pour lui de choisir ses lectures, de voter, d'assumer son orientation sexuelle, en un mot de s'affirmer en tant qu'être pensant et autonome, il ne doit écouter que son moi profond, celui qui le différencie des autres, et qui est le siège de l'être et non de l'avoir. L'orientaliste Heinrich Zimmer écrivait que « le vrai trésor, celui qui met fin à notre misère et à notre malheur, n'est jamais très loin, il n'est pas nécessaire de le chercher dans un pays lointain, il gît enfoui dans les lieux les plus intimes de notre propre foyer, c'est-à-dire en nous ». Personne ne peut survivre sans une conscience critique qui le pousse à se défier de ces autorités autoproclamées qui se soutiennent les unes les autres à travers un réseau complexe d'intérêts et d'alliances. C'est ce qu'on appellerait, en philosophie, opposer le jugement axiologique à la pression sociale. En d'autres termes, opposer le principe d'autonomie à celui d'autorité, incarné par les injonctions du groupe dominant – ce groupe dominant qui a tout intérêt à faire douter l'individu du bien-fondé du jugement axiologique.

Chacun de nous a le droit de porter un jugement sur lui-même, sur son comportement, sur ses émotions, sur ses opinions, et d'assumer toutes les conséquences de ses actes et de ses initiatives. C'est à nous qu'il revient de défendre ou de critiquer nos propres actes avant que les autres ne s'en chargent, et c'est notre opinion qui compte. Si nous nous laissons influencer par les mots des autres, jamais nous ne saurons que penser, puisque nous recueillerons autant d'avis différents que de gens à qui nousl'aurons demandé – ou non, d'ailleurs.

Chaque individu doit avoir son propre jugement, et être capable de le défendre sans se laisser influencer ni manipuler par les avis – positifs, négatifs ou neutres – des uns et des autres. Il doit refuser de se plier à un système de valeurs qui vise à conditionner ses actes, et d'agir par simple réflexe conditionné. Prendre l'habitude de s'affirmer, c'est prendre peu à peu son destin en mains, et cesser d'en faire porter la responsabilité aux autres. C'est devenir un être autonome dans tous les domaines, notamment dans le domaine émotionnel.

À vrai dire, si nous ne possédions pas en nous la capacité d'affronter les difficultés de toute sorte, il y a belle lurette que l'espèce humaine se serait éteinte. Si nous avons survécu, c'est parce que nos ancêtres ont développé cette capacité à surmonter les difficultés même les plus terribles, pour subsister.

Je ne peux résister à la tentation de citer les conclusions d'une étude publiée dans un récent numéro de la revue *Nature*, qui tend à prouver que les bébés n'imitent pas toujours servilement ce qu'ils observent chez leurs géniteurs, et qu'ils comptent sur leur propre sens de la déduction pour apprendre.

Les auteurs de l'étude, tous membres de l'Académie des sciences de Budapest, ont pu vérifier que même des bébés âgés de quatorze mois à peine étaient capables de se former un jugement sur la meilleure façon de mener à bien une tâche physique déterminée, et que, si les procédés des adultes leur paraissaient absurdes, ils n'hésitaient pas à adopter une solution plus rationnelle.

Pour confirmer l'hypothèse de départ, plusieurs mères ont, devant leurs bébés, utilisé délibérément leur front au lieu de leurs mains pour allumer un interrupteur. Les unes gardaient les mains libres, les autres s'en servaient ostensiblement pour tenir une couverture autour de leurs épaules. La plupart des bébés ont jugé plus expédient de se servir de leurs mains pour allumer l'interrupteur. Toutefois, ceux qui avaient vu leur maman allumer la lumière avec le front parce que ses mains étaient occupées l'ont imitée, même si eux-mêmes avaient les mains libres. Les chercheurs ont émis l'hypothèse que les bébés avaient pu réfléchir à la façon la plus rationnelle de procéder ; en tout état de cause, l'expérience démontre, d'après eux, qu'un enfant en bas âge ne recourt pas forcément à l'imitation pour apprendre[1].

Le libre arbitre est comme une fenêtre ouverte d'où l'on observe le monde. Plus notre vision sera

1. *Nature*, 2002, n° 415, p. 568.

claire, et plus nos désirs auront une chance d'être justes. S'il est vrai que, comme l'a dit Tirso de Molina, « rien n'est mensonge ni vérité, tout dépend de la couleur du verre à travers lequel on regarde », la pensée critique doit se donner pour but de nous rendre capables de choisir ce qui convient le mieux à nos besoins.

Le libre arbitre est la clé, en partie innée et en partie acquise, dont se sert l'intellect pour interpréter la réalité. Le jugement personnel se transforme tout naturellement en jugement sur les actes, acquérant ainsi une connotation éthique. Ce n'est pas un hasard si le mot vient du grec *kritês* (juge), dont est dérivé *kritêrion* (norme, règle, guide).

Quand une personne est à même de se connaître et de connaître le monde par la pensée abstraite, on en déduit qu'elle possède un jugement solide et construit – ou moins solide et moins construit, selon les cas. Nous vivons en effet dans ce que l'on a appelé une société du « jugement hétérodirigé », constituée d'individus dont le développement est surveillé jour après jour, comme des bonsaïs. Dans les démocraties occidentales, chacun est réputé libre de penser ce qu'il veut – et pourtant, nous sommes continuellement manipulés. La société de consommation dans laquelle nous vivons nous abreuve de messages souvent implicites, parfois subliminaux, sur ce que nous devons désirer et la façon de l'obtenir. La société, en tant que subjectivité communautaire, semble régie par la fatalité inconsciente de ses propres lois, et nombre de décisions que nous croyons personnelles et autonomes nous ont en fait été imposées par une dynamique sociale qui se nourrit elle-même du mimétisme des masses.

Notre libre arbitre semble avoir disparu. Nous n'avons plus d'autre choix que de subir une autorité anonyme et mécanique, qui nous enjoint de vivre conformément à la triviale réalité.

Un exemple parmi d'autres : en feuilletant un magazine féminin à très fort tirage (l'un des trois plus lus en Espagne), je tombe sur un article relatif aux méthodes d'amincissement. Chaque méthode est illustrée par l'exemple d'une star de Hollywood, avec photos à l'appui – avant et après avoir suivi, qui le régime dissocié, qui la méthode Pilates, qui un cardio-training (je veux bien être pendue si l'on arrive à m'expliquer ce que c'est que le cardio-training). La conclusion que j'en tire, c'est que le magazine tente de me persuader que, premièrement, les actrices sont bien plus belles *après* qu'*avant*, et que, deuxièmement, il faut que je prenne un coach personnel, que je m'épuise à faire du Pilates ou, comme Renée Zellweger, trois heures de cardio-training par jour, ou encore que, comme Liz Hurley et Victoria Beckham, je ne mange rigoureusement rien passé cinq heures de l'après-midi.

Or, mon jugement personnel me souffle, premièrement, que Renée Zellweger était beaucoup plus jolie *avant* car, sur la photo d'*après*, elle semble tout droit sortie de Bergen-Belsen, deuxièmement, que le jour où je disposerai de deux heures de plus dans la journée, je les consacrerai à ma fille, et troisièmement, qu'avec tout le boulot que j'ai et les journées harassantes que je me tape, je tournerais de l'œil sur la voie publique à neuf heures du soir si je m'arrêtais de manger à cinq heures.

Autre exemple : combien de fois t'est-il arrivé de lire un livre parce qu'une autorité (un professeur, un supplément culturel ou l'Académie royale de Suède) t'avait dit que, si tu ne le lisais pas, tu serais à ranger dans la catégorie des incultes, et de trouver ce livre ennuyeux, voire indigne ? Personnellement, j'ai deux expériences en la matière : la première, c'est avec *Ulysse* de Joyce. Quel ennui ! Je l'ai lu trois fois, oui, trois fois, et trois fois je me suis sentie stupide car je n'ai rien compris (malgré un QI très au-dessus de la moyenne, dépassant largement le minimum requis pour être admis au club Mensa). Aussi, quelle satisfaction lorsque j'ai lu un livre de mon cher Anthony Burgess dans lequel celui-ci raille allègrement des formules alambiquées de Joyce ! Ma deuxième expérience, c'est *Mémoire de mes putains tristes*, de Gabriel García Márquez. Qui m'a indignée. Oui, je suis indignée que, dans un pays tel que la Colombie, où plus de quarante mille mineurs des deux sexes – et le chiffre va croissant – pratiquent la prostitution, et ce contre leur gré, un lauréat du prix Nobel, au lieu de profiter de la formidable tribune que lui offriraient sa renommée et son prestige pour combattre ce fléau, ne trouve rien de mieux que d'idéaliser et de glorifier l'exploitation sexuelle des enfants. Et lorsque les médias espagnols, unanimes, protestent contre la prostitution infantile à Barcelone, n'est-il pas hypocrite que personne, dans aucun des suppléments dits culturels de cette même presse, n'ose élever la voix pour dire que García Márquez est certes un grand écrivain, mais que son dernier livre n'est rien d'autre qu'une apologie du viol et de l'exploitation sexuelle des enfants, et qu'il doit être lu en tant que tel, et en aucun cas en tant qu'*histoire d'amour* ?

Tout cela pour souligner l'importance du libre arbitre. Et la nécessité de ne pas se laisser influencer par l'environnement social, car l'estime de soi est très facile à perdre. Personne ne peut t'empêcher de croire que tu es grosse et inculte parce que tu ne ressembles pas aux filles des magazines et que tu n'as pas envie de lire tel auteur dont les préoccupations sont à des années-lumière de ce que tu ressens et de ce dont tu souffres (surtout ce dont tu souffres) dans la vie de tous les jours. Personne ne peut t'empêcher de te détester toi-même si tu es homo ou noir et que les médias te bombardent de messages subliminaux qui te traitent en citoyen de seconde zone : rares, je le répète, sont les publicités qui montrent des Noirs, et pour ce qui est de l'homophobie, il suffit de voir le scandale qu'a provoqué la loi autorisant le mariage homosexuel. Et même si tu as la chance d'être homme, blanc et hétérosexuel, il y a fort à parier que tu ne correspond pas au stéréotype du *gagnant*, à l'aise dans ses baskets, efficace et compétitif (et conducteur, si possible, d'une Audi dernier modèle avec toutes les options) ; et que le regard que tu portes sur toi-même s'en ressent.

Être libre, c'est agir selon son libre arbitre. Pour t'aimer toi-même, commence par croire en toi.

7

L'ARGENT NE FAIT PAS LE BONHEUR…
NI LE BONHEUR L'ARGENT

Notre société considère mal les femmes qui se marient pour l'argent, mais se montre magnanime avec les hommes qui épousent une femme pour sa beauté. Sans doute est-ce parce que, comme on dit, l'argent ne fait pas le bonheur, et que courir après est considéré comme une faute morale, voire une faute de goût. Mais l'être humain, comme l'animal, a tendance à classer ses ressources en fonction de leur valeur. Lorelei, le personnage que joue Marilyn Monroe dans *Les hommes préfèrent les blondes*, donnait cette explication : « Vous ne savez pas que, pour un homme, être riche, c'est comme être jolie pour une femme ? On n'épouse peut-être pas une fille pour sa beauté seulement, mais, mon Dieu, est-ce que ça n'aide pas un peu ? » Marilyn-Lorelei, comme la plupart des gens, estime à juste titre qu'il existe une relation entre le malheur et la pauvreté, ce qui revient à dire que l'argent peut faire le bonheur des personnes sans ressources. S'il n'en était pas ainsi, d'ailleurs, les ONG ne nous demanderaient pas d'argent, mais simplement de la joie et de la bonne humeur.

Quand bien même il serait démontré que le développement économique accroît le degré moyen de bonheur, il semble bien que l'effet disparaisse au-delà d'un certain niveau de développement. Sans prétendre être une personne qui irradie la joie de vivre en permanence, j'ai comme la sensation que Victoria Beckham, malgré tous ses millions, est bien plus malheureuse que moi – trompée, anorexique, sans amies, le visage renfrogné à longueur de journée : que penser d'autre ? Les sociologues ont démontré que plus un individu ou un pays s'enrichit, moins il est probable que le surcroît de richesse provoque un surcroît de bonheur. Les économies occidentales produisent, chaque année, davantage d'immeubles, de voitures, d'appareils électroménagers et électroniques que l'année d'avant. Et pourtant, les cas de dépression progressent plus vite que le PIB. L'OMS, l'Organisation mondiale de la santé, prévoit que la dépression sera en 2020 la deuxième cause d'arrêt maladie dans le monde occidental, derrière les maladies cardiovasculaires (infarctus, insuffisance coronarienne, accident vasculaire cérébral), alors qu'elle n'occupait que la quatrième place en 2000.

Pour gagner de quoi acquérir tous ces biens, il nous faut travailler plus, ce qui signifie plus de stress et moins de temps libre. C'est pourquoi le chômage, l'insécurité professionnelle, l'inégalité sociale et la dégradation de l'environnement sont une si lourde contrepartie du niveau élevé de développement économique qui caractérise les pays riches. L'ordinateur, l'automatisation, les appareils électroménagers étaient censés faire disparaître à terme le travail (à l'extérieur comme à domicile), mais la journée de travail ne cesse de s'étirer comme un chewing-gum, et si le Parlement européen adopte la directive Bolkestein[1], elle ne fera que s'étirer encore, sans espoir de réductions futures du temps de travail.

Si nous aimons tant l'argent, c'est qu'il nous permet de consommer. Mais, une fois le minimum vital assuré, la relation entre l'argent et le bonheur est tributaire d'une équation toute personnelle. Nous travaillons d'arrache-pied pour atteindre un certain niveau de vie, et nous nous apercevons que le bonheur n'est pas au rendez-vous. (D'autres n'ont pas eu besoin de fournir un quelconque effort pour s'en rendre compte : voyez Cristina Onassis.) Nous n'avons plus qu'une idée en tête : consommer de plus en plus, malgré l'absurdité des sacrifices que cela implique. C'est un comportement de consommateur compulsif.

Halte là, me rétorqueras-tu : « Je me tue au boulot et je gagne des clopinettes ! Je ne suis pas un panier percé ! » Ce à quoi je réponds : voyons, as-tu réellement besoin d'un téléphone portable avec caméra incorporée ? Ou même sans ? Pas plus tard qu'il y a dix ans, le portable n'existait pas, presque personne n'avait de messagerie, et on ne s'en portait pas plus mal. Je dois dire que j'en suis arrivée au point de déconnecter le mien, car il m'empoisonne la vie plus qu'il ne me la simplifie, à force de sonner aux moments les plus inopportuns. Ne peux-tu donc te contenter d'une seule télé ? L'ADSL t'est-il vraiment indispensable ? Le courrier électronique était censé

1. Le Parlement européen a adopté depuis (en novembre 2006) une version édulcorée de cette directive, supprimant notamment le « principe du pays d'origine ».

nous faciliter la tâche et nous faire gagner du temps, mais combien de temps perdons-nous, chaque jour, à éliminer les spams et à répondre à des messages dont nous n'avons que faire ? Combien de virus sont venus infester ton ordinateur ? As-tu vraiment besoin de renouveler ta garde-robe chaque saison, même si tu vas chez Zara plutôt que chez Gucci ? Quel mal y a-t-il à porter les mêmes bottes qu'il y a dix ans ? (Pour ma part, j'ai toujours les mêmes vieilles Dr. Martens.) Même mes amies serveuses, qui sont surexploitées, sans contrat, avec un salaire de misère, ne se rendent pas compte qu'elles encombrent leur vie de choses inutiles. (Je précise que, dans mon bar, ce sont des serveurs, et qu'ils ont un contrat !)

Selon deux chercheurs de Berkeley, les employés qui ont pour principale motivation l'amour de leur travail sont d'autant moins heureux qu'ils gagnent plus d'argent. Ariel Malka, doctorant en psychologie, et Jennifer Chatman, professeur à la Haas Business School, sont partis d'une double question. Première-ment, l'influence de l'argent sur le degré de bonheur varie-t-elle selon les gens ? Deuxièmement, le niveau de revenu a-t-il une incidence sur la façon dont on voit la vie ?

Les deux chercheurs ont tenté de répondre à ces deux questions en interrogeant un panel de 124 étu-diants. Les participants ont répondu, entre 1986 et 1991, alors qu'ils étaient encore à l'université, à un premier questionnaire, puis, en 1995, à un second, de façon à distinguer les variables psychologiques de celles liées au statut. Les questions portaient sur la satisfaction professionnelle, le revenu annuel et le sentiment de bien-être. Les résultats de l'étude de Malka et Chatman ont été publiés dans le numéro de juin du bulletin de psychologie sociale de l'université : « Nous avons pu constater que le revenu avait une incidence positive, tant sur la satisfaction au travail que sur le sentiment de bien-être, chez les individus ayant une forte orientation extrinsèque. Autrement dit, si l'argent est important pour quelqu'un, l'argent le rendra heureux. Le résultat est en revanche plus inattendu en ce qui concerne l'orientation intrinsèque : lorsqu'elle est forte, l'argent a un effet négatif sur son bien-être. Les gens ont tendance à croire que, dans une société capitaliste, il vaut mieux être riche en tout état de cause. Mais telles ne sont pas nos conclusions. »

Pour plus de clarté, je précise que les personnes dont l'orientation est dite « extrinsèque » sont celles qui se considèrent elles-mêmes en fonction de la manière dont la société les considère, tandis que celles dont l'orientation est dite « intrinsèque » sont celles qui possèdent un jugement propre sur elles-mêmes.

Les deux chercheurs formulent deux explications possibles à ces résultats. La première est que « gagner beaucoup d'argent pourrait, dans une certaine mesure, signifier que l'on a choisi son travail en fonction du salaire escompté, au détriment de critères comme la satisfaction qu'il est susceptible d'apporter. C'est ce qui explique qu'un travail bien rémunéré puisse, pour ceux qui ont de fortes valeurs intrinsèques, être source d'insatisfaction ».

L'autre explication se fonde moins sur l'intuition que sur des recherches antérieures : « Il est possible que gagner beaucoup d'argent amène à s'interroger sur les motivations réelles pour lesquelles on a choisi son travail, y compris si on l'a choisi par goût (intellectuel ou autre). Un certain nombre d'études psychologiques tendent à démontrer que recevoir une compensation financière élevée pour un travail qui par ailleurs vous plaît est de nature à rendre celui-ci moins agréable. Les individus ont un besoin psychologique fondamental de sentir qu'ils ont librement choisi de faire ce qu'ils font. En d'autres termes, nous avons tous besoin de savoir que nous ne travaillons pas que pour l'argent, et c'est encore plus vrai des individus mus par des facteurs intrinsèques. »

Je vais, une fois encore, recourir à un exemple personnel pour illustrer ce propos. Il va sans dire que je me réjouis de pouvoir vivre d'une activité qui me plaît et, qui plus est, d'en vivre bien. Mais il est également important pour moi de pouvoir publier certaines choses uniquement par satisfaction personnelle ou pour des raisons idéologiques. (À vrai dire, une des tâches à la fois les plus épuisantes et les plus satisfaisantes que j'aie accomplies dans ma vie a été de traduire et d'éditer le recueil *La vida por delante*[1], pour lequel je n'ai rien touché et qui m'a même coûté de l'argent, comme je l'ai dit plus haut.) Cela prouve en tout cas que les chercheurs de Berkeley n'étaient pas des idéalistes.

Les personnes très créatives s'accordent à dire qu'elles aiment ce qu'elles font. Les anthropologues assurent que, du fait de mutations aléatoires, certains individus ont développé un système nerveux ainsi fait que la nouveauté y stimule les centres du plaisir. Nos ancêtres ont sans doute reconnu l'importance de la nouveauté, et la sélection naturelle a favorisé les individus les plus disposés à explorer, inventer ou créer,

1. Lucía Etxebarria (sous la dir.), *La vida por delante. Voces desde y hacia Palestina*, Editorial Fundamentos, Madrid, 2005.

c'est-à-dire les mieux préparés à affronter les situations imprévisibles risquant de mettre en péril leur survie. Nous avons hérité d'eux cette capacité à prendre du plaisir à ce que nous faisons, ce qui nous pousse à créer et, par là même, à faire des découvertes. C'est ce qui rend la création si excitante.

Ariel Malka ajoute : « Au moment de se fixer des priorités dans la vie, les gens devraient réfléchir sérieusement aux conséquences de chacune d'elles sur leur bien-être. Et prendre conscience qu'organiser leur vie autour de l'argent peut avoir des incidences sur d'autres aspects. Par exemple, est-ce qu'avoir beaucoup d'argent aura sur leur bien-être un impact justifiant le fait de passer douze heures par jour à faire quelque chose qu'ils détestent ? »

Conclusion : au début, l'argent fait ton bonheur, ensuite il te l'ôte.

Mais quel rapport, me diras-tu, avec le fait de s'aimer ou non ? C'est pourtant simple : si tu es prêt(e) à te coltiner huit heures par jour (quand ce n'est pas dix, ce qui est de plus en plus fréquent) un boulot que tu détestes, et que tu ajoutes le temps de transport aller et retour, combien de temps te reste-t-il pour faire ce qui te plaît vraiment ? N'y a-t-il pas un risque que tu finisses par te mépriser toi-même ? Bien sûr que si.

8

SE SENTIR BIEN

Entre 1997 et 1999, quelque mille articles ont été consacrés par des revues médicales américaines à une nouvelle maladie mentale : la phobie sociale. En d'autres termes, la peur panique de certaines situations sociales, qui se manifeste par des sueurs froides, des vertiges, des tachycardies, voire des évanouissements.

Or, il se trouve qu'un laboratoire veut commercialiser un nouvel antidépresseur : le Praxil. Mais comme il existe déjà le Prozac, il faut ouvrir une nouvelle niche de marché pour le nouveau produit. Comme le laboratoire subventionne divers départements de différentes universités, il lui est facile de leur *suggérer* d'étudier tel ou tel syndrome particulier. Dès lors, une impressionnante campagne de publicité se met en route, et l'on voit éclore des messages publicitaires évoquant le nouveau mal du siècle. Si vous en souffrez, peut-on lire, appelez l'Association des malades du syndrome de phobie sociale. Ce que personne n'explique, c'est que cette association vit des dons effectués par le même laboratoire qui a développé le

Praxil. Résultat : les ventes ont progressé de 20 % en 2000 par rapport à 1999.

La timidité extrême ne résulte pas d'une carence en sérotonine ou en lithium, mais d'un ensemble de traumatismes infantiles profonds, qui ne se soignent que par psychothérapie. Prendre du Praxil, c'est un peu comme si vous avaliez une pastille d'ecstasy avant de parler en public. Mais en toute légalité.

Certains d'entre vous savent sans doute que je suis restée une année entière shootée au Prozac. Les premiers mois, les effets étaient merveilleux : je voyais tout en rose. Mais au bout d'un an, j'ai sombré dans une profonde dépression. En surfant sur Internet, j'ai appris que la dépression était justement l'un des effets secondaires de la fluoxétine : comme toute drogue, elle provoque une addiction, et la redescente est terrible. Beaucoup de consommateurs ont porté plainte contre Lilly, le laboratoire qui fabrique ces petites pilules, mais la justice est souvent du côté de celui qui paie, surtout aux États-Unis. Lilly est richissime, contrairement à ses clients. Aucune plainte n'a abouti.

Aujourd'hui, Lilly est coté en Bourse, comme beaucoup de laboratoires pharmaceutiques. En un an, la fluoxétine lui a rapporté l'équivalent du PIB de plusieurs pays latino-américains réunis. Le Prozac est le médicament le plus vendu dans le monde. Suivi du Viagra. Ensemble, ils symbolisent les deux grands maux de nos sociétés modernes : la dépression et l'impuissance. Est en jeu, dans les deux cas, notre incapacité à résister à la frustration.

Nous vivons dans une société qui règle tout à coups de comprimés. Ta petite amie t'a plaqué ? Tu n'arrives plus à bander ? Tu as la gueule de bois ? Prends du Prozac, du Viagra, de l'Alka Seltzer. Tu es toujours crevée parce que tu bosses dix heures par jour, plus les deux heures que tu te tapes pour aller au boulot et rentrer chez toi, et qu'après tu dois encore t'occuper de tes gosses parce que ton mari estime avoir suffisamment participé aux tâches ménagères en sortant les poubelles ? Surtout, ne quitte ni ton boulot ni ton mec : prends du Pharmaton si tu es en manque. Manque d'amour, de vocation, de temps, de goût pour la vie.

Nous vivons dans une société hypocrite. Dis non à la drogue, nous répète-t-on sans arrêt. Sauf quand c'est légal. Le Valium est un opiacé synthétique, dangereux et addictif. L'alcool est associé à trois cas de violence conjugale sur quatre. Le tabac est la drogue dont il est le plus difficile de se désaccoutumer, plus encore que l'héroïne, et il ne tue pas seulement celui qui fume, mais aussi le pauvre bougre qui travaille ou vit à ses côtés. Les drogues sont très dangereuses, nous répète-t-on. Mais quand nous serinons à longueur de journée aux jeunes générations : « Au moindre problème, avale un comprimé », nous les encourageons à ne pas résoudre par eux-mêmes leurs problèmes. Face à une contrariété, il est toujours plus facile d'avaler un comprimé que de se mettre à réfléchir à une solution un peu imaginative pour combattre l'angoisse. Praxil, Prozac, Pharmaton, shit, coke, ecstasy : la différence est-elle si grande ?

Cela dit, si tu es au bout du rouleau, si tu souffres de dépression endogène, je ne dis pas qu'il ne faille pas recourir à la chimie. Mais la dépression endogène est tout de même rare.

La dépression endogène est une maladie du système nerveux central, due à une altération du système biochimique.

Chacun de nous peut être amené, à un moment donné de sa vie, à souffrir d'un autre type de dépression, qualifiée de réactive, qui n'est pas la conséquence d'une maladie, mais d'une situation particulière qui nous fait éprouver un sentiment de tristesse, de frustration, d'angoisse, voire de panique.

J'évoquerai encore un cas personnel : un chien que j'avais adopté était déprimé. Il avait été abandonné, et l'on pouvait déduire de son comportement apeuré qu'il avait été également maltraité. Pendant un mois, il n'a accepté de manger que dans ma main, ne bougeait pas de son coussin, ne remuait jamais la queue... Il souffrait à l'évidence de dépression réactive, et non d'un déséquilibre de son système biochimique neuronal. Chez le chien comme chez l'homme, une situation de détresse peut provoquer une dépression.

L'ennui, c'est qu'en même temps que l'on fait l'expérience émotionnelle et comportementale de la détresse, il se produit une baisse des catécholamines, c'est-à-dire une réaction biochimique qui module cette expérience. Il n'y a donc pas lieu de distinguer la dépression endogène de la dépression réactive : les deux constituent les deux faces d'une même monnaie, une dépression engendrant toujours une réaction biochimique.

D'aucuns persistent à penser que l'origine de la dépression ne peut être que biochimique ou génétique. Les défenseurs de cette théorie assurent que la dépression n'est pas seule à avoir cette origine, que c'est également le cas de la schizophrénie, de la psychose, des troubles bipolaires, des troubles paniques, des obsessions, bref, de tous les troubles mentaux. Mais ce courant de pensée a beau être le plus répandu, aujourd'hui, aux États-Unis – et, donc, de par le monde –, il est loin de faire l'unanimité. Le psychologue Richard Bentall affirme, par exemple, dans *La Folie expliquée : la psychose et la nature humaine*, que « malgré l'apparence de rigueur scientifique dont se pare la psychiatrie, les nombreux points de vue contemporains sur la question de la maladie mentale font plus songer à l'astrologie qu'à la science ».

Colin Ross et Alvin Pam, auteurs de *La Pseudo-science en psychiatrie biologique : la Faute du corps*, imputent à la psychiatrie biologique la responsabilité de l'erreur consistant à considérer les troubles psychologiques comme des maladies mentales. Ils soulignent que « le mauvais usage qui est fait des médicaments, avec ses effets collatéraux, permet de qualifier cette psychiatrie, acharnée à soigner par la chimie, de *psychiatrie toxique* [...]. Le débat doit être ouvert sur les effets collatéraux ou secondaires de ces médicaments ». La psychiatrie biologique, insistent-ils, « est une pseudo-science qui est devenue dominante dans la psychiatrie américaine et qui représente une biologie réductionniste qui dénature et fausse ses recherches. [...] La méthodologie de la psychiatrie biologique est suffisamment imparfaite pour que l'on doute de la portée de ses trouvailles ».

Alvin Pam parle des « erreurs logiques de la psychiatrie biologique ». Bien que n'étant ni psychiatre ni psychologue, je voudrais notamment commenter, d'un point de vue de patiente, deux idées reçues :

« Si c'est de famille, c'est que c'est génétique » : autrement dit, si ma grand-mère était déprimée, ma mère aussi et moi aussi, le psychiatre biologique conclura aussitôt à la présence d'un gène familial prédisposant à la dépression. Comme je suis justement issue d'une famille dotée de tels antécédents, un psychiatre y a vu la justification de cette théorie et a conclu, un peu trop hâtivement, qu'en ce qui me concernait, « c'était de naissance » (pour paraphraser le titre d'une comédie érotique qui a fait fureur en Espagne à la fin des années 1970). Mais on peut aussi penser que la répétition d'un certain type de conduite chez plusieurs membres d'une famille, de générations différentes, s'explique par le fait que les enfants sont enclins à imiter les conduites qu'ils observent et à apprendre de leurs aînés les comportements qu'ils adopteront face à la vie. Si j'ai passé mon enfance à voir ma mère pleurer et à se plaindre, j'en retirerai l'idée que le monde est incertain et hostile.

Mais s'il n'y a ni antécédents génétiques ni transmission familiale, autrement dit, si une personne a une dépression alors qu'aucun de ses ascendants n'a souffert de dépression avant elle, cela veut dire que le problème n'est pas génétique. Et si la cause n'est pas génétique, cela signifie que le processus a été appris, qu'il est la conséquence des interactions de cette personne avec son environnement. Ou, encore, la conséquence des deux facteurs conjugués.

Comme je l'ai déjà expliqué dans le chapitre « À la recherche du père perdu », nos choix affectifs et nos conduites d'interaction avec les autres répondent,

selon les études sur la transmission intergénération-
nelle, à des schémas plus complexes, issus des relations que nous avons tissées dans l'enfance avec les
personnes auxquelles nous unissait un lien affectif.
Par conséquent, c'est notre mode de relation avec nos
parents ou nos éducateurs qui se transmet et tend à se
répéter à la génération suivante. Le cas des adultes
qui ont souffert dans l'enfance d'abus sexuels ou
de maltraitance, et qui deviennent eux-mêmes des
parents violents ou manipulateurs, en est une claire
illustration.

Autre idée reçue : « Si le traitement fait effet, c'est
que la cause est biologique. » Dans ces conditions, si
je fume un joint et que je me sens plus enjouée que
l'instant d'avant, cela signifie-t-il donc que j'étais
déprimée ? Beaucoup de gens réagissent positivement
à la médication, de la même façon que quelqu'un qui
goûte pour la première fois à l'ecstasy en ressent
immanquablement les effets. À vrai dire, je n'attends
pas d'être déprimée ou d'avoir des crises d'angoisse
pour trouver que le Valium me calme ou me détend :
n'est-ce pas un opiacé, après tout ? D'où la tendance
accrue à en prendre à des fins récréatives, sans ordonnance ni diagnostic.
Il s'ensuit que, en cas de dépression, il y a fort à
parier qu'on te diagnostiquera, à tort, une dépression
endogène (comme cela m'est arrivé), alors même que
la probabilité que tu souffres de trouble mental est
faible. Or, n'oublie pas que si tu commences à ingur-
giter des médicaments à tort et à travers au lieu
d'analyser les causes profondes de ta dépression, ce
n'est plus un problème que tu auras à résoudre, mais
deux. Le premier est l'origine de ta dépression. Le

second sera de découvrir, au bout d'un an de traitement, que tu es devenu, du jour au lendemain, un junkie tout ce qu'il y a de plus légal, pris de panique s'il perd l'ordonnance qui lui permet de s'acheter son Lexomil.

Je vais vous faire part de mon expérience personnelle en la matière : pourquoi j'ai commencé à prendre du Prozac et pourquoi j'ai arrêté. Il y a quelques années, je travaillais dans un bureau où je passais facilement dix heures par jour. Mon chef avait un caractère tel que, à côté, Condoleezza Rice fait figure de sœur de la charité. Et nous autres, ses subordonnés, surchargés de travail, nous ingéniions à nous rendre la vie impossible les uns aux autres, pour des bêtises : ce pouvait être quelqu'un qui bloquait le fax toute la matinée et empêchait les autres de l'utiliser (c'était avant les e-mails), ou tout simplement quelqu'un qui terminait la boîte d'agrafes. Vraiment des bêtises, donc, auxquelles nous n'attachions cette importance démesurée que parce que nous vivions dans une angoisse et un stress permanents (chaque dossier qui nous était confié était pour ainsi dire à rendre pour la veille), qui nous mettaient dans un état quasiment prémenstruel. Je voulais tout plaquer pour me consacrer entièrement à l'écriture, mais comme un tiers de mon salaire passait dans mon loyer et qu'il me restait à peine de quoi manger et me payer un tee-shirt de temps en temps, je pouvais difficilement envisager de m'offrir une année sabbatique, à moins de me livrer à la prostitution (je veux dire avec mon corps, car le travail de forçat qui était le mien aurait pu être assimilé à de la prostitution intellectuelle). Vous comprendrez donc que, dans la situation idyllique dans laquelle je me trouvais, je me sois raccrochée, comme le naufragé à sa planche, à la relation sentimentale que je vivais alors. Ce n'était pas exactement ce qu'on pourrait appeler un chemin de roses. C'était la relation chaotique à laquelle on peut s'attendre quand les deux protagonistes sont une anxieuse et un évitant, et qui pourrait se résumer au schéma sinusoïdal suivant : engueulade-réconciliation-engueulade-réconciliation. Jusqu'au jour où une engueulade est allée plus loin que d'habitude et où nous avons rompu. J'ai alors cessé de m'alimenter, de dormir et, plus générale-ment, de trouver un sens à ma vie. Je pleurais pour un oui ou pour un non, surtout devant le clavier de mon ordinateur.

C'est à ce moment-là que j'ai décidé de consulter un psychiatre.

Comme, je le répète, je ne roulais pas sur l'or, mon seul recours a été d'aller trouver celui que recom-mandait la mutuelle de mon entreprise. L'homme, d'une soixantaine d'années, sobre et distingué, a écouté d'un air indifférent le récit de mes déboires et, une fois que j'avais fini de parler, m'a simplement délivré une ordonnance. Comme j'étais déjà quelqu'un de plutôt bien informé, je savais que l'on ne doit pas prescrire d'antidépresseurs à la légère, qu'il aurait fallu davantage de conversations et quelques analyses de sang. Mais mon désespoir était tel que je n'ai pas cherché plus loin, et que j'ai accepté d'intégrer à mon quotidien l'ingestion de la petite gélule blanche et verte.

Quelques semaines plus tard, les choses avaient changé du tout au tout. La petite gélule avait fait son effet. Je ne dirais pas que j'exultais de bonheur, mais au moins ne pleurais-je plus à longueur de journée. Plus rien n'avait d'importance. Le fax était bloqué ?

Il ne restait plus d'agrafes ? Mon ex m'envoyait une lettre incendiaire où il m'assurait que notre relation était la pire chose qui lui soit jamais arrivée ? Je m'en fichais éperdument. C'était comme si je flottais dans une baignoire d'eau tiède qui me coupait du monde. La dépression avait fait place à l'apathie.

Au fil des mois, je me suis aperçue que, même si je ne pleurais presque plus, mon existence était toujours aussi calamiteuse. L'ambiance au travail était toujours délétère, et ma vie sexuelle était aussi excitante que celle d'une amibe. Ma tristesse, mon sentiment de vide et de flottement ne m'avaient pas quittée.

D'où ma décision de laisser tomber le traitement. Bien mal m'en a pris. Le contrecoup a été brutal.

Ainsi, cher lecteur, si tu es du genre anxieux ou dépendant, attends-toi à sombrer, le jour où tes plus solides attaches commenceront à te faire défaut, où tu perdras ton travail, ton amour, ou un être cher, dans un profond trou noir. Tu seras alors livré à toi-même, sans les ressorts internes nécessaires pour rebondir. Mais ce sera un cas de dépression réactive, et non endogène. Avant de songer à recourir à la chimie, commence par appliquer à ta vie quotidienne quatre règles simples :

L'eupathie (se sentir bien)

Aie la sensation d'être quelqu'un d'absolument irremplaçable.

Sens-toi bien. Reconnais tes qualités et tes succès au même titre que tes échecs et tes erreurs, sans pour autant tomber dans la frustration et l'autodénigrement. Ne pense pas au passé en termes nostalgiques ni pour ressasser toutes tes souffrances, mais, au contraire, pour aller de l'avant et tirer les leçons de tes expériences, les bonnes comme les mauvaises.

La sympathie (se sentir avec)

Sens-toi accompagnée. Essaie d'avoir des amis. Je dirais même plus : essaie de te faire des amis.

Au cours de ces dernières années, de très nombreuses études se sont appliquées à démontrer que les personnes jouissant d'un important soutien social présentent moins de symptômes psychiques et physiques, et ont un taux de mortalité moins élevé que les individus jouissant d'un soutien social moindre. Ces études font également apparaître que les personnes ayant une relation stable, des amis et une famille qui leur apporte un soutien matériel et psychologique, sont en meilleure santé que les autres. Autrement dit, même s'il n'est pas encore possible d'établir un lien de causalité, le croisement des données provenant d'études sur des animaux, d'enquêtes et d'expériences socio-psychologiques, donne à penser que le soutien social contribue largement à l'amélioration de la santé, tant physique que mentale, des individus.

L'autonomie (être soi-même)

L'autonomie est le contraire de l'hétéronomie, qui est la dépendance à l'égard des autres.

Est autonome, du point de vue psychologique, toute personne qui ressent, au plus profond d'elle-même, la présence de son être propre, encore en gestation. Il ne s'agit pas tant de faire des projets que de continuer à grandir en tant qu'être libre.

L'anastase (se tenir debout)

Le Che l'a dit : « Mieux vaut mourir debout que vivre à genoux. »

Contrairement à ce que l'on croit, il est plus facile d'être déprimé qu'heureux, car la dépression obéit aux lois de l'entropie, système qui recycle l'énergie au lieu de la gaspiller. Or, sortir d'une dépression requiert plus d'énergie que de rester déprimé. (N'est-il pas vrai qu'il est plus facile, quand on a le moral dans les chaussettes, de rester dans son lit que de se lever pour *se faire belle* et sortir dans la rue, le sou-rire aux lèvres ?) Dans l'imaginaire catholique, sainte Anastasie évoque la Résurrection. Il n'est pas éton-nant que cette idée de résurrection soit si puissante et si séduisante, car nous éprouvons tous le besoin de ressusciter des milliers de morts émotionnelles en miniature qui jalonnent notre existence. Mircea Eliade affirme d'ailleurs qu'il n'y a « pas d'initiation possi-ble sans une agonie, une mort et une résurrection rituelles. Jugée dans la perspective des religions pri-mitives, l'angoisse du monde moderne est le signe d'une mort imminente, mais d'une mort nécessaire, salvatrice, parce qu'elle est suivie par une résurrec-tion et rendra possible l'accès à un nouveau mode d'être, celui de la maturité et de la responsabilité. » Dis-toi bien que personne, absolument personne ici-bas, n'avance sans trébucher ni tomber au moins une fois, que nous commettons tous des erreurs ou des gaffes, que nous avons tous déjà été trompés, trahis ou abandonnés. Mais que nous avons tous la capacité de nous relever pour aller de l'avant. Nous pensons parfois, à tort, ne pas avoir la force nécessaire. Mais, croyez-moi, l'être humain possède une étonnante capacité de régénération, qui correspond à un élan vital inné. Songez à tous ceux, nombreux, qui, ayant subi un traumatisme (torture, massacre, déportation...), ont réussi à le surmonter, à revivre, souvent même à progresser, comme si le traumatisme vécu et digéré avait développé en eux la capacité d'affronter l'adversité et de l'intégrer à leurs projets de vie, leur avait ouvert des perspectives nouvelles. Cette capacité à transcender les difficultés et à donner du sens à la souffrance est ce qui nous rend, enfants comme adultes, résistants aux conditions les plus extrêmes, comme la misère, la guerre ou l'oppression.

Les enfants possèdent une capacité naturelle à donner du sens aux choses, et cette structure mentale leur facilite l'apprentissage. Toute petite, ma fille, comme tous les enfants ou presque, se relevait immédiatement après être tombée, ce qui lui a permis d'apprendre à marcher à quatre pattes, puis à marcher tout court, puis à courir. Il va sans dire que si, après sa première chute, elle n'avait pas aussitôt essayé de se relever, elle serait toujours dans sa poussette. Sans doute est-ce pour cela qu'on dit que les échecs sont amers, mais non pas stériles.

La capacité que possède chaque individu de réagir face à l'adversité et de la surmonter se nomme « résilience ». Mais si, enfants, nous avons été privés de liens affectifs solides et avons grandi dans un environnement qui ne nous a pas permis de développer notre confiance en nous-mêmes, nous n'avons pas forcément développé cette potentialité. Cela ne veut pas dire que nous ne l'ayons pas. On peut faire l'analogie avec la conduite d'une voiture : si je ne sais pas conduire, c'est parce que je n'ai pas appris, mais nul doute que, si je voulais apprendre, il suffirait que je m'inscrive dans une auto-école (et que je trouve le temps d'y aller). Nous avons tous un potentiel de développement, ainsi que les ressorts internes qui nous permettent de surmonter les situations hostiles qui peuvent apparaître tout au long de notre vie. Nous n'y recourons pourtant pas tous, ce qui explique que tout le monde ne réagisse pas de la même façon à l'adversité : certains flanchent, perdent pied, ou restent traumatisés à vie, quand d'autres sortent renforcés de l'épreuve.

Le sens de l'humour fait partie intégrante de notre capacité de résilience. Il nous permet d'apprivoiser l'anxiété, l'angoisse, la peur. En recourant à l'ironie, à la dérision, au paradoxe, nous parvenons, d'une manière socialement acceptable, à arrondir les angles et à atténuer la souffrance que provoquent les conflits.

Même dans des conditions précaires et contraintes, nous jouissons d'une certaine liberté pour choisir, nous prendre en mains, nous occuper un tant soi peu des autres et de la réalité qui nous entoure. Nous sommes des êtres à la fois autonomes et sociables, survivant dans un équilibre instable entre ces deux pôles en tension permanente. C'est en ce sens que le psychologue Carl Rogers insiste sur le fait que l'homme a une tendance innée et inconsciente à la réalisation de soi, tendance qui peut être entravée, mais non détruite.

J'espère t'avoir convaincu, cher lecteur, de ta capacité de résilience. Si j'avais un conseil à te donner, ce serait de lire ce livre dont j'ai mentionné le titre à plusieurs reprises : *La vida por delante* (« La vie devant soi »), qui est un recueil de nouvelles d'auteurs espagnols et palestiniens. Celles écrites par ces derniers

relatent l'horreur des camps d'internement, la confis-
cation du lait par les forces d'occupation, la disparition d'un enfant, mais aussi le fait que la vie prend
malgré tout le dessus : le père de l'enfant disparu part
à sa recherche malgré le couvre-feu, les prisonniers
s'organisent pour partager leurs maigres ressources,
quelques audacieux arrivent même à séquestrer des
vaches et à les dissimuler dans une usine abandonnée. Et si les Palestiniens sont capables de survivre
dans des conditions extrêmes, tu ne vas tout de même
pas te dégonfler parce que ton partenaire te trompe
ou que ton chef est un névrosé ? N'oublie pas que la
force que nous avons en nous s'accroît en proportion
du poids qui pèse sur nos épaules. La balle est dans
ton camp.

III

LA TÉLÉVISION
COMME PRESCRIPTRICE
DE COMPORTEMENTS

1

LA TÉLÉVISION EST UNE DROGUE DURE

La télé conditionne nos comportements.

Elle peut servir de modèle à nos conflits affectifs et à notre façon de réagir aux situations que nous rencontrons dans la vie. Si un adolescent voit, par exemple, l'épisode de la série *Los Serrano* où le gamin flirte avec sa demi-sœur, sans doute ne verra-t-il pas d'inconvénient à l'imiter. (Dans la série *Aquí no hay quien viva*, à laquelle je consacrerai le tout dernier chapitre, on assiste d'ailleurs au même genre de scène, et la tante du garçon qui se livre à ce quasi-inceste affirme, fort judicieusement : « Vous, les jeunes, vous avez toujours cette manie de copier ce que vous voyez à la télévision ! ») Nous puisons dans les émissions que nous regardons des exemples alternatifs qui élargissent notre champ des possibles. Nous nous identifions à tel ou tel personnage, nous le prenons pour modèle, d'où l'attention portée aux attitudes et aux comportements des protagonistes.

La télé est une grande prescriptrice de comportements.

En voici deux illustrations :

1. Juanjo, le gagnant de je ne sais plus quelle édition de *Big Brother*, portait un collier de *santero* – je ne me souviens plus à quel *orisha* il était dédié – qui ne le quittait jamais. Dans la boutique d'objets religieux La Milagrosa, tout près de chez moi, et où travaille un ami, ce collier est l'article qui s'est le mieux vendu cette saison-là. Ils ont plus gagné en un mois avec lui qu'avec leurs bougies et amulettes durant toute une année.

2. Depuis qu'existe le groupe UPA Dance, le nombre d'académies de danse et de chant a triplé à Madrid.

En outre, la télévision, en diversifiant ses émissions, parvient du même coup à diversifier son impact social et à le rendre plus subtil. Certaines émissions ont pour effet de renforcer les affinités, les choix et les identifications, d'autres popularisent telle pratique sportive ou culturelle, d'autres encore le regard que nous portons sur certains aspects de la vie quotidienne.

2

COMMENT LES *TELENOVELAS* VÉHICULENT L'IMAGE D'UN CERTAIN RÔLE DE LA FEMME ET SACRALISENT LA DÉPENDANCE ÉMOTIONNELLE

POURQUOI JE REGARDE LES *TELENOVELAS*

La télé, je le répète, façonne les personnalités et les comportements.

Jill Conway, Susan Bourque et Joan Scott, sociologues de leur état, affirment que la production de normes culturellement correctes de comportement des hommes et des femmes est déterminée par l'autorité sociale, laquelle résulte de l'interaction complexe de diverses institutions, au premier rang desquelles les médias. La place traditionnelle d'une femme étant au foyer, et la télévision étant un média essentiellement domestique, c'est elle qui constitue le terrain privilégié d'observation de la relation entre l'autorité sociale et la femme.

Dans le modèle dominant des relations entre les sexes, le foyer est considéré comme le lieu de travail de la femme, et comme l'espace de repos de l'homme.

Ce postulat est tout autant de mise quand la femme travaille à l'extérieur (selon une étude récente, la femme espagnole passe en moyenne cinq heures par jour à s'occuper de son intérieur, l'homme une heure et demie dans le meilleur des cas[1]), est riche de conséquences, tant sur les tâches ménagères que sur la façon de regarder la télévision.

C'est ainsi qu'est apparu un genre exclusivement *féminin*, la *telenovela*, diffusé par un média essentiellement *féminin*, la télévision (n'oublions pas que les sujets people sont plus présents à la télé que dans tout autre média), pour un public *féminin,* dans une tranche horaire *féminine* : juste après le repas ou bien en fin d'après-midi, quand l'homme est censé travailler et que la femme a fini de s'occuper de son intérieur. Grâce aux *telenovelas*, les femmes peuvent, dans leurs rares moments de tranquillité à la maison (car une fois le mari rentré du travail et les enfants de l'école, adieu le temps libre et la tranquillité), échapper aux contingences de leur rôle traditionnel en s'évadant dans un monde romanesque où les fantasmes sexuels sont omniprésents. Les *telenovelas* sont ainsi, au premier chef, prescriptrices de modèles spécifiquement féminins, étant donné qu'il s'agit d'un genre conçu spécifiquement pour les femmes. C'est pourquoi j'ai décidé de leur consacrer tout un chapitre. Dans les rôles sociaux et les attitudes qu'elles promeuvent, se trouve en effet condensée l'idée que la société se fait de ce que veut dire « être une femme ». Et, du même coup, de ce que veut dire « être un homme ».

Les *telenovelas* orientent les goûts et deviennent des vecteurs de comportements. Elles confortent donc

1. *El País*, jeudi 30 juin 2005.

non seulement les rôles dévolus à chacun des sexes au sein de la famille, mais aussi les évolutions enregistrées dans la société concernant le féminin et le masculin. À travers les drames de la vie quotidienne qui y sont représentés, sont véhiculés des stéréotypes qui contribuent à changer, ou au contraire à maintenir, les attitudes et les comportements que l'on attend de chacun des membres de la famille.

Ce qui explique aussi le succès des *telenovelas*, c'est la forte crédibilité dont jouit la télévision, média où les situations les plus diverses peuvent être représentées d'une façon qui semble « aussi réelle que la réalité même ». Les sociologues parlent de « quasi-réalité » pour définir ce que Baudrillard ou Debord qualifiaient déjà d'« hyperréalité », à savoir une réalité fictive, qui s'apparente largement à la réalité sociale du spectateur, tout en s'en éloignant et, d'une certaine façon, en la dépassant.

C'est ainsi que l'enquête réalisée en 1979 par Mary B. Cassata, Thomas D. Skill et Samuel Osei Boadu a révélé que les personnages des séries nord-américaines étaient plus souvent victimes de morts violentes ou accidentelles ou atteints de maladies mentales, mais moins sujets au cancer que le commun des mortels du monde réel. Une autre étude compare la place que tiennent les dialogues dans les *telenovelas* : alors que les couples romantiques y passent des heures à parler d'amour et de mariage, il est peu probable que, dans la « vraie vie », un couple d'ouvriers en fasse autant – et encore moins dans un style à l'eau de rose.

On trouve en outre, dans ces séries, une vision des deux sexes qui renvoie aux idéaux que nous cultivons depuis l'enfance grâce aux contes de fées. Autrement dit, la *telenovela* captive le spectateur dans la mesure où elle fait appel à des fantasmes profondément ancrés dans le subconscient collectif. Nous avons beau savoir que la probabilité de rencontrer un homme à la fois beau, riche, gentil, fidèle et follement amoureux de nous est proche de zéro, on arrive à nous faire croire que ce rêve *peut se réaliser*. C'est ce qui explique que les femmes soient si friandes de ces histoires où le mythe devient réalité.

La sociologue Elizabeth Lozano estime d'ailleurs que la *telenovela* s'apparente au mythe, c'est-à-dire à une forme de narration populaire qui fait partie de la conscience collective, et où s'exprime la conception socialement dominante de ce qui est ou n'est pas moral.

Une autre sociologue, Ana López, nous explique en quoi le mélodrame est consubstantiel à la *telenovela* : « La *telenovela* exploite la personnalisation – l'individualisation du monde social – comme une épistémologie. Elle offre sans cesse aux spectateurs des drames reconnaissables, où sont abordés en termes personnels et familiers des thèmes sociaux et politiques, donnant du sens à un monde de plus en plus complexe. »

Et une troisième sociologue, Nora Mazziotti (vous remarquerez au passage que les sociologues s'intéressant aux *telenovelas* sont souvent des femmes, et ce n'est sans doute pas par hasard), estime que les *telenovelas* « permettent à ceux qui les regardent de participer émotionnellement et fictivement au jeu des pouvoirs qui interfèrent dans ces questions humaines élémentaires que sont l'honneur, la bonté, l'amour, la méchanceté, la trahison, la vie, la mort, la vertu, le péché ; toutes questions qui concernent d'une certaine manière le spectateur ». Pendant des années, les feuilletons à l'eau de rose ont permis aux femmes de se divertir et de s'informer ; et ils ont eu, en tant que pratique discursive et que fabrique de signes culturels, une grande influence sur la production d'images adaptées aux processus complexes de la modernisation. En d'autres termes, le contenu des *telenovelas* a évolué au rythme des évolutions de la société, et inversement, dans un étrange mouvement de feed-back.

COMMENT SONT CARACTÉRISÉES LES FEMMES DANS LES *TELENOVELAS*

Selon une étude de Cristina Villarruel, les personnages féminins des *telenovelas* se caractérisent :

— par leur *façon de s'habiller* dans 56,2 % du total des apparitions ;

— par leurs *relations de couple* dans 17,5 % du total des apparitions ;

— par leurs *relations familiales* dans 15,8 % du total des apparitions ;

— par leurs *activités personnelles* dans 10,5 % du total des apparitions.

On aura noté que la tenue vestimentaire est ce qui, tout au long de la série, définit le mieux et le plus constamment un personnage féminin, cette caractérisation apparemment statique coexistant toutefois avec d'autres, plus dynamiques, qui interagissent entre elles.

Cela signifie que, dans 56,2 % des cas, les femmes qui apparaissent à l'écran ne disent ou ne font rien de significatif. Elles font figure de potiches et ne se définissent donc que *par leur apparence*. Dans 17,5 % des cas, elles apparaissent en tant qu'épouse ou compagne d'un autre personnage. Dans 15,8 % des cas, elles apparaissent en tant que membre de la famille d'un autre personnage. C'est seulement dans 10,5 % des cas qu'on les voit dans le cadre une activité propre, comme, par exemple, travailler dans un bureau.

Nous allons nous attacher à présent à en analyser ces différents modes de caractérisation.

La tenue vestimentaire

D'après l'étude de Villarruel, les jeunes femmes des *telenovelas* portent principalement (dans près de 95 % des apparitions) trois types de tenue : jupe longue et chemisier très décolleté ; jupe courte, chemisier dévoilant la taille et une partie du buste ; minijupe et chemisier type brassière. Et quiconque a regardé ne serait-ce que deux épisodes d'une *telenovela* imaginera sans mal que, lors des 5 % d'apparitions restants, elles portent des jeans très moulants – de ceux qui provoquent, selon la Faculté, des infections vaginales.

La tenue vestimentaire fait l'objet de préjugés sociaux car elle est une forme de langage. La façon dont les femmes couvrent leur corps est perçue soit comme une dissimulation de celui-ci, soit, au contraire, comme un étalage sans complexe, voire empreint de fierté. Une femme qui s'exhibe en Wonderbra n'appellera pas les mêmes commentaires qu'une femme qui enfouit sa poitrine sous plusieurs épaisseurs. Une femme en minijupe est jugée sexuellement provocante, à tel point que le tribunal de la province de

Lleida a prononcé un jugement de relaxe d'un violeur, au motif que la plaignante avait « l'habitude de se rendre à son travail en minijupe », quand bien même elle portait un pantalon le jour du crime. (Le même juge qui a rendu ce jugement exemplaire a, quelques mois plus tard, demandé à une autre victime de viol si elle portait une culotte le jour des faits.) On comprend dès lors que le vêtement donne une idée de la façon dont une femme s'identifie à son rôle de femme – ou est perçue par les autres dans ce rôle. Lorsque la tenue vestimentaire s'allie au physique pour offrir aux regards masculins une image de sensualité, le stéréotype auquel nous avons tendance à associer cette image est celui de la *femme-objet*.

C'est pourquoi les jeunes créatures des *telenovelas* sont toutes habillées (et coiffées) comme des potiches ambulantes.

Les activités féminines

N'est-il pas curieux que, les rares fois où les personnages féminins discutent entre elles, la conversation tourne toujours autour des hommes ? Vous rappelez-vous *Cristal*, cette *telenovela* vénézuélienne diffusée en Espagne ? Trois belles jouvencelles partageaient un appartement, avec trois lits à une place dans la même chambre, comme dans le conte des trois petits cochons. À chaque fois qu'elles étaient ensemble à la maison, elles ne parlaient que d'une seule chose : la relation de l'une d'elles avec son « grand amour », son Luís Alberto ou son Carlos Florián. L'une des trois, qui travaillait tout en faisant des études, était surnommée affectueusement (mais de

305

façon méprisante en réalité) « Petit Cerveau » par ses camarades, et pouvait facilement, à ses lunettes, être identifiée comme l'intello de la bande. Mais le plus étrange, c'est qu'on ne disait jamais ce qu'elle étudiait, étant donné qu'elle parlait peu, et même pas du tout, de ses études. Et il est significatif que « Petit Cerveau » ait rencontré l'amour le jour où elle a enlevé ses lunettes, sur les conseils de Cristal. Certes, Dorothy Parker disait : « *Men seldom make passes at girls who wear glasses* » (« Les hommes font rarement des compliments aux filles à lunettes »), mais c'était en 1937 ! Soixante-dix ans après, il semble que les choses n'aient guère changé, à en juger par la nouvelle *telenovela* intitulée *Betty la fea* (« Ugly Betty »), dont l'héroïne, pour en finir avec sa laideur, a dû, elle aussi, ôter ses lunettes.

COMMENT SONT CARACTÉRISÉS LES HOMMES DANS LES *TELENOVELAS*

Les personnages masculins des *telenovelas* se définissent avant tout (87,8 % des apparitions) par le rôle social qu'ils incarnent, et qui correspond le plus souvent à une position prestigieuse : patrons, curés, chirurgiens, propriétaires terriens… Les 12,2 % restants exercent une autre activité dite masculine ou en relation avec d'autres institutions.

Les hommes dans leurs relations familiales

Lorsque les hommes assument un rôle familial, il s'agit, dans 60 % des cas, de relations père-fils. Ils agissent toujours en tant que *pater familias* : il leur revient de protéger leurs enfants, de se faire du souci pour eux – ce qui ne les empêche pas de les conseiller et de les réprimander à l'occasion – et de défendre l'honneur familial.

L'attitude des fils envers leur père est souvent faite de reproches, d'affrontement, de contestation de l'autorité paternelle.

Je cite de nouveau Cristina Villarruel : « Dans les relations des pères, avant d'aborder les comportements qui les caractérisent, il convient de préciser que l'image de la famille traditionnelle cède progressivement le pas à celle de la famille monoparentale, où le père ou la mère est seul avec ses enfants. Ainsi, l'image qu'offrent les relations entre les membres de la famille différera selon la structure familiale. Par exemple, là où la mère est absente, les enfants sont moins respectueux des règles établies, et peuvent même avoir des comportements délictueux. Si, en revanche, elle est présente, ils se montrent plus soucieux de l'harmonie familiale. C'est une façon subtile de marquer les rôles attribués à chacun des sexes dans l'éducation des enfants : il va sans dire que c'est à la mère qu'il incombe de veiller sur eux au quotidien, la figure du père n'apparaissant qu'en cas de carence ou d'absence de la mère. Il faut aussi préciser qu'il n'est jamais question directement des études des enfants ; il s'agit plutôt d'interactions liées à des situations de conflit, dans lesquelles le père manifeste son inquiétude quant à l'avenir de ses enfants, tandis que ces derniers expriment leur malaise par des reproches et des remises en cause de l'autorité paternelle. »

Les rôles masculins

Le prêtre

Il y en a toujours un. Son rôle se justifie par son ingérence permanente dans la vie familiale et la relation de couple. Il conseille, réconforte, fait des remontrances aux hommes comme aux femmes, intervient dans leur vie sentimentale et familiale. Il n'est pas rare non plus de voir un prêtre avoir un fils illégitime, ou vivre une histoire d'amour (comme dans *Cristal*), mais il va de soi qu'il se repent profondément d'avoir fauté aussi puérilement, et l'on ne doit avoir aucun doute quant à sa chasteté retrouvée. Naturellement, il n'a fait ce qu'il a fait que mû par l'amour éternel et divin, qui a troublé son jugement, et jamais par aspiration triviale et terrestre à la luxure.

Son rôle fondamental est d'assurer, en mettant dans la balance son autorité morale et sociale, le respect des liens sacrés du mariage et de l'institution familiale, et d'encourager toute attitude allant dans ce sens.

Le patron ou le riche propriétaire terrien

Il y en a généralement deux, un vieux et un jeune. Le vieux trompe presque toujours sa femme, mais lui revient toujours, la tête basse. Il est souvent le père du jeune héros ou de la méchante jeune fille riche qui veut chiper son chevalier servant à l'héroïne.

C'est évidemment du jeune chef d'entreprise que l'héroïne tombe amoureuse. Le succès des *telenovelas* réside en grande partie, si l'on en croit les producteurs eux-mêmes, dans le choix d'histoires qui sont autant de subtiles variations sur le conte de Cendrillon, et dans lesquelles une femme (souvent pauvre) doit souffrir et pleurer toutes les larmes de son corps pour être finalement récompensée par l'amour d'un homme beau et/ou riche.

L'héroïne (jolie, gentille et timide) épousera l'homme de ses rêves (séduisant, travailleur, honnête et riche) et ils seront heureux pour toujours, non sans avoir surmonté les innombrables obstacles qui s'opposaient à leur amour. Mais ce qui intéresse véritablement le spectateur, c'est d'assister à toutes les péripéties que doivent traverser les héros avant de consommer leur union. Union légitimée, comme il se doit, par l'Église (avec une majuscule) et, si possible, par le prêtre repenti.

L'histoire de Cendrillon

La plupart des *telenovelas*, je le répète, ne sont que des réinterprétations du conte de Cendrillon. Est-ce que vous vous souvenez bien, mes chéries, de la morale que nous sommes censées tirer de cette histoire que nous connaissons, pour beaucoup, par l'affreuse version édulcorée de Walt Disney ?

1. Que nous devons être *gentilles* et rêver d'un prince charmant qui donnerait sens à nos vies.

2. Que si, comme la marâtre, nous sommes *méchantes* et égoïstes, nous vivrons à jamais dans l'amertume.

3. Que si nous prenons l'initiative de vouloir nous faire aimer d'un homme, il ne s'intéressera pas à nous, et la seule chose que nous y aurons gagnée, c'est de nous ridiculiser et de rester vieilles filles comme les pauvres demi-sœurs de Cendrillon.

4. Que la beauté est ce qui compte le plus, puisque Cendrillon est belle et fait pour cette raison la conquête du prince, tandis que les demi-sœurs sont moches et qu'il est donc normal qu'elles finissent comme ça.

Mais les garçons aussi sont nombreux à avoir vu le film. Quand la maman emmenait sa fille, elle emmenait aussi son frère ; elle ne pouvait quand même pas le laisser tout seul à la maison. Certains de ces petits garçons, ceux qui ont le plus aimé l'histoire et l'épisode de la pantoufle de vair, ont fini dans les bars gay de Chueca, en se trémoussant frénétiquement sur « *Do you believe in love after looooooove ?* » Les autres ont retenu que, plus grands, ils devraient rechercher une femme gentille, modeste, travailleuse et réservée comme Cendrillon, et non pas une femme méchante, hardie, arrogante et en manque d'homme, comme ses demi-sœurs. Ils ont appris aussi que faire souffrir une femme peut être amusant, si l'on en juge par le plaisir qu'avait le chat à empoisonner la vie de Cendrillon.

Il faut souligner au passage le goût des Russes, des Turcs et des Coréens pour les feuilletons mélodramatiques comme *Los Ricos también lloran* (« Les riches pleurent aussi »). Une des premières ouvertures du marché télévisuel russe s'est effectuée grâce à cette *telenovela* mexicaine, l'histoire d'une jeune fille pauvre qui accède à une vie meilleure grâce à l'amour d'un homme. Il faut bien le dire : oui, c'est par la télévision que le libéralisme est entré, lorsque cette *telenovela* a obtenu en Russie les plus forts taux d'audience, malgré la concurrence de séries américaines comme *Dallas*, *Dynastie* ou *Santa Barbara*. La sociologue Kate Baldwin a affirmé en 1995, lorsque la série a commencé à entamer le monopole des feuilletons nord-américains sur le vieux continent, qu'il fallait y voir la « vengeance cathodique de Moctezuma ». Pourquoi un tel succès ? Tout simplement parce que le mythe de Cendrillon est universel. Perrault n'en est pas l'inventeur, il remonte au moins au IIᵉ siècle avant Jésus-Christ, quand Élien a transcrit en grec l'histoire d'un prince qui, voulant prendre femme, avait résolu de s'aider d'un soulier de petite taille, susceptible d'épouser parfaitement la forme du pied de la jeune fille qui lui était secrètement destinée. Il existe également une version russe de ce conte, *Zolouchka*, ce qui explique que les Russes n'aient eu aucun mal à décoder, à assimiler et à apprécier la part de mythe contenue dans la *telenovela* mexicaine.

Pour Nora Mazziotti, les mélodrames télévisés sont intemporels. Ils sont à la fois une manifestation de la culture populaire et « un bon exemple de la façon dont on peut modifier, adapter ou parodier un récit tout en lui restant fidèle. C'est toujours la même histoire, celle de la fille pauvre qui tombe amoureuse d'un homme riche, mais racontée de mille façons différentes ».

Cendrillon, Cendrillon toujours recommencée.

LA *TELENOVELA* ET LE « MODÈLE CENDRILLON »

Les gentilles et les méchantes

L'identité se construit « à l'intérieur » de la personnalité, dans l'inconscient, dans cet espace symbolique où cohabitent les représentations que nous avons de nous-mêmes et celles que nous avons des autres. L'acquisition du sentiment d'identité naît d'une série d'interactions que chacun a avec soi-même et avec les autres, et qui produisent un enchevêtrement de liens de nature spatiale, temporelle, sociale. C'est ainsi que la présence, dans les *telenovelas*, de bons et de méchants, s'explique par un double besoin psychique : celui d'avoir à notre disposition des personnages négatifs, sur lesquels projeter ce que nous ressentons de désagréable en nous-mêmes, et des personnages positifs, auxquels nous pouvons nous identifier, que nous pouvons admirer et imiter.

Cette claire dichotomie, que transmettent toutes les séries, vaut notamment pour les personnages féminins.

La gentille (modèle idéal) est :

Belle (c'est indispensable). Cela ne veut pas dire somptueuse, ni même bien roulée, mais jolie, sans plus. N'oubliez pas que l'héroïne éponyme de *Cristal*, bien que mannequin, avait un visage rond comme une brioche et un nez en patate.

Blanche (jamais noire ni indienne). Et ce, alors qu'en Amérique latine, berceau de la *telenovela*, les Blancs sont minoritaires (sans même parler des blonds).

Blonde (fausse blonde) ou auburn (tout aussi fausse).

Gentille, c'est-à-dire pleine de bons sentiments (soumise, discrète, tendre, modeste et dévouée).

Stoïque : lorsque la méchante l'insulte et l'humilie, elle ne la gifle pas, ne répond pas à ses insultes, mais se retire dans un coin pour pleurer.

Victime : elle est toujours la proie de conspirations et de complots ourdis par la méchante ou par sa famille (ils sont tous méchants dans la famille de la méchante), qui veulent, par jalousie, lui chiper l'homme qui lui revient légitimement.

Réservée : trop timide avec les représentants du sexe opposé, il lui arrive d'irriter même les femmes, mais ce trait de caractère se révèle payant à la longue, les hommes la préférant justement pour sa discrétion frisant l'apathie. L'archétype est Ugly Betty, même si, une fois au lit avec le patron-prince charmant, elle se révèle être un bon coup.

Passive : ce n'est jamais elle qui, au sein du couple, prend l'initiative.

La méchante (anti-modèle) est :

Sulfureuse : séduisante, certes, mais dans un autre style que la gentille. Généralement brune (fausse brune) ou rousse (fausse rousse) avec des boucles abondantes, alors que la gentille est blonde ou auburn (fausse blonde ou fausse auburn, bien sûr). La seule exception se trouve dans *Ugly Betty*, mais c'est parce que Betty, brune et gentille, est laide au début de la série, et que sa méchante rivale, qui est blonde, ne manque pas une occasion de la ridiculiser en l'appelant « Cheveux Teints ». La méchante est plus sensuelle que belle. C'est une femme qui n'a pas froid aux yeux. Une forte femme, quoi.

Déterminée : elle prend en main son destin, tous les moyens lui sont bons pour parvenir à ses fins. Le coup de la fausse grossesse est son préféré, quand il s'agit de mettre le grappin sur un homme. Mais il est tout de même étrange qu'à force de se faire faire le coup, les Luis Alberto et autres Carlos Romualdo n'exigent pas un test de grossesse et un certificat signé par plusieurs médecins avant d'accepter de passer devant le curé.

Impétueuse : contrairement à la gentille, elle pleure peu (presque toujours des larmes de crocodile, d'ailleurs, comme lorsqu'elle fait croire au naïf Luis Romualdo qu'elle est enceinte), mais se met souvent en colère.

Opiniâtre : pugnace, intrigante et vindicative, elle ne baisse jamais les bras, même face aux situations les plus désespérées. Ainsi, lorsque Luis Romualdo rompt avec elle après avoir découvert que sa grossesse n'est que pure invention, elle ne reste pas sagement chez elle à sécher ses larmes (comme si c'était son genre !), mais imagine de nouveaux stratagèmes, tels que, par exemple, soudoyer le coiffeur de la gentille pour qu'il mette dans sa teinture un produit qui la rende chauve.

Entreprenante : c'est elle qui prend les devants pour séduire Luis Romualdo, lequel, il faut bien le dire, a beau être chef d'entreprise, est tout de même un peu nunuche.

Brillante : c'est ce qui, au début, fait qu'elle plaît aux hommes comme aux femmes, mais son caractère impérieux et offensif laisse bientôt apparaître au grand jour sa méchanceté, de sorte que les hommes la fuient et qu'elle finit toute seule.

En résumé : la méchante est intelligente, sûre d'elle et dominatrice, tandis que la gentille est mollassonne, plutôt godiche, et apparemment dépassée par les événements.

Comme je l'ai dit, l'histoire de Cendrillon, comme tous ces contes de fées dont le héros est un prince charmant et l'héroïne une fille douce et stoïque, a été reprise des milliers de fois. Mais, compte tenu de la révolution sexuelle et de l'évolution des rôles dévolus aux deux sexes, scénaristes et producteurs ont voulu s'adapter aux mutations de la société, et ont proposé au téléspectateur de nouvelles histoires, qui ont été des succès publics.

Dans les histoires d'amour traditionnelles, il était couru d'avance que l'héroïne épouserait l'homme de ses rêves après avoir surmonté les innombrables obstacles s'interposant entre sa chevelure auburn et le beau Luis Alberto, et pleuré dans quatre cents des quatre cent vingt épisodes que compte la série. Maintenant, tout peut arriver, et la fin est imprévisible.

Grâce à la forte crédibilité dont jouit la télévision en tant que média, les auteurs de *telenovelas* se sont enhardis à écrire des scénarios novateurs, qui tiennent compte des changements intervenus dans les rapports entre les sexes. Et si le public leur a fait bon accueil, c'est en particulier parce que, malgré la tolérance accrue de la société vis-à-vis de certaines situations mal acceptées auparavant (l'homosexualité, l'infidélité féminine, l'avortement...), c'était la première fois que ces situations apparaissaient à l'écran aussi réelles que dans la vie.

Les thèmes abordés paraissent s'être beaucoup renouvelés. L'héroïne est aujourd'hui plus intelligente, plus libre, plus entreprenante, plus sûre d'elle, et le héros n'est plus cet homme à la beauté conquérante, mais un « nouvel homme », sensible, vulnérable, capable de souffrir – *féminin*, en quelque sorte. La série *Ugly Betty*, dont j'ai parlé, en est une illustration.

Sur le fond, cela dit, il y a des choses qui ne changent pas : l'homosexuel est toujours le pédé de service, jamais avocat ou homme d'affaires ; l'avortement est à peine évoqué et jamais pratiqué ; quant à la femme infidèle, elle est toujours d'une méchanceté inouïe et finit par se retrouver seule. Le vin nouveau dans les vieilles outres.

Il suffit de voir *Pasión de Gavilanes*, cette *telenovela* colombienne censément moderne qui a déferlé sur les écrans du monde entier, et surtout d'Espagne, où elle a pulvérisé tous les records d'audience. Dans cette série, l'opposition entre blondes et brunes a disparu, mais pas la double assimilation méchante-dépravée et gentille-nunuche. Ainsi, un protagoniste gifle sa sœur parce qu'elle a couché avec un garçon et veut venger l'affront. Il faut dire qu'au ranch de Gavilanes, on ne connaît pas la contraception, encore moins la vasectomie : c'est un monde où on continue de violer les femmes sans s'en émouvoir outre mesure, mais où, tout de même, on est « chevaleresque » puisqu'on épouse celle qu'on a mise enceinte et qu'on donne son nom à l'enfant. Les scénaristes, peut-être parce que la science fait mauvais ménage avec les intrigues dramatiques à bon marché, semblent ignorer l'existence des tests ADN. Une des séries les plus machistes et rétrogrades que j'aie vues, à commencer par la chansonnette du générique, qui vaut son pesant de niaiserie : « Qui est donc cet homme qui me déshabille du regard ? Une bête agitée qui me donne des frissons, mais qui me fait me sentir femme. Personne ne me le prendra, il sera toujours à moi. » (Quel chapelet de clichés en une seule strophe : l'homme est une bête agitée, la femme ne se sent femme que quand un homme la regarde, l'amour est possession !) Sans oublier d'impayables dialogues, dont voici un simple échantillon :

« Mais tu l'as violée, ou pas ?

— Tu serais étonné si je l'avais fait ?

— Non, il y a des femmes qui l'ont bien cherché, elles méritent qu'on les dresse. »

Sans commentaires.

3

DE LA *TELENOVELA* À LA SITCOM

L'HÉRITAGE DE LA *TELENOVELA* DANS *AQUÍ NO HAY QUIEN VIVA*

Prenons l'émission la plus novatrice de la télévision espagnole, le phénomène cathodique le plus important de ces dernières années, le feuilleton le plus intelligent aux dires des critiques, et qui est en même temps le préféré du public, celui qui bat en brèche les stéréotypes, qui met à bas les conventions, qui appelle les choses par leur nom. Oui, nous parlons bien du nouvel avatar de *13, calle del Percebe*, qui s'intitule *Aquí no hay quien viva*[1]. N'est-ce pas ce que l'on peut voir de plus moderne à la télévision ? Si. N'est-ce pas la seule série où l'on trouve, parmi les personnages, un couple gay et un couple de lesbiennes ? Si. N'est-ce pas celle qui aborde de la façon la plus franche et décomplexée la sexualité, en déboulonnant les mythes et en dédramatisant les intolérances ? Si.

1. Le titre pourrait se traduire par : « Comment peut-on vivre ici ? »

Et pourtant…

Et pourtant, si l'on regarde avec attention cette série, la plus audacieuse que l'on puisse voir à la télé, on ne peut manquer de remarquer qu'elle reste dans la filiation de la *telenovela*, en plus subtil, certes, mais il subsiste en bouche une sorte d'arrière-goût, comme après avoir bu un verre de vin vieilli en fût de chêne.

LES FILLES RESTENT CARACTÉRISÉES
PAR LEUR TENUE VESTIMENTAIRE

Si, dans la *telenovela* traditionnelle, la garde-robe des personnages féminins se limitait à trois types de tenue (avec quelques variantes), ici la tendance serait plutôt : pantalon ultra-moulant ou minijupe, haut ou tee-shirt laissant voir une partie du corps (épaule ou nombril).

Seule Malena Alterio, qui joue Belén, la « moche » de la troupe – c'est comme ça que tous les autres personnages parlent d'elle –, est habillée comme est censée l'être un laideron (mais tous les goûts sont dans la nature, moi je la trouve plutôt jolie), c'est-à-dire qu'elle porte des vêtements plutôt amples et jamais de minijupe. En revanche, elle ne remet jamais, au grand jamais, deux fois la même chose.

Les garçons, quant à eux, jouent peu de leur physique. Ils portent des jeans et des tee-shirts très larges. Ce n'est que quand Roberto essaie d'imiter Dinio[1], ou quand l'ex de Lucía, un garçon plutôt BCBG, s'aventure dans le monde gay, qu'ils se permettent

---

1. Acteur et chanteur d'origine cubaine, arrivé en 1998 en Espagne, où il a joué dans plusieurs séries télé à partir de 2003.

davantage de sophistication. Autant dire que le phénomène « métrosexuel » les laisse indifférents. Même
Mauri, homo assumé, et qui pourrait se permettre de
porter des tee-shirts moulants, ne laisse rien deviner
de ses abdominaux.

Autre détail qui pourrait paraître insignifiant,
mais qui est loin de l'être : dans *Aquí no hay quien
viva*, les femmes sexuellement actives sont minces.
Isabel Ordaz et Carmen Balagué, ces formidables
actrices que certains disaient (un peu vite) sur le
déclin, ont, depuis qu'elles ont rejoint la distribution, considérablement minci au gré de leurs aventures respectives avec le président de la copropriété et
avec M. Guerra. Ni Belén, ni Alicia, ni Lucía n'ont
un gramme de trop, pas plus que les actrices qui
interprètent les rôles secondaires, ou même qui n'apparaissent que dans un seul épisode (la seule *guest star*
un peu grosse jouait une femme de ménage envahissante). En revanche, on ne peut pas dire que M. Guerra
soit franchement beau, et personne ne semble lui avoir
conseillé de faire un régime. La même remarque
vaut pour la série *Los Serrano*, où Belén Rueda est
cent fois plus séduisante que son partenaire Antonio
Resines.

Message subliminal : l'apparence compte plus chez
la femme que chez l'homme.

LA SÉPARATION ENTRE LES SEXES

Quand les hommes (l'employé du vidéoclub, le
concierge, Roberto, ou le petit garçon pédant) se
retrouvent au vidéoclub, de quoi parlent-ils ? De

sexe, encore de sexe et toujours de sexe : « Celle-là, je me la ferais bien », ou : « Elle est bandante. » Mais dès qu'une fille entre dans la boutique, la conversation s'arrête net. Et quand il est question de l'avenir de l'établissement, le concierge dit à haute voix, parlant de Belén : « C'est pas la peine d'en parler quand elle est là, c'est pas un truc pour les femmes. »

En revanche, quand les filles (Alicia, Lucía et Belén) se retrouvent dans l'appartement d'une des trois, c'est presque toujours pour parler de leurs histoires sentimentales. Mais Alicia, celle qui paraît la plus active sexuellement, n'hésite pas à fournir force détails sur ses conquêtes.

Jamais personne, homme ou femme, ne s'appesantit sur les problèmes qu'il rencontre au travail, alors même qu'on sait que presque tous en ont, ni sur ses études. Je vous ai parlé tout à l'heure de cet article sur les dialogues dans les *telenovelas*, dont il ressortait que les couples d'amoureux y passent leur temps à parler d'amour et de mariage en roucoulant avec une constance sans équivalent, à ce qu'il me semble, dans le monde réel.

L'OPPOSITION ENTRE GENTILLES ET MÉCHANTES DEMEURE

La gentille est celle qui porte le même prénom que moi, Lucía. Depuis le début de la série (il y a trois ans), elle n'a couché en tout et pour tout qu'avec un homme, Roberto. Elle a bien dormi une nuit avec son ex, ce type que je vous ai décrit comme plutôt BCBG, mais on a su par la suite qu'ils s'étaient juste embrassés.

321

Après sa séparation d'avec Roberto, elle a failli avoir une aventure avec un superbe métis, mais une fois dans la chambre, à l'heure de vérité, elle a dû lui avouer qu'elle était de celles qui ne pouvaient coucher avec quelqu'un que s'il y avait de l'amour entre eux. Une autre fois, elle a flirté avec un garçon plus jeune qu'elle, sans aller jusqu'au bout. Maintenant, elle a un nouveau petit ami. Ce qui veut dire qu'en quatre saisons elle n'a couché qu'avec deux hommes, mais à chaque fois, c'était du sérieux : car Lucía, qu'on se le dise, est une chic fille ! C'est d'ailleurs, de tous les personnages féminins de la série, celle qui pleure le plus – sans en faire trop, car c'est tout de même une comédie, mais elle n'en a pas moins passé tout un épisode à pleurer quand elle s'est retrouvée sans mec et sans boulot.

Alicia est à l'opposé. C'est une teigne redoutable, qui serait capable, s'il le fallait, de passer par-dessus le cadavre de sa meilleure amie, Belén, avec qui elle partage l'appartement, pour décrocher un rôle. Mais, il faut bien le dire, c'est une teigne fascinante, un peu comme la marâtre de Blanche-Neige : élégante, sensuelle, sarcastique et culottée. Et redoutable : le genre de fille qu'on ne souhaite pas avoir pour amie – à tout prendre, mieux vaut encore la fille de *L'Exorciste* ! Eh bien, le croiriez-vous ? Cette femme qui réunit tous les stéréotypes de la traîtresse pour *telenovela*, est, de tous les personnages féminins, la seule qui couche. Et pas qu'un peu.

Petite remarque en passant : Lucía est passée d'auburn (fausse auburn) à blonde (fausse blonde), tandis qu'Alicia a essayé toutes les teintes de la palette L'Oréal, se risquant même à afficher une mèche bicolore noir et blanc, un mélange de Mónica

Naranjo et de Cruella De Vil (toutes deux des filles méchantes – d'ailleurs un des tubes de Mónica Naranjo, sur lequel tout le monde a dansé, s'appelle comme ça : *Chicas malas*), avant de redevenir brune – puis de disparaître de la distribution, au grand désespoir de ses fans, dont je suis (snif, snif).

Entre les deux, il y a Belén, version relookée de « Petit Cerveau », mais sans lunettes. Elle semble la plus intelligente de toutes, et de loin. C'est elle qui se démène le plus pour retrouver du boulot quand elle perd le sien, car elle ne reste jamais très longtemps dans le même, et elle n'a pas besoin pour ça de faire appel à son père, contrairement à Lucía (dont les malheurs, soit dit en passant, ne nous apitoient pas beaucoup, car lorsqu'elle se retrouve au chômage et refuse l'aide paternelle, cela ne l'empêche pas d'arborer des tenues à deux cents euros, ni d'avoir des mèches qui nécessitent un entretien hebdomadaire). Belén n'est ni une pure comme Lucía, ni une bête de sexe comme Alicia (le jour où l'occasion se présente de faire ça à trois, elle doit avouer qu'elle n'a jamais essayé, et révéler ainsi qu'elle n'est pas si expérimentée que ça). Elle n'est ni méchante comme Alicia, ni adorée des hommes comme Lucía, qui a tout de même connu deux fois le Grand Amour. Elle a trouvé un amant occasionnel en la personne du gardien de l'immeuble, un gars sympathique qui a les faveurs du public, mais dont, disons-le tout net, aucune fille ne voudrait chez elle (il est désordonné, modérément affectueux, radin, obséquieux, et par-dessus le marché il entretient avec le président de la copropriété une étrange relation d'amour-haine et de dépendance-admiration). Autrement dit, Belén, n'étant ni vertueuse, ni gentille, ni jolie, ni blonde ni rien du tout, n'a droit qu'à ce que les règles en vigueur dans l'univers cathodique ont décidé qu'elle méritait : un pauvre minable.

LE COUPLE RESTE AU CENTRE DE L'EXISTENCE

Mauri est journaliste, mais on ne le voit jamais écrire un article, sauf pour protester le jour où son amant est licencié. Sa colocataire est vétérinaire, mais à aucun moment on ne la voit dans sa clinique en train de soigner le moindre toutou. Ni même de donner ses gouttes à Versace, le lapin de Mauri. Elle a une compagne avocate, mais on ne nous la montre dans le cadre de son travail que pour lui permettre d'y rencontrer sa future copine, et encore une deuxième fois quand elle plaide (bien que pénaliste en principe) lors du divorce de Yerbas d'avec Guerra (toujours en rapport avec l'amour, donc). Lucía travaille, au début, dans l'entreprise de son père, mais on ne sait pas ce qu'elle y fait, et plus tard, quand elle se trouve un job de serveuse dans un restaurant, jamais on ne la voit prendre une commande, ni se disputer avec le livreur d'Estrella Galicia[1] qui est systématiquement en retard (un jour, je l'ai attendu trois heures). Et ainsi de suite. La plupart des personnages travaillent, mais leur vie professionnelle ne compte pas, car la seule chose qui compte, pour chacun d'eux, c'est de rencontrer cet Amour (avec majuscule, s'il vous plaît) si attendu mais si fuyant, et d'en entretenir la flamme. Même chez les trois « vieilles », qui n'ont plus d'homme dans leur vie depuis longtemps, l'amour reste au

1. Bière produite en Galice.

centre de l'existence. L'une reste obsédée par son Manolo qui l'a quittée, tandis que sa sœur ne pense qu'à se trouver quelqu'un, et toutes deux ont un jour eu une aventure, la première avec Monsieur Guerra, la seconde avec le père du concierge. La seule qu'on n'entende jamais parler d'amour est la troisième, leur amie, une femme grippe-sou et acariâtre qui est, de loin, le plus méchant de tous les personnages. Bien entendu, aucune des trois ne parle boulot, et elles ont pour seule distraction de jouer aux petits chevaux.

LE CAS *FRIENDS*

Pour le cas où le lecteur vivrait dans un pays où *Aquí no hay quien viva* n'a jamais été diffusé, je vais prendre un autre exemple, internationalement connu celui-là : la sitcom américaine *Friends*.

Dans *Friends*, la gentille (Rachel) est châtain clair, et mignonne sans être belle à proprement parler. La niaise, Phoebe, est blonde, et l'intelligente, Monica, est brune. Il n'y a pas de méchante.

Dans *Friends*, les filles sont ultra-minces (même si Jennifer Aniston recourt, pour garder la ligne, à un régime draconien peu recommandable). Les garçons, eux, ne sont pas tenus de l'être. Chandler est même devenu plutôt enrobé, ce qui ne l'empêche pas de flirter avec la belle Monica.

Dans *Friends*, les filles sont impeccablement coiffées et maquillées, même au saut du lit. Elles ne remettent jamais deux fois la même chose. Les garçons, eux, sont généralement en jeans et tee-shirt.

Le groupe d'amis de *Friends* ne compte aucun Noir, ce qui surprend dans une ville comme New York, haut lieu du *melting pot* américain. Ni aucun gay. L'ex-femme de Ross est bien lesbienne, mais elle n'apparaît qu'au début de la série, après quoi on n'en entend plus parler.

On ne sait pas au juste ce que fait Rachel. Elle est censée travailler dans la mode, mais encore ? Jamais on ne la voit découper un patron ni tenir une aiguille et un fil. Quand elle travaille comme serveuse, c'est juste pour donner l'occasion à ses amis de se retrouver au café et de se raconter leurs affaires de cœur. Et quand elle travaille dans un bureau, c'est pour y avoir une aventure avec un assistant. Car le couple, ici aussi, est central dans la vie de chacun des personnages, surtout féminins. Le boulot, les factures à payer, le niveau des loyers et autres détails matériels sont à peine mentionnés. Il semblerait que les protagonistes ne soient pas concernés par les problèmes des simples mortels.

Le seul à mener une vie dissolue est un homme : Joey. Les filles, elles, ont des relations de couple où il n'est jamais question de sexe, et ces relations, si fugaces soient-elles (parfois le temps d'un épisode), ne sont pas pour autant des aventures sans lendemain.

Les femmes ont toujours des emplois « féminins », tels que serveuse, cuisinière, masseuse ou styliste.

Ce sont elles qui, statistiquement, tombent le plus souvent amoureuses et souffrent le plus par amour. Ce sont aussi les seules à laisser des messages, aussi stupides que révélateurs d'une dépendance compulsive, sur les répondeurs de leurs conquêtes. À chaque épisode, toutes les trois se trouvent empêtrées jusqu'au cou dans une liaison amoureuse – contrairement aux trois héros, qui ne parlent pas d'amour mais de sexe, et commentent volontiers les films pornos qu'ils regardent.

Dans un des épisodes, Chandler et Joey se moquent de Ross parce qu'il porte un pull rose, et dans un autre, ils le traitent de femmelette quand il avoue aimer les bains moussants. Mais depuis quand les pulls roses et les bains moussants sont-ils l'apanage des femmes ?

Enfin, quand Rachel devient mère, c'est à un vrai miracle de la nature que l'on assiste : à peine vient-elle d'accoucher qu'elle affiche de nouveau une ligne de top model, qu'elle est impeccablement coiffée et maquillée – et pas la moindre tache de lait sur ses magnifiques tenues ! Pas le moindre signe de fatigue non plus, ni les nuits blanches ni les coliques du nourrisson ne semblant la perturber outre mesure. Je ne vois que deux explications possibles au peu de soins dont cet enfant a besoin : soit il est né par l'opération du Saint-Esprit, soit c'est un extraterrestre. D'ailleurs, c'est à peine si on le voit. J'aurais bien aimé, pendant les six mois qui ont suivi la naissance de ma fille, pouvoir m'habiller aussi chic et disposer d'autant de temps libre.

SUIS-JE EN TRAIN DE DIRE QUE *AQUÍ NO HAY QUIEN VIVA* EST UNE DAUBE ?

Jamais de la vie ! Loin de moi cette pensée ! Au contraire : j'adore cette série et la regarde dès que je peux, comme le prouve ma connaissance détaillée des épisodes que j'ai cités. En outre, si je croyais en l'Amour Éternel (ce qui n'est pas le cas), je ne verrais aucun inconvénient à le vivre avec l'ex BCBG de Lucía. J'ai seulement voulu montrer que certains **mythes sont profondément enracinés dans le subconscient collectif, et que la télévision les reprend, les reproduit, les amplifie.**

1. La dichotomie féminine
Sexuellement active = méchante. Sexuellement passive = gentille.

2. La définition par le conjoint
Une femme se définit à travers son conjoint ou son partenaire.

3. La beauté comme destin
C'est l'idée, sacralisée par la société, selon laquelle la vie est déterminée par l'apparence physique, surtout quand on est une femme. Belén-Malena se fait traiter de moche dans la moitié des épisodes, alors que c'est une fille qu'on trouverait, dans la vie réelle, plutôt jolie (si tu en doutes, viens plutôt dans mon bar et juge par toi-même).

Ces mythes ont la vie dure, et tant qu'il n'y aura personne pour les identifier, les démonter et les combattre, la dépendance émotionnelle aura de beaux jours devant elle.

4

LA VRAIE VIE EST AILLEURS

Certains d'entre vous se souviennent sans doute de l'époque, pas si lointaine, où il n'y avait pas les radios, ni les films (ou alors, dans le meilleur des cas, une fois par semaine), où il n'existait pas, comme aujourd'hui, de journaux, à plus forte raison d'hebdos ou de magazines, capables d'influencer les mœurs et les modes de vie. La seule norme qui prévalait, au travail comme dans les rapports entre les gens, ou dans la vie en général, était la tradition, la coutume communément admise : « Ça a toujours été comme ça. » Un mode de communication fondé, en somme, sur une expérience commune, transmise et justifiée principalement par la parole.

Mais aujourd'hui, le « Ça a toujours été comme ça » a fait place au « Je l'ai vu à la télé ». La télévision contribue à homogénéiser peu à peu les comportements d'un public accoutumé à recevoir de plus en plus passivement les messages. Présente dans tous les foyers, elle est la première créatrice/émettrice/reproductrice d'habitudes, de coutumes, de modes de vie et de normes de comportements.

Elle décide de ce qui est à la mode ou non, de ce qui est admis ou non.

L'industrialisation et l'urbanisation ont créé de nouvelles façons de vivre ensemble, ainsi que des conditions sociales propices au développement de la communication de masse, de médias dont un très grand nombre d'activités économiques sont tributaires. C'est ainsi que les médias de masse ont tout révolutionné, du commerce à la politique en passant par l'éducation et le lien social (où rumeurs et potins prennent une place considérable). Avant leur invention, il n'existait pas, ou pas à ce point, d'autre mode de communication que la parole, et cette parole avait fini, notamment sous sa forme écrite, par amener de profonds bouleversements de la condition humaine dans les sociétés développées, sociétés dont les gouvernements allaient bientôt s'employer à conquérir et à contrôler de nouveaux territoires.

L'irruption de la presse, de la radio et de la télévision dans les foyers revêt par conséquent une importance bien plus grande que le progrès scientifique. Après tout, si nous sommes au courant de l'existence des satellites et autres navettes spatiales, c'est presque exclusivement par les médias, et une télévision devant laquelle chacun, enfant ou adulte, passe au bas mot quinze à vingt heures par semaine, finit par avoir un impact direct sur la vie des gens, sur les modèles de comportement. L'offre de programmes se diversifie tout en se standardisant, de façon à toucher l'ensemble du public potentiel, de plus en plus indifférencié dans une société où se répand inexorablement une nouvelle forme de participation, dite *passive*, qui transcende les relations sociales de l'individu.

Nous sommes souvent dans tous nos états en voyant certains films, alors que nous savons bien que nous ne courons aucun danger. Moi-même, les films d'horreur m'angoissent trop pour que j'arrive à les regarder : songez qu'après avoir vu *Le Projet Blair Witch*, j'ai dû partager mon lit avec mon chien pendant un mois, persuadée que la sorcière viendrait m'enlever dès que j'aurais les yeux fermés. Je ne suis pas certaine qu'un toutou de six kilos aurait pu faire grand-chose pour moi, mais une peur irrationnelle, par définition, n'est pas rationnelle. On a beau essayer de se raisonner, se dire que ce n'est qu'un film, que l'on n'a rien à craindre, notre inconscient a besoin d'y croire afin de donner libre cours à nos pulsions, à nos désirs, à nos hantises. Preuve s'il en est que, chez le spectateur, l'émotion est finalement plus forte que la raison, que l'inconscient l'emporte sur le conscient, que la fiction dépasse la réalité.

Si la télévision est devenue l'industrie puissante que l'on sait, c'est parce qu'elle fascine, qu'elle hypnotise. Si nous nous sentons à ce point envoûtés par les récits qu'elle nous propose, c'est parce que nous y trouvons, souvent inconsciemment, une représentation de nos fantasmes intimes, de nos sentiments contradictoires, de nos désirs inassouvis, un exutoire aux angoisses et aux peurs que nous avons en nous et que nous ne pouvons supporter.

Du fait de cette identification du spectateur, les *telenovelas*, les sitcoms et les séries télé en général ne font pas que refléter : elles façonnent. Elles ne font pas que révéler nos vides et nos manques : elles les comblent. En même temps qu'elles dynamisent nos besoins et nos désirs, elles leur donnent une direction, un sens. Comme l'a dit Edgar Morin,

« une fabrique de rêves est une fabrique de personnalité ».

La personnalité se construit par identifications suc-
cessives à des modèles jugés gratifiants. Étant donné
l'habileté des médias à présenter n'importe quoi sous
un jour positif, c'est bien la société médiatique qui
crée la plupart de ceux que nous percevons comme
tels. Depuis quand les gays sont-ils mieux vus par la
société ? Depuis qu'ils passent à la télé. Ce sont des
figures comme celles de Mauri de *Aquí no hay quien
viva* ou du présentateur Boris Izaguirre qui ont préparé
le terrain à des initiatives comme la loi sur le mariage
homosexuel. Et, pour prendre un exemple moins heureux, pourquoi y a-t-il tant d'anorexiques ? Parce qu'on
a du mal à tomber, dans une série, sur un personnage
féminin, même secondaire, qui pèse plus de cinquante
kilos : point de salut cathodique au-delà de la taille 38 !

Ce mimétisme – le fait, par exemple, de vouloir
copier la coiffure de Lucía, de vouloir perdre cinq
kilos, ou de porter le même tee-shirt que Roberto
après avoir vu *Aquí no hay quien viva* – passe par un
transfert émotionnel, une association d'idées qui n'a
rien de logique ni de raisonné.

Lorsque nous réagissons de façon émotionnelle
– positivement ou négativement – à un personnage, à
une action, à une situation, nous le faisons à partir
d'un point de vue moral ou idéologique, et l'énergie
émotionnelle ainsi libérée part dans une certaine
direction. En d'autres termes, si nous voyons que la
chic fille de la série est mince, nous finissons par
associer minceur et gentillesse. C'est exactement la
même chose qui se passe dans la société. On a trois
fois plus de chances de décrocher un emploi quand
on est mince que quand on est gros.

Longtemps, les seuls modèles que les femmes pouvaient voir sur les écrans, les seuls auxquels elles pouvaient s'identifier ont été des femmes passives, résignées et soumises. Des femmes qui s'accomplissaient en assumant leur rôle dépendant. La société médiatique contribuait ainsi à asseoir et à pérenniser ce rôle social conventionnel de la femme. Et elle continue de le faire, mais plus subtilement.

On pourrait croire que le public ne recherche que le spectacle. Mais la société médiatique lui offre, en plus, du sens. Bien souvent à son insu. La force émotionnelle et socialisatrice du récit audiovisuel réside en ce que, dans une large mesure, elle produit ses effets hors de toute rationalité et de toute conscience. L'importance des modèles ou des mythes socialement acceptés est capitale, car c'est à travers eux que se construit l'imaginaire collectif.

On imagine aisément la différence abyssale qu'il y a entre le comportement et le niveau de socialisation d'un enfant selon qu'il regarde la télévision à longueur de journées, ou que son contact avec les autres enfants passe par le jeu, le dialogue, la pratique artistique ou culturelle – surtout s'il a, en outre, l'occasion de se confronter par la création à l'ennui et à la solitude. Goethe disait que nous sommes façonnés par ce que nous aimons. Aujourd'hui, on pourrait dire que nous sommes conditionnés par ce qu'on nous apprend à aimer. Ou qu'on nous incite à aimer. Ou qu'on nous force à aimer. Nous sommes façonnés par les médias, qui sont capables de nous faire aimer ce qu'ils veulent nous faire aimer, de nous faire croire qu'aimer est tout autre chose que ce pourrait être. Loin de moi l'intention de vous dire de ne pas regarder la série *Aquí no hay quien viva*. Je la regarde bien, moi. Ce que je vous dis, c'est que le bonheur passe par le fait d'assumer une identité propre, non imitée.

La vie est brève, les jours nous filent entre les doigts, et c'est tout juste s'il nous reste assez de temps libre pour en profiter. Si, en plus, nous le passons devant la télévision, c'est comme si nous vivions par procuration, à travers des personnages de fiction. Ne vous est-il jamais venu à l'esprit que notre vie pouvait être infiniment plus intéressante que celle de Lucía ou de Mauri, pour peu, bien entendu, que nous osions la vivre au grand jour ? Le monde réel est bien plus vaste que l'univers cathodique, car ses possibilités sont infinies. Pour les découvrir, il faut s'écarter quelque peu du précepte de saint Thomas, et ne pas croire tout ce qu'on voit. Il faut apprendre que le monde réel est moins manichéen que celui de la télé. Que l'on y peut être à la fois bon et méchant. Que l'on peut être fleur bleue et ne jamais rencontrer l'amour de sa vie. Que l'on peut être une bombe sexuelle et le rencontrer. Que l'on peut (j'en témoigne) être enrobée et continuer à plaire. Que l'on peut vivre sans être en couple. Que l'on peut être ami avec quelqu'un du sexe opposé sans qu'il soit forcément homosexuel. Que l'on peut remettre deux fois le même vêtement sans que le ciel vous tombe sur la tête. Que l'on peut vivre sans télévision.

Que l'on peut aimer sans être dépendant.

REMERCIEMENTS

Merci à

Carmen Durán, Pablo Álvarez, Mercedes Castro, Esther Valverde, Carlos Moreno, Esteban Cañamares et Jeff Robson pour leurs contributions et suggestions.

BIBLIOGRAPHIE

I – SOUFFRIR PAR AMOUR

1. Qu'est-ce que la dépendance émotionnelle ?

ALTABLE VICARIO, María Rosario, *Penélope o las trampas del amor*, Nau Llibres, Valence, 1998.

BEATTIE, Melody, *Vaincre la codépendance*, traduit de l'américain par Hélène Collon, J.-C. Lattès, Paris, 1991.

BIREDA, Martha M., *Love Addiction : a Guide to Emotional Independence*, New Harbinger Publications, Oakland, 1990.

BOWLBY, John, *The Making and Breaking of Affectional Bonds*, Routledge, Londres, 2005.

CASTELLÓ BLASCO, Jorge, « Análisis del concepto dependencia emocional », 1er Congrès virtuel de psychiatrie, 1er février-15 mars 2000, conférence 6-CI-A. http://www.psiquiatria.com/congreso/mesas/mesa6/conferencias/6_ci_a. htm.

CASTELLÓ BLASCO, Jorge, « Tratamiento de la dependencia emocional en la mujer », II Symposium Nacional sobre Adicción en la Mujer.

CASTELLÓ BLASCO, Jorge, *Dependencia emocional : características y tratamiento*, Alianza Editorial, Madrid, 2005.

CASTELLÓ BLASCO, Jorge, « Dependencia emocional y violencia doméstica », *Locard,* n° 3, année II, Valence, 2004.

KERNBERG, Otto, *Love Relations : Normality and Pathology,* Yale University Press, New Haven et Londres, 1995.

KERNBERG, Otto, *Object-relations Theory and Clinical Psychanalysis,* J. Aronson, New York, 1991.

KLEIN, Melanie, « Les racines infantiles du monde adulte », *Envie et gratitude et autres essais*, traduit de l'anglais par Victor Smirnoff, Gallimard, Paris, 1968.

KLEIN, Melanie, « Sur le développement du fonctionnement mental », *Le Transfert et autres écrits*, PUF, Paris, 1995.

LEMAIRE, Jean-Georges, *Le Couple, sa vie, sa mort : la structuration du couple humain*, Payot, Paris, 1979.

LEVINTON, Nora, « El superyó femenino », *Revista de Psicoanálisis*, Aperturas Psicoanalíticas. Hacia modelos integradores, n° 1, avril 1999.

MÁRAI, Sándor, Métamorphoses d'un mariage, traduit du hongrois par Georges Kassaï et Zéno Bianu, Albin Michel, Paris, 2006.

MELER, Irene, « Violencia entre los géneros. Cuestiones no pensadas o "impensables" ». Psicoanálisis, estudios feministas y género. Foros Temáticos/ Género, estudios feministas y psicoanálisis.

http://www.psicomundo.com/foros/genero/violencia.htm.

ORTIZ, Lourdes, El sueño de la pasión, Planeta, Barcelone, 1997.

SCHWARZ, Ruthd, *Idolatría del poder o reconocimiento : Dos modos de vivir y relacionarse*, Grupo Editor Latinoamericano, Buenos Aires, 1989.

2. *À la recherche du père perdu*

CAÑAMARES, Esteban et PÉREZ MONTE DE OCA, Francisco Javier, *¿Por qué le es infiel ?*, Editorial Amat, Madrid, 2004.

FREUD, Sigmund, « La disparition du complexe d'Œdipe » (1924), *Œuvres complètes*, XVII, PUF, Paris, 1992.

FREUD, Sigmund, « Le Moi et le Ça » (1923), *Œuvres complètes*, XVI, PUF, Paris, 1991.

FREUD, Sigmund, « L'organisation génitale infantile » (1923), *Œuvres complètes*, XVI, PUF, Paris, 1991.

FREUD, Sigmund, « Psychologie des masses et analyse du moi » (1921), *Œuvres complètes*, XVI, PUF, Paris, 1991.

FREUD, Sigmund, « Le retour infantile du totémisme », *Totem et tabou, interprétation par la psychanalyse de la vie sociale des peuples primitifs* (1913-1914), Payot, Paris, 1992.

KLEIN, Melanie, « L'amour, la culpabilité et le besoin de réparation », in *L'Amour et la Haine, étude psychanalytique*, traduit par Annette Stronck, Payot, Paris, 1991.

LYONS-RUTH, KarIen, « El inconsciente bipersonal : el diálogo intersubjetivo, la representación relacional actuada y la emergencia de nuevas formas de organización relacional », *Revista de Psicoanálisis*, Aperturas Psicoanalíticas. Hacia modelos integradores, n° 4, mars 2000.

Márai, Sándor, *Métamorphoses d'un mariage,* traduit du hongrois par Georges Kassaï et Zéno Bianu, Albin Michel, Paris, 2006,

Mitchell, Stephen A., *Relational Concepts in Psychoanalysis : An Integration*, Harvard University Press, 1988.

Nasio, Juan David, *El placer de leer a Freud*, Editorial Gedisa, Barcelone, 1999.

Seligman, Stephen, « Integrando la teoría kleiniana y la investigación intersubjetiva del niño : observando la identificación proyectiva », *Revista de Psicoanálisis*, Aperturas Psicoanalíticas. Hacia modelos integradores, n° 4, mars 2000.

3. Les sûrs d'eux, les évitants et les anxieux

Baldwin, Mark, Keelan, John, Fehr, Beverly, Enns, Vicky et Koh-Rangarajoo, E., « Social cognitive conceptualization of attachment working models : availability and accessibility effects », *Journal of Personality and Social Psychology,* n° 71, juillet 1996, p. 94-109.

Bourbeau, Linda, Diehl, Manfred, Elnick, Alexandra et Labouvie-Vief, Gisela, « Adult attachment styles : their relations to family context and personality », *Journal of Personality and Social Psychology,* n° 74, juin 1998, p. 1656-1669.

De Las Heras, Javier, « Conócete mejor. Descubre tu personalidad », Espasa Práctico, Madrid, 2000, p. 100.

Feeney, B. et Kirkpatrick, L., « Effects of adult attachment and presence of romantic partners on physiological responses to stress », *Journal of Personality and Social Psychology*, n° 70, février 1996, p. 255-270.

GRIFFIN, Dale et BARTHOLOMEW, Kim, « Models of the self and other : fundamental dimensions underlying measures of adult attachment », *Journal of Personality and Social Psychology,* n° 67, septembre 1994, p. 430-445.

HAZAN, Cindy, « The Essential Nature of Couple Relationships », *Attachment Processes in Couple and Family Therapy,* Susan M. Johnson (ed.) et Valerie E. Whiffen (ed.), Guilford Press, New York, 2003.

HAZAN, Cindy et SHAVER, Phillip, « Romantic Love Conceptualized as an Attachment Process », *Journal of Personality and Social Psychology,* n° 52, mars 1987, p. 511-524.

KOBACK, Roger et HAZAN, Cindy, « Attachment in marriage : effects of security and accuracy of working models », *Journal of Personality and Social Psychology,* n° 60, juin 1991, p. 861-869.

MIKULINCER, Mario, « Adult attachment style and individual differences in functional versus disfunctional experiences of anger », *Journal of Personality and Social Psychology,* n° 74, février 1998, p. 513-524.

MIKULINCER, Mario, « Attachment style and the mental representation of the self », *Journal of Personality and Social Psychology,* n° 69, décembre 1995, p. 1203-1215.

MIKULINCER, Mario, « Adult attachment style and information processing : individual differences in curiosity and cognitive closure », *Journal of Personality and Social Psychology,* n° 72, mai 1997, p. 1217-1230.

MIKULINCER, Mario, « Attachment working models and the sense of trust : an exploration of interaction goals and effect regulation », *Journal of Personality and Social Psychology,* n° 74, mai 1998, p. 1209-1224.

SIMPSON, Jeffrey, « Influence of attachment styles on romantic relationships », *Journal of Personality and Social Psychology,* n° 59, novembre 1990, p. 971-980.

SIMPSON, Jeffrey, RHOLES, Steven et PHILLIPS, Dede, « Conflict in close relationships : an attachment perspective », *Journal of Personality and Social Psychology,* n° 71, novembre 1996, p. 899-914.

SUTIL, Lucía, *¿Dónde estás, amor ? : hacia la construcción de una relación,* Algaba Ediciones, Madrid, 2004.

4. La maltraitance psychologique

HIRIGOYEN, Marie-France, *Le Harcèlement moral : la violence perverse au quotidien,* Syros, Paris, 1998.

RISO, Walter, *¿Amar o depender ? : cómo superar el apego afectivo y hacer del amor una experiencia plena y saludable,* Ediciones Granica, Barcelone, 2004.

RISO, Walter, *Ama y no sufras. Cómo disfrutar plenamente de la vida en pareja,* Ediciones Granica, Barcelone, 2005.

SUTIL, Lucía, *Cómo amamos las mujeres : corazón de mujer,* Editorial Edaf, Madrid, 2004.

II – COMMENT RENFORCER L'ESTIME DE SOI

ÁLVAREZ RABO, Alfredo, *Follar no es obligatorio,* Ediciones La Cúpula, Vitoria, 2003.

BENTALL Richard P., *Madness Explained : Psychosis and Human Nature,* Allen Lane, Londres, 2003.

BURGESS, Anthony, *Les Puissances des ténèbres,* traduit de l'anglais par Georges Belmont et Hortense Chabrier, Acropole, Paris, 1981, Le Livre de Poche, 1985.

CRECENTE ROMERO, Fernando Javier, TORIBIO GÓMEZ, Raquel et AGUILERA SANTOS, Diana, « El sexo en la publicidad », monographie publiée par l'université d'Alcalá.

« El español ante el sexo : verdades, realidades y mitos », étude réalisée par la Fédération espagnole des sociétés de sexologie (FESS).

ELIADE, Mircea, « Symbolisme religieux et valorisation de l'angoisse », *Mythes, rêves et mystères*, Gallimard, Paris, 1957.

FROMM, Erich, « Les objets amoureux », *L'Art d'aimer*, chap. IV, traduit de l'américain par J.-L. Laroche et Françoise Tcheng, PUF, Paris, 1967.

HODGKINSON, Liz, *Sex Is Not Compulsory : Giving up Sex for Better Health and Greater Happiness*, Columbus Books, Londres, 1986.

LERMA JASSO, Héctor, « ¿Qué tan amplio es su criterio ? », Istmoenlinea. com. mx, n° 254, mai/ juin 2001, http://www.istmoenlinea.com.mx/articulos/25414.html

Precarias a la Deriva, « Cuerpos, mentiras y cintas de vídeo : entre la lógica de la seguridad y la lógica del cuidado », *Diagonal,* février 2005.

ROSS, Colin A. et PAM, Alvin, *Pseudoscience in Biological Psychiatry : Blaming the Body*, John Wiley & Sons, New York, 1995.

RUIZ, Alfredo, « La depresión como enfermedad inexistente. Visión crítica desde la psicología y psicoterapia cognitiva post-racionalista », Actas del departamento de Psicología, Facultad de Ciencias Sociales de la universidad de Chile, Santiago, 30 juin 2004.

SPEER, Albert, *Au Cœur du Troisième Reich*, traduit de l'allemand par Michel Brottier, Fayard, Paris, 1971.

343

TORRES, Ana Teresa, « Fronteras del Deseo », *Territorios eróticos*, Editorial Psicoanalítica, Caracas, 1998.

WOLF, Naomi, *Quand la beauté fait mal*, traduit de l'américain par Michèle Garène, First, Paris, 1991.

III – LA TÉLÉVISION COMME PRESCRIPTRICE DE COMPORTEMENTS

ALLEN, Robert C., « The Guiding Light : Soap Opera as EconomicProduct and Cultural Document », in H. NewComb (ed.), *Television. The Critical View,* p. 141-163, Oxford University Press, New York, 1987.

BALDWIN, Kate, « Moctezuma's Revenge : Reading *Los Ricos También Lloran* in Rusia », in Robert C. Allen (ed.), *To Be Continued... Soap Operas around the World*, Routledge, New York, 1995.

BARRIOS, Leoncio, « Television, telenovelas, and family life in Venezuela », in J. Lull (ed.), *World Families Watch Television,* p. 49-79, Sage Publications, Newbury Park, 1988.

CABOT, Laurie et COWAN, Tom, *Power of the Witch : A Witch's Guide to her Craft,* Delacorte Press, New York, 1989.

CONWAY, Hill, BOURQUE, Susan et SCOTT, Joan, « El concepto de género », in Marta Lamas (comp.), *El género : la construcción cultural de la diferencia sexual*, Programa Universitario de Estudios de Género de la UNAM/Porrúa, 1997.

FERRÉS I PRATS, Joan, « Educación en medios y competencia emocional », *La Iniciativa de Comunicación,* avril 2004.

López, Ana, « The Melodrama in Latin America : films, telenovelas, and the currency of a popular form », in Marcia Landy (ed.), *Imitations of Life : a Reader on Film and Television Melodrama*, Wayne State University Press, Detroit, 1991.

López, Ana, « Our welcomed guests : telenovelas in Latin America », in Robert C. Allen (ed.), *To Be Continued... Soap Operas Around the World*, Routledge, New York, 1995.

Lozano, Elizabeth, « The force of myth on popular narratives : the case of melodramatic serials », *Communication Theory,* août 1992.

Mazziotti, Nora, *La industria de la telenovela. La producción de ficción en América Latina*, Paidós, Buenos Aires, 1996.

Mazziotti, Nora, « El estado de las investigaciones sobre telenovela latino-americana », *Revista de ciencias de la información*, éditions de l'université d'Alcalá, n° 8 hors-série, p. 45-59.

Orona, Paloma, « El rol de los sexos en las telenovelas », *Redoble,* revue de la Escuela de Comunicación de Monterrey.

Quintero, Claudia, « Elementos a considerar sobre el narcótico más temido de la televisión latinoamericana », *Razón y palabra,* n° 28, août 2002. http://www.cem.itesm.mx/dacs/publicaciones/logos/cmasas/2002/agosto. html

Torres Aguilera, Francisco Javier, *Telenovelas, televisión y comunicación,* Ediciones Coyoacán, México, 1994.

Villarruel, Cristina, « De cómo las telenovelas transmiten lo femenino : un estudio etnográfico de la novela *Cañaveral de Pasiones* », *Educar,* n° 7, octobre 1998.

Lucía Etxebarria présente
Ce que les hommes ne savent pas

Le sexe est avant tout une affaire d'imagination, et donc de femmes ! Dans ces douze récits emmenés par des plumes survitaminées, Lucía Etxebarria et ses comparses (journalistes, artistes…) conjuguent au féminin les infinies variations du désir, ses mystères et ses paradoxes. Dominatrices, libertines ou passionnées, les amazones modernes revisitent avec humour l'éros et ses alentours.

n° 4361 – 7 €

Lucía Etxebarria

Amour, Prozac et autres curiosités

Dans le Madrid libéré de l'après-*Movida*, trois sœurs
que tout oppose, Cristina, Ana et Rosa, se racontent.
Elles confient leurs joies, leurs déboires, leur mal
de vivre, parfois. En quête perpétuelle de l'homme
idéal, elles aspirent inlassablement au bonheur. Lucía
Etxebarria, dans un style unique, caustique et corrosif,
dresse un portrait attachant des femmes dans l'Espagne
d'aujourd'hui.

n° 3253 – 7,90 €

Lucía Etxebarria
Cosmofobia

Lavapiés. Ce quartier populaire et cosmopolite de Madrid,
où se croisent immigrés africains et bobos, offre à Lucia
Etxebarria un décor idéal pour faire naître une trentaine
de personnages dont les vies vont s'entrechoquer. À l'image
du centre associatif du quartier où dealers, éducatrices et
clandestins s'entraident, se jalousent, s'aiment et
se déchirent. Avec ce roman choral, Lucía Etxebarria
livre une comédie humaine attachante et bariolée.
Partant du coin de sa rue, elle déchiffre le monde
d'aujourd'hui.

n°4106 – 7,90 €

Impression réalisée par

BRODARD & TAUPIN

La Flèche (Sarthe), 65007
N° d'édition : 4159
Dépôt légal : mai 2009
Nouveau tirage : mai 2010
X04595/04

Imprimé en France